옆집에 광년이가 산다

옆집에 광년이가 산다

지은이 | 하루가
펴낸이 | 권순남
펴낸곳 | 도서출판 동행

등록 | 2008년 1월 7일(제310-2008-00001호)

초판 인쇄 | 2017년 8월 26일
초판 발행 | 2017년 8월 31일

주소 | 서울시 노원구 상계1동 1049-25 신영산업BD 602호
전화 | 02-2091-0291
팩스 | 02-2091-0290
이메일 | marubooks@hanmail.net

ISBN | 978-89-280-8450-0
정가 | 9,000원

잘못된 책은 교환하여 드립니다.
저자와 협의하여 인지를 붙이지 않습니다.

옆집에 광년이가 산다

하루가 장편소설

DONGHANG
PREMIUM ROMANCE

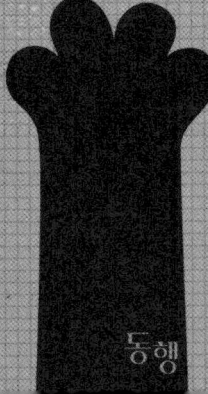

동행

00 프롤로그 … 7
01 방동리 광년이 … 14
02 옆집 남자 … 50
03 고집쟁이 그녀 … 92
04 금요일의 남자 … 124
05 이웃사촌 … 161
06 남사친의 습격 … 198
07 사랑의 폭탄 … 239
08 꿀단지 … 281
09 그해 겨울 … 315
10 광년이 일기 … 353
외전 … 364

00 프롤로그

"미친 거 아니야?"

친구의 입에서 시원하게 들이켜던 맥주가 쏟아져 내렸다.

"You only live once!"

"그러니까 한 번뿐인 인생, 잘 계획해서 살아야지!"

턱으로 흐르는 맥주를 닦으면서도 은주는 지후의 폭탄선언을 믿을 수 없었다.

"안 돼, 미친 짓이야."

"은주야, 늘 말하잖아. 태어날 때는 순서대로 나와도 죽을 때는 순서가 없다고. 오늘 퇴근길에 죽어 버리면 내가 얼마나 억울하겠어? 귀신도 처녀귀신이 더 무섭다, 너."

"처녀귀신 되기 싫으면 시집부터 가라고. 그리고 맑은 날에 벼락 맞는다니? 사람 그렇게 쉽게 죽지 않아."

맥주가 쏟아진 테이블을 닦던 은주가 시간이 멈춘 듯 굳어 버렸다.

"너! 설마, 죽을병 걸린 거야?"

"우리나라 사망률 1위가 암이긴 하지. 그건 아니고."

의심스러운 듯 게슴츠레 바라보는 은주의 모습에 지후가 웃었다.

"4위가 자살이고, 9위가 교통사고. 그러니까 내 말은 오늘 갑자기 차에 치여 죽을지도 모르는데 언제까지 꿈만 꾸냐는 거지."

"네 꿈이 전원주택인 건 알겠는데……. 그렇다고 멀쩡한 회사 때려치우고 내려간다는 게 말이 돼? 그것도 아는 사람이라곤 아무도 없는 춘천에? 시집도 안 간 년이?"

닭이 알을 낳듯 은주는 끊임없이 한숨을 토해 냈다.

"야! 너 꿈 이루지 못하고 죽으면 내가 꼭 시골에 묻어 줄게. 뱀 나오고, 고라니 뛰어다니는 그런, 차도 안 다니는 시골에 꼭 묻어 줄게. 다시 생각해 봐."

"그 정도는 아니고. 인터넷은 돼야지."

"스마트폰도 같이 묻어야겠네."

어떡해서든 마음을 돌리려는 은주의 말은 귓등으로 날려 버리고, 지후는 승리의 깃발처럼 맥주잔을 치켜들었다.

"진정한 해방의 날이다. 친구야, 마셔!"

"미친년. 아오, 나 진짜 애 낳고 나서 욕 끊었는데. 해방이 아니라 종말의 시작이지! 방죽에 코 박을 년아."

"종말이라니, 친구의 앞날을 축복해야지. 말하는 본새하고는……."

친구의 욕설에도 지후는 헤벌쭉 찢어진 입을 다물 수가 없다. 다람쥐 쳇바퀴 돌듯 숨 가쁘게 달려온 6년의 회사 생활이었다. 개가 목줄을 끊듯이 회사 출입증을 벗어 버린 것만으로 똥통에 빠져도 웃음이 나올 것 같았다. 아니, 나올 것이다!

하지만 오랜 친구인 은주는 그녀와 생각이 다른지, 화를 냈다가 다시 손을 토닥이며 조울증 환자처럼 오락가락했다. 마지막엔 애틋한 표정으로 지후의 손을 꼭 움켜쥐었다.

"대졸 실업자가 50만이 넘는다, 친구야. 다들 부러워하는 대기업 관두고 뜬금없이 연고도 없는 시골 가서 살겠다는 친구를 축하해 줘야 하는 거니? 어머니는 뭐라셔?"

"호적 판다 하시지. 호적제 없어진 지가 언젠데."

"아빠는?"

"아빠야 뭐, 나랑 취향이 비슷하니까. 노후에 내 옆에 집 짓고 사실 생각까지 하시는 것 같은데. 큭, 너도 알다시피 울엄마 시골이라면 질색이시잖아."

"오빠는? 우리 건주 오라버니는 뭐라 하시든?"

"진정한 아군이지. 늘 하는 말 있잖아. 냅둬요, 지후는 어릴 때부터 똥인지 된장인지 먹어 봐야 알잖아요."

"어휴."

지후의 성격을 아는지라, 은주는 그저 한숨을 들이쉬고 내쉬고.

"그래, 벌써 집도 계약했다고?"

"응. 죽여줘. 여름 되면 한번 놀러……."

말을 끝맺지 못하고 흠칫 입술을 깨무는 지후의 모습에 은주가 버럭 소리를 질렀다.

"안 가! 너 애들 싫어하잖아."

"그렇지."

"시집 안 가고, 애 안 낳고, 독신으로 산다는 거 이해하는데……. 요즘 유행하는 욜로족이 되겠다는 건, 정말 이해가 안 간다. 욜로가 골로 간단 말 몰라?"

"그건 대책 없이 즐기자는 애들 이야기고. 난 나만의 확고한 미래가 있다니까."

"예나 지금이나 말은 제주도고 사람은 한양이다. 그 미래, 한양에서 펼쳐 보면 안 되겠니?"

"됐고! 조금 지나면 이해할 거야. 내가 원래 시대를 좀 앞서가잖아."

그랬다. 지후는 늘 시대를 앞서갔다.

'잘못된 유교사상에 찌든 이 조선에서, 시집가서 일하며 애 키우고 시집살이까지. 남의 집 금송아지로 살지 않겠어.'

초등학교 졸업식에서 지후는 독신으로 강아지를 키우며 살겠노라 선언했다.

중학교 때는 용돈으로 주택청약 통장을 만들었다. 그녀와 같은 1인 가정이 많이 생기고, 더불어 애견 사업이 번창할 거라 예견한 탓이다.

고등학교 때는 결혼을 해도 아이를 낳지 않는 딩크족이 많아질 거라 장담했다.

대학 시절엔 그녀가 늙어 죽을 즈음에는 실버타운이 넘쳐날 거라, 그리 말했다.

마지막을 빼면 지금 그녀가 살고 있는 세상은 지후의 생각들 모두가 현실이 되었다.

"근데, 왜 하필 춘천이야?"

"복희가 춘천에 있잖아."

"복희는 원래가 춘천이 고향이잖아."

"몇 번 가 보니 산 있고 물 있고 살기 좋아 보여서."

서울에서 태어나 대학까지 졸업한 지후의 시골에 대한 동경은 익히 알고 있었다. 그러나 시골 출신인 은주는 그 꿈이 현실과는 너무나도 다르다는 것을 누누이 이야기했었다.

"시골은 어디나 다 산 있고 물이 있지."

"시골이라도 다 같은 시골이 아니지. 춘천은 옛날 맥국의 고도로 신라 선덕여왕 때부터 군주를 두고 조선 태종 때 춘천으로 개명된 역사 깊은 도시야."

"공부 많이 했네. 그 똑똑한 머리로 생각한 게 다 버리고 시골로 가는 거냐?"

"오래된 도시인만큼 풍수해가 검증된 도시란 말이지."

"집은? 잘 알아보고 산 거야? 춘천 어디라고?"

"서면 방동리. 200평에 건평 30평. 집 장사가 아니고 형제가 살려고 딱 두 채, 쌍둥이로 지었대."

"돈은 어디서 났어?"

"취업하고 계속 모았지. 아빠가 결혼 자금 오천 준 거 합쳐서, 이억에 오천은 대출받았어."

"결혼은 포기하셨다니?"

"자식 둘 중에 하나만 가면 되지 뭐. 오빠 있잖아."

큭큭거리며 맥주를 들이켜는 지후의 모습에 은주도 맥주를 벌컥거렸다.

"너 엉뚱하고 특이한 건 알고 있는데……. 어휴."

졸업 후 대기업에 입사하여 삼 년 만에 대리를 달았다. 모두의 부러움을 한 몸에 받던 친구였기에 그녀의 귀촌 결정은 더더욱 충격이었다.

"박사마을이라고 들어봤니? 한 집 걸러 한 집씩 박사들이 나와서 예전에는 신혼부부들 신혼여행지로 유명했대."

"남자도 없는 년이 박사는 혼자 낳는다니?"

"초등학교도 10분 거리, 중고등학교도 10분 거리. 보건소는 5분."

"애도 없는 주제에 학교가 너랑 무슨 상관이야."

"여건이 좋다는 거지."

"지랄!"

시큰둥한 은주의 반응에도 지후는 곧 이사할 마을 자랑에 여념이 없었다.

"거기 신숭겸 묘라고 있는데."

"뭐야! 무섭게. 묘지 옆에 집 산 거야?"

"아니, 바로 옆은 아니고."

"근데 웬 묘지 얘기야?"

"고려시대 때 왕건이 후백제군한테 포위됐는데, 신숭겸 장군이 왕건의 갑옷을 입고 나가 싸우다 전사했어. 그래서 왕건이 자신이 쓸 묏자리를 장군에게 준 거지."

"하고 싶은 말이 뭔데?"

"예부터 왕의 묏자리가 있는 곳은 명당이란 말."

"지후야……."

착 가라앉은 은주의 음성에 지후가 반짝이는 두 눈을 친구와 맞췄다.

"동네 이장님도 아시니?"

"뭘?"

"박사마을에 미친년 이사 오는 거?"

이 방동리 광년이

아름다운 호반의 도시 춘천.

구름 한 점 없는 하늘 아래 따가운 햇살이 쏟아지고 있었다.

음머어어어. 음메에에에.

닭 울음소리를 들으며 눈을 뜰 줄 알았더니, 매일 아침을 깨우는 소리는 닭이 아닌 소였다.

완만한 산들이 한아름 팔을 벌려 끌어안고 있는 작은 마을 방동리, 초록 잔디 위에 하얀 벽돌집은 밸런타인데이 케이크에 얹힌 데코처럼 한 폭의 그림 같았다.

타앗, 탓탓탓. 타다다다다.

낯설기만 하던 스프링클러 돌아가는 소리가 어느새 자장가처럼 익숙해졌다.

"으 아아아아아~"

문이란 문은 죄다 열었다. 희뿌연 하늘 대신에 새파란 하늘과 솜사탕 구름이 동화책 한 면을 잘라 놓은 듯했다. 거실 바닥에 대자로 누운 지후는 바다에 떠 있는 듯 행복에 잠겨 팔다리를 휘저었다.

헥헥헥헥.

기다렸다는 듯이 그녀를 덮친 사랑이 입술을 핥아 댄다.

"사랑아, 그만! 너 때문에 자꾸 입술이 트잖아."

이제 겨우 6개월 된 스탠다드 푸들 사랑이를 끌어안으며 지후가 웃음을 터트렸다.

열 살의 시추 마음이를 기르고 있던 지후는 이사하기 얼마 전, 사랑이를 분양받았다.

단골 애견 미용실 주인이 기르고 있는 스탠다드 푸들을 볼 때마다 사람 같은 모습에 늘 놀라곤 했던 지후는 사랑이를 보자 한눈에 반해 버렸다.

'얘가 마지막 남은 앤데, 대형견이라 분양이 쉽지 않네요. 마음이 엄마라면 정말 마음 놓고 보내겠어요.'

마음이 미용하러 갔다가 개 한 마리를 더 데려온 지후.

등짝에 슬리퍼 로고가 찍힐 때까지 엄마의 스매싱을 당해야 했지만, 늘 그렇듯 그녀의 선택에 후회는 없다.

왈! 왈왈왈! 왈!

갑작스레 짖어 대는 사랑이 목소리가 거실에 울려 퍼졌다. 안 그래도 살림이 없어 쩌렁쩌렁하게 울리는데 대형견인지라 짖는 소리도 특대형이었다.

"사랑! 조용히 해! 집 안 지켜도 된다니까."

거실 베란다를 보니 하얀색 펜스형 대문 밖으로 택배 차가 보였다.

띵동~~~~ 띵동~

"택배요~"

"네에에! 알아요. 봤어요오오오!"

거실과 주방을 지나 코너를 돌아 뒤쫓는 사랑이를 집 안으로 밀어 넣었다.

"안 돼! 기다려!"

지후는 복도의 미닫이 유리문을 닫고는 치맛자락을 휘날리며 대문으로 달려 나갔다.

"어? 너 어떻게 나왔어?"

순간이동이라도 한 듯 사랑이가 하얀색 대문에 매달려 있었다.

"택배요. 이것 좀 먼저 받아 주세요."

"아! 감사합니다."

기다리고 선 아저씨에게서 박스를 건네받은 지후가 휙 돌아 다시 한 번 현관을 확인했다. 분명 문이 닫혀 있는데, 도대체 어디로 튀어나온 거지?

박스를 들고 이리저리 살펴보아도 어디로 나온 것인지 알 수가 없다. 벽이 뚫렸나?

두리번거리는 지후의 눈에 포착된 것은, 베란다에서 정원으로 통하는 커다란 방충망.

"이런! 개망나니 같으니라구!"

날이 더워 베란다 유리문을 열고 방충망만 닫아 놨는데 아래쪽이 뻥 뚫렸다. 망가진 방충망을 바라보던 지후는 방충망을 떼어 바꿔 달았다.

"이제 망가트리면 안 돼. 응? 집 사느라고 통장 잔고가 바닥이라고."

납작한 상자를 뜯으니 어제 주문한 문패였다.

"서지후, 서마음, 서사랑. 러브하우스. Since 2016. 08. 15. 좋아. 조오오아~"

광복절에 태어난 그녀. 하여 지후는 그리도 독립을 꿈꾸었나 보다.

'광복절에 독립을 하다니, 이 얼마나 찬란한 역사인가.'

흐뭇하게 아크릴 문패를 초인종 아래 붙이고 나니 뿌듯한 가슴이 한없이 부풀어 오른다.

"가자. 싸랑! 어화둥둥 내 사랑아! 어화 내 간간 내 집이로구나~"

춘향의 사랑가를 부르며 안으로 들어와 다시 거실 바닥에 들러붙었다.

ㄱ자로 지어진 집, 아니 정확하게는 ㄱ자의 대칭형이다. 아무튼 햇살은 따가웠지만 창문 전부가 마주 보고 있는 터라

시원한 바람이 집 안 가득했다.

"역시 시골은 시골이네. 에어컨은 필요 없겠어."

산들산들 불어오는 바람을 느끼며 누워 있자니 익숙한 벨소리가 들려왔다. 휴대폰 액정화면에는 회사 후배 윤미의 이름이 찍혀 있었다.

"응, 윤미 씨. 어쩐 일이야?"

[점심시간이라 한번 해 봤어요. 식사는 하셨어요?]

"벌써 점심이야? 흐아아, 스트레스가 없으니 배도 안 고프네."

[엄청 좋으신가 보다. 선배님, 시골 생활 어때요?]

"짐 정리가 끝이 없어. 블라인드도 없어서 낮잠 자다 타 죽는 줄 알았다."

[낮잠이라니 정말 부럽네요. 그런데 아직도 짐 정리하세요? 선배님 퇴사하신 지 한 달 넘었잖아요?]

"내려온 지는 이 주 됐는데, 붙박이장하고 소파 들여 놓고, 청소업체 다녀가고, 택배들 하며 정신없었어. 윤미 씨는 어떻게 지내? 다들 잘 지내지?"

[네. 선배님 덕분에 모두 잘 지내고 있어요.]

"그게 왜 내 덕분이야?"

[선배님 덕분이죠. 장렬하게 전사, 아니 퇴사하신 거 소문 다 났어요. 과장님도 많이 달라지셨어요.]

"달라져? 요즘은 점심 메뉴 통일운동 안 해?"

[깔깔깔깔. 선배님도 참. 과장님 요즘 점심때 되면 조용히 사라지세요. 회식도 반으로 줄었고요. 정 대리님은 집에 가져다 놨던 피규어 다시 다 들고 왔어요. 과장님이 가져가셨던 것도 돌려주셨대요. 그래서 책상이 한가득해요.]

"다행이네. 그 사람 그게 낙인데."

[선배님, 정말 멋있어요.]

"별 게 다 멋있다."

[어따 대고 손찌검이야. 양아치 새끼!]

그녀를 흉내 내는 윤미의 목소리엔 웃음이 한가득하다.

[그렇게 전설은 퇴장하시고……. 롤 모델이 사라지니 제가 요즘 낙이 없네요.]

"윤미 씨, 아부가 늘었네. 시간 나면 한번 놀러 와."

[네, 그래야죠. 참, 파리만 날리던 블루링크도 게시글이 풍년이래요.]

"어떤 조직이든 소통이 원활해야 썩지 않는 법이지."

[크아아, 멋지다. 역시 선배님다운 말씀이세요. 나중에 써 먹어야지.]

신이 나 회사 소식을 전하는 윤미의 말에 지후는 인수인계를 마치던 마지막 날이 떠올랐다.

사표를 건네던 날은 한없이 좋았는데, 딱 하루였다. 인수인계를 위한 이 주의 시간이 어찌나 안 가던지.

사건은 그 마지막 날 벌어졌다.

지후는 일인용 가습기, 방석, 잔뜩 사 뒀던 포스트잇 등, 필요 없을 듯한 사무용품을 나눠 주고 있었다.

"나는 뭐 없나? 내가 요즘 허리가 안 좋은데, 의자는 내가 가져갈까?"

"아뇨, 윤미 씨 주기로 했어요."

야근이 많은 터라 지후가 따로 구입한 의자였다. 욕심 많은 최 과장이 헛기침을 하자 윤미 씨가 냉큼 손을 저었다.

"과장님 가져가세요. 전 괜찮아요."

"고마워, 윤미 씨는 아직 젊잖아?"

의자나 먹고 떨어지면 좋으련만, 능글맞게 웃으며 다가선 최 과장의 입에서 똥이 쏟아져 나왔다.

"정말 로또라도 맞은 건가?"

"과장님다운 말씀이시네요."

로또를 맞아야 회사를 그만둘 수 있는 너와는 다르지.

지후가 사표를 낸 뒤 과장은 남아 있던 예의마저 밥 말아 먹었는지, 전보다 더한 막말 퍼레이드 중이었다.

"귀농한다던데, 시골 노총각이라도 잡은 건가?"

"귀촌이요. 그리고 누굴 만나도 만년 과장보다야 낫지 않겠어요?"

"농담 한번 한 거 가지고 말이 좀 심한 거 아니야?"

"농담은 남을 놀리거나 실없이 웃자고 하는 장난말로 우스갯소리를 이르는 말이에요. 저는 과장님한테 놀림당할 이유가 없는데다, 중요한 건."

지후가 과장을 향해 해맑게 미소 지었다.

"하나도 재미없어요. 보세요. 누구 웃는 사람 있나?"

과장의 시선에 숨죽여 지켜보던 마케팅 직원들이 자라목을 하며 움츠러들었다.

"이봐, 지후 씨."

"과장님. 제가 조용히, 즐겁게 퇴사하려 했는데."

"거참, 하고 싶은 말이 정말 많았나 보네."

"그러게요. 과장님, 집에 들어가기 싫으면 찜질방 가서 주무세요. 일도 안 하면서 의자에 들러붙어 퇴근하는 직원들 눈치 주지 말고!"

참아야 할 이유가 없는데다, 퇴로를 확보한 그녀의 전투력이 끝도 없이 상승했다.

"그리고 직원들 물건에 손대지 말아요. 따님 생일에 정 대리님 피규어는 왜 말도 없이 집어 가요? 그거 도둑질이에요. 정 대리님 피규어 마니아인 거 모르세요? 그게 하나에 얼마짜린지 아시냐고요."

또박또박 지후가 말을 뱉어 낼 때마다 여기저기서 숨어 있는 탄성들이 새어 나왔다.

"또 쓸데없는 회식은 왜 자꾸 만들어요? 과장님은 친구 없어요? 술값도 안 내면서 왜 직원들한테 빈대 붙어요? 그리고 점심은 좀 혼자 드세요. 매번 과장님 식성대로 통일을 외치는

데, 점심 메뉴가 아니라 평화통일이나 좀 하자고요."

지후의 말에 애써 화를 참는 과장의 얼굴이 시뻘겋게 달아올랐다.

"와……. 지후 씨 일 잘하고 싹싹해서 내가 예뻐했는데 사표 내고 이렇게 뒤통수를 치나?"

"뒤통수는 사표 내기 전에 이미 쳤어요. 맞아도 모르는 게 정말 신기할 뿐이죠."

"뭐, 뭐야?"

"H협력사 접대 받은 거랑, 문 대리님 이벤트 아이템 뺏어간 거 블루링크에 올렸어요."

"블루 뭐?"

"내부 고발 사이트요. 과장님은 모르시겠지만 뭐, 그런 게 있어요. 부장 진급 누락되신 걸 보니 감사팀이 놀고먹는 부서는 아닌가 봐요."

차곡차곡 증거 수집하기를 반년, 인사고가의 끝 무렵 터트리느라 지후는 이중 업무에 시달려야 했다. 기대했던 결과는 인사발령이었으나 승진 누락으로 끝이 났다.

"정말 세상 끝난 것처럼 구네. 야!"

"네, 네. 여기가 과장님 세상인 것 같죠?"

"너. 너너……. 이게 미쳤나."

"여기가 지옥인 이유는 과중한 업무도, 그로 인한 야근이 아니야! 당신이 이곳에 있기 때문이라고. 알아? 너! 네가 바로 지옥이라고."

쫘아악!

순간 최 과장의 손바닥이 지후의 왼쪽 뺨을 갈겼다.

"과장님."

"어머! 대리님!"

턱이 빠질 것 같았다. 귀에서 이명이 들려오며 다리 힘이 풀리자 책상 모서리를 붙잡았다.

최 과장 결혼반지에 긁혔는지 지후의 왼쪽 눈썹 아래에서 핏방울이 맺혀 들었다.

"언니! 괜찮아요? 눈 옆에서 피 나요."

"괜찮아."

빠드득.

'이 정도에 놀라 주저앉을 거면 시작도 안 했어.'

윤미의 손을 살며시 밀어낸 지후가 차분하게 흐트러진 머리를 귀 뒤로 넘겼다. 그러곤 책상 위에 놓인 박스를 들어 최 과장의 머리를 후려쳤다.

빼아악!

박스 안에 정리해 놓은 6년의 세월들이 사방으로 흩어져 내렸다.

머리를 움켜쥐고 쓰러진 최 과장은 창피함 때문인지, 아니면 정말 어디가 크게 다친 것인지 일어나지 않았다.

"어따 대고 손찌검이야. 양아치 새끼."

엎어져 있는 최 과장을 넘은 지후는 홍해처럼 갈라지는 동료들 사이로 당당하게 걸어 나왔다. 빈손으로 사무실을 나서는 그녀의 가슴으로 더없이 시원한 바람이 들어찼다.

이리 뛰고 저리 뛰는 사랑이 발자국 소리가 분주하다.
-계란이 왔어요, 계란. 청국장, 양파, 두부, 신선한 두부가 있어요~
서울에서는 한 번도 보지 못했던 용달차가 식료품 노래를 부르며 지나간다.
'계란을 사야 하나……. 두부를 사야 하나.'
생각하며 잠든 지후는 또다시 짖어 대는 사랑이 소리에 눈을 떴다.
"아……. 수다쟁이야. 좀 조용히 하자."
게슴츠레 눈을 뜬 지후가 소파에 엎드려 있는 마음이를 쳐다봤다.
"마음아. 가서 동생 좀 조용히 하라고 해."
'동생 같은 소리 하고 있네.'
마음이는 원망 어린 눈초리로 지후를 노려보다 획 고개를 돌려 버렸다. 개 나이로 환갑이 넘은 마음이는 열 살 어린 사랑이가 영 마음에 안 드는가 보다.
개는 주인을 따라간다는데 어린애들 싫어하는 것도 지후를 닮았는지, 마음이는 사랑이가 가까이 다가오는 것조차 싫어

했다. 하필이면 이름도 마음이와 사랑이로 지었을까.

'그렇지, 마음이 가야 사랑을 하지.'

30평에 ㄱ자로 지어진 집은 거실과 바가 딸린 주방, 다용도실, 메인 화장실 옆에 중간 방이 일렬로 있다. 중간 방에서 꺾이는 복도 우측으론 현관으로 나가는 유리 미닫이문이 있었다. 현관 옆에는 작은방이 있고, 그 끝으로 안방에는 작은 화장실과 거실처럼 마당으로 향하는 큰 베란다가 시원하게 뚫려 있었다.

"도대체 왜 그러는데?"

안방 베란다를 통해 보니 내내 조용하던 옆집에서 낯선 소리가 들려왔다.

"옆집에 사람이 들어왔나? 사랑아, 저리 좀 비켜."

행여나 안방 방충망도 뚫을까 싶어 유리문을 닫고 주방으로 달려갔다.

'이웃이다. 이웃!'

이 주 만에 얼굴을 보게 될 이웃의 출현에 첫 소개팅을 나가는 여대생처럼 설레기 시작했다.

복도를 달려 왼쪽으로 꺾은 지후가 미끄러지듯 슬라이딩을 하며 냉장고 문을 열었다.

"하아, 하아. 몇 명이나 있을라나?"

이웃과 잘 지내야 한다는 귀촌 블로거들의 조언에 따라 냉장고 가득 채워 놓은 음료수 캔을 꺼내들었다.

차가운 캔을 품에 안고 후다닥 옆집으로 뛰어가니 늘 닫혀 있던 창문이 활짝 열려 있었다.

"안녕하세요."

"네, 무슨 일로 오셨어요?"

"옆집에서 왔어요."

상큼하게 인사를 건네니 창문 청소를 하던 아줌마가 지후에게로 다가섰다.

"이것 좀 드시고 하세요."

"어머, 고마워요. 안 그래도 목마르던 참이었는데. 김 여사! 우리 좀 쉬었다 해요. 이리 와."

구역을 나누어 청소 중이었는지 다른 두 명의 아줌마가 현관으로 모였다.

"날이 엄청 덥네. 안이 시원해요. 들어와요."

어째 눈치가 집주인이 아닌 업체 사람들 같았다.

"청소업체에서 왔어요."

"그럼 집주인은……."

"내일 내려온다는 것 같던데. 그치? 윤 여사?"

이 주째 코빼기도 보지 못한 이웃을 기다렸던 지후는 실망스런 기색을 감출 수 없었다.

"지난주 금요일에 우리한테 청소를 맡겼어요. 잘생긴 총각이던데……."

"총각이요?"

"더운데 일단 들어와요. 바닥 청소 아직 안 했어. 옆집에 사신다고?"

시골 아주머니들은 제 집이나 되는 양 지후의 손을 끌어당겼다.

같은 구조의 쌍둥이 집이었지만, 그녀의 집과는 달리 널찍한 데크 위에 천장이 만들어져 있었다.

'흐음, 비 와도 밖에서 고기 구워 먹을 수 있겠네. 우리 집도 만들까?'

베란다를 터서 더욱 넓은 거실에는 커다란 가죽 소파와 탁자, 벽걸이 TV가 있고, 주방에는 인덕션이 달린 아일랜드 탁자가 자리를 차지하고 있었다.

'총각이라더니, 취향은 주부님이시네.'

중간 방에는 유리판 아래 형광등이 달린 특이한 책상과 책장들이 있었다. 드레스룸으로 쓸 모양인지 붙박이장은 작은 방에 있었다. 옷이 하나도 없는 걸 보니 역시 아직 이사 전인 것 같다. 안방은 덩그러니 침대 하나가 전부다. 화장실도 마찬가지였다.

'면도기 하나, 칫솔 하나?'

남자 혼자 사는 것 같은 분위기가 물씬 풍겼다.

"냉장고며 에어컨이며 있을 건 다 있네요."

둘러보던 지후의 말에 아주머니가 고개를 저었다.

"가구하고 가전만 들어왔지, 냄비 하나 없어. 냉장고에도 맥주만 잔뜩인데, 뭘."

아주머니 말처럼 살림이 없으니 목소리가 메아리처럼 울린다.

"그래요? 근데 혹시 뭐하는 사람인지 아세요?"

"잘 모르겠네. 워낙 말이 없어서."

"말은 없어도 인물은 좋아. 묵직하니 사내답고."

"인물 좋아 어따 써!"

"깔깔깔깔. 그래도 잘생긴 게 좋지, 뭐."

까르르 웃음을 터트리는 아주머니들이 이내 손사래를 치며 자리에서 일어섰다.

"자, 이제 슬슬 다시 시작해 볼까. 아가씨, 음료수 잘 마셨어요."

"네, 그럼 수고하셔요."

아주머니들에게 인사를 한 지후는 아무런 소득 없이 궁금증만 남긴 채 이웃집을 나섰다.

'잘생겼다는 기준이 뭘까?'

회사를 그만둔 지 한 달이 넘었지만, 무서운 습관은 알람 없이도 출근 시간에 맞춰 눈을 뜨게 만들었다.

"흐아아아. 피곤해 죽겠네."

어제 달다 만 블라인드를 들고 창문에 매달려 전동 드라이버로 나사를 박기 시작했다. 그렇게 오전을 전부 보내고 나니 사랑이가 또 짖어 대기 시작했다.
"사랑아~ 그리운 내 사랑아. 그만 좀 짖어라."
사랑이 목청에 고막이 터질 것 같았다.
끙끙거리며 마지막 남은 블라인드를 끼우고 나니 팔이 떨어져 나갈 것 같았다.
"도대체 왜! 왜! 뭐어어!"
빵빠앙-
때맞춰 울린 경적 소리에 창문을 내다보니 오빠의 용달차가 보였다.
"안녕하세요!"
"거기! 손 넣으면 열림 버튼 있어요. 아래쪽에."
새언니가 환하게 웃으며 대문을 열자 사랑이가 총알처럼 튀어 나갔다. 지후를 대신하여 격한 인사를 건네는 사랑이를 밀어내며 영미가 손을 흔들었다.
"뭐하시느라 전화도 안 받아요. 언니."
성우인 영미는 대학에 입학하자마자 선배인 건주를 만나 10년 넘게 연애를 했다. 지후의 집을 드나들며 함께 자라다시피 한 탓일까. 영미는 결혼을 한 후에도 여전히 지후를 언니라 불렀다. 영미도 오빠와 결혼을 한지라 호칭이 새언니이다 보니, 서로를 언니라 부르는 묘한 상태가 지속되고 있었다.
"블라인드 달고 있었어요. 언니, 오늘 녹음 있다고 안 했어요?"

"동기 하나가 감기 걸려서 다음 주로 밀렸어요. 블라인드 그냥 두지 그랬어요. 오늘 오빠 오면 달면 되지."

건축 일을 하는 건주는 집들이 선물로 야외 테이블을 만들어 주겠다며 방부목을 잔뜩 실어 왔다.

"넌 전화를 왜 안 받나?"

"집이 넓어서 휴대폰이 어딨는지 모르겠네."

"혼자 살긴 좀 넓지."

시크한 건주의 대답에 지후가 어깨를 으쓱였다. 집 구경하던 영미가 작은방 창문에서 고개를 쏙 내밀며 물었다.

"그래서 다 달았어요?"

"네."

"언니도 참, 사서 고생이라니까. 오빠가 다 알아서 해 줄 건데."

"그러게요. 신랑 있는 언니가 오늘은 참 부럽네요."

방부목을 나르는 건주를 향한 영미의 눈에서는 여전히 핑크빛 레이저가 쏟아져 나오고 있었다.

"언니도 이참에 소개팅 할래요?"

"아뇨. 됐어요."

"신랑 있는 거 부럽다면서요."

"예의상 한 말이었어요."

"깔깔깔깔. 언니, 빈말도 할 줄 알아요?"

천진난만, 해맑음의 결정체인 새언니는 쟁반에 옥구슬 굴러가듯 웃음을 터트렸다.

"와아아. 집 정말 좋다. 앞도 탁 트여 있는 게."

"그러네."

"오빠, 오빠. 우리도 시골로 이사 올까?"

도착한 지 반시간도 안 됐는데, 오빠 소리를 한 백 번은 한 것 같다.

"근데, 왜 이렇게 일찍 왔어요? 저녁에 와서 자고 내일 한다고 하지 않았어요?"

"오빠가 차 막힌다고 일찍 가자는 게 이렇게 됐어요. 오빠 성격 아시잖아요."

할 일이 있으면 바로바로 해야 하는 것은 성질 급한 외가 쪽 내력이다. 그래도 그렇지.

"이 땡볕에, 정말 피곤한 스타일이야."

"뭐라고요?"

"아녜요. 뭐 시원한 것이라도 드릴까요?"

"네. 냉커피 주세요."

주방에 들어가 커피를 내리고 얼음 가득 넣어 가져다주니 이내 오빠를 외친다.

"오빠, 오빠. 이것 좀 마시고 해."

"응. 거기 놔."

이미 톱질에 들어간 건주는 땀을 한 바가지 쏟으며 방부목을 미친 듯이 썰어 대기 시작했다.

규격대로 잘린 방부목이 쌓일수록 건주의 티셔츠는 물이 떨어질 정도로 흠뻑 젖어 갔다.

"도와줄까?"

"됐다. 볼일 봐."

"난 할 거 다 했어."

"영미는 뭐하나?"

은근하게 새언니를 챙기는 건주의 모습이 낯설다.

역시, 결혼을 하면 사람이 변하는 건가.

주방으로 연결된 창문을 들여다보니 영미는 선풍기 바람을 맞으며 잠이 들어 있었다.

"잔다. 참, 아무 데서나 잘 자."

"그게 매력이야."

흐뭇해하는 오빠의 미소는 퇴근하여 잠든 남매를 바라보던 아버지를 꼭 닮아 있었다.

"잘 때가 제일 예뻐. 먹을 때랑."

"사랑이도 잘 때랑 먹을 때가 제일 예쁜데."

"아침에 잠 덜 깨서 쳐다볼 때도 예뻐."

"나도 일어나면 사랑이 눈곱 떼는 게 일인데."

"그렇지."

아내와 반려견이 동급이 되어도 기분 상해하지 않는 이 핏줄 또한 집안 내력인 듯싶다.

본격적으로 테이블 조립이 시작되고 형태를 갖춰 갈 무렵,

볼트를 조이던 건주가 담배를 꺼내 물었다.
"옆집은 아직도 비었어?"
"어제 청소하던데. 오늘 누가 온대."
"누가 이사 오려나? 젊은 사람은 아닐 것 같은데."
"혼자 사는 총각이라는 것 같아."
"총각악?"
"응."
"어머니 아시면 난리 나시겠네."
"쉿! 비밀이야."
아무도 없는데 지후는 주위를 살피며 목소리를 낮췄다.
"너 같은 사람 많은가 보다."
"내가 왜?"
"평범하진 않지."
"반사."
"동생아. 이 오빠는 지극히 평범하게 살고 있다."
"혼자 사는 여동생 옆집에 남자가 이사 온다는데, 걱정하는 게 맞지. 그따위 반응을 보이는 오빠도 정상은 아니지."
"멀쩡한 회사 때려치우고 귀촌한 여동생을 둔 오빠가 무슨 반응을 보여야 할지 심히 궁금하구나. 그리고 이 오빠는 비정상이라곤 안 했다. 동생."
"엉덩이나 궁둥이나."
"그래서 뭐하는 사람인데."

"몰라. 이 주 동안 코빼기도 못 봤어."

"그래, 너무 귀찮게 하지 말고."

"뭐래! 날 뭐로 보고."

"하나밖에 없는 내 동생이지. 비글 같은. 큭큭큭."

"비글이라니. 난 우아한 스탠다드 푸들 쪽에 가깝다고."

"쟤?"

나무 그늘에 앉은 사랑이가 잠자리를 씹고 있었다.

"으아아아! 사랑아! 벌레 먹지 마아아!"

씩씩거리며 마당 한 바퀴를 돌아 사랑이를 잡았다. 그러나 닭 잡아먹은 여우 코에 붙은 닭털처럼 잠자리 몸통은 사라지고 날개만 붙어 있었다.

"어우, 내가 못 살아! 집에 들어가!"

"오빠. 아직 멀었어?"

엉클어진 머리로 일어난 영미가 창문에 팔을 걸치고 건주를 보며 환하게 웃었다.

언제 기어 들어갔는지 영미의 옆으로 창문에 팔을 걸친 사랑이가 고개를 내민다. 사람과 동물이건만 둘은 어딘가 모르게 닮았다.

"배고파?"

"아니, 언제 끝나?"

"이제 볼트만 조이고 바니시 칠하려고."

"그럼 커피 내려야겠네."

"커피는 왜요?"

지후의 물음에 영미가 웃으며 답했다.

"커피 물 먹이면 테이블 색이 예뻐져요."

"언니는 별 걸 다 아네."

"제 취미가 인테리어잖아요."

무뚝뚝한 오빠가 어디서 저런 참한 여자를 만났을까, 하는 생각도 잠시. 시원한 물 생각에 냉장고를 연 지후는 입이 떡 벌어졌다. 차에서 짐을 많이 내린다 싶더니만, 그녀의 냉장고 안은 이것저것 음식들로 가득 차 있었다. 참해도 너무 참하다.

"언니, 뭘 이렇게 많이 가져왔어요."

"김치랑 장아찌랑 밑반찬 조금 가져왔어요. 한번 먹어 볼래요?"

"아뇨, 나중에요."

반찬에 대한 설명을 줄줄이 늘어놓으며 이건 언제까지 먹어야 하고, 이건 끓여서 어쩌고저쩌고.

"그릇이 왜 이렇게 없어요? 그릇도 좀 가져올걸."

"아니요. 가져오지 말아요."

성격상 짐 많은 것은 딱 질색이다. 필요한 것만 딱 두고 깔끔하게 살고 싶다. 아무리 필요한 물건이라도 쟁여 두고 사는 성격이 아니기에 그녀의 옷장은 절반 이상이 비어 있었다.

'딸이 엄마 팔자 따라가는 건, 아빠 같은 남자를 선택해서라는데. 오빠는 엄마 같은 여자 만나서 아빠처럼 살겠구나.'

요리에 취미가 없는 지후는 가득 찬 냉장고가 부담스럽기만 했다.

'아무것도 가져오지 말라고 그렇게 당부를 했건만.'

원망 어린 지후의 시선에 휙 돌아선 건주가 손이 보이지 않을 정도로 사포질을 해 댄다.

진한 커피 물로 색이 든 테이블에 바니시까지 마무리를 하고 나니 어느덧 해가 저물어 갔다.

"전원주택 사면 손님들 엄청 몰리는데, 언니는 친구들 놀러 안 와요? 언니 친구 많잖아요."

"놀러 온다는 말은 많은데 아무래도 휴가철 끝물이라 그런가, 진짜 오는 애들은 없네요."

"다행이에요."

"뭐가요?"

"제 친구도 김포에 전원주택으로 이사했는데, 친구며 친척이며 하루가 멀다 하고 와서 고기 굽고, 자고 가고. 결국 1년 살다 이사했잖아요. 다시 아파트로."

"아, 그럼 안 되는데."

"그러니까요. 북적이는 게 싫어서 여기로 이사 온 거잖아요."

"그렇죠."

"제가 팁 하나 드릴까요?"

영미의 말에 지후가 그녀에게로 어깨를 기울였다.

"뭔데요?"

"한 번 오면 좋아서 계속 오고 싶을 거예요. 사전에 차단해야죠. 주말에는 바쁘니까 평일에 오라 하세요."

"평일에 누가 와요."

"그러니까! 평일에 오라고 하는 거죠."

"언니도 주말 말고 평일에 오세요."

"밤 되니까 쌀쌀하네요."

오지 말라 할까 봐 딴전을 부리는 영미가 귀여워 키득거리느라 지후의 어깨가 들썩였다.

조용히 일어선 건주가 차에서 작은 담요를 꺼내 와 영미의 몸에 둘러 주었다.

"언니는 안 추워요?"

테이블이 마르지 않아 데크 바닥에 차린 푸짐한 저녁상을 사이에 두고 남매가 소주잔을 부딪쳤다.

"밤이라도 시원해야 여름을 버티죠."

"에어컨 안 사? 오빠가 하나 사 줄까?"

"됐어. 올 여름 나 보고."

"그러든가."

"참, 수영장 말예요. 설계도 한번 만들어 봤는데, 볼래요?"

아이패드를 꺼내 든 영미가 집 뒤로 있는 텃밭에 만들 간이 수영장 설계도를 내밀었다. 전문가처럼 2D 그래픽으로 멋지게 그려진 수영장을 보니 새삼 영미가 대단해 보였다.

"대박, 이런 것도 할 줄 알아요?"

"이런 앱이 있어요. 그냥 짜깁기한 거예요. 이렇게 방부목으로 데크 깔고 세로 2.5미터, 가로 4미터에 높이 1.5짜리 간이 수영장 집어넣으면 될 것 같은데."

"이번 달에는 바쁘니까, 오빠가 다음 달 주말마다 와서 조금씩 할게."

"아냐. 수영장은 됐어."

"수영장 있었으면 좋겠다며."

"청소하기 힘들 것 같아서."

"그건 그렇지."

"왜요, 수영장만 있으면 딱 펜션인데. 하나 만들어요, 나도 놀러 오게."

"고민 많이 했는데, 역시나 관리하기가 무리인 것 같아서 포기했어요."

수영장 공사가 불발로 끝나자 아쉬움에 영미가 한숨을 내쉬었다. 그런 새언니와 달리 건주는 장하다는 듯 술잔을 부딪쳐 왔다.

"해 보지 않고 포기하다니, 동생! 진화하고 있구나."

"발전이라고 해 줘. 진화는 나한테 날개가 생길 때나 쓰는 말이라고."

"어휴, 남매가 어쩜 말투가 그렇게 똑같아요."

"그런가요?"

지후의 시선이 불 꺼진 옆집으로 향했다.

"오늘 온다더니 안 오려나?"

"10시가 넘었는데 오겠어요? 내일이나 오겠지. 왜요? 총각이라니까 기다려져요?"

"언니, 귀촌의 성패는 이웃과의 교류에 있다고요."

"누가 그래요?"

"제가 그냥 맨땅에 헤딩한 줄 아세요. 이사 오기까지 삼 년을 자료 조사하고, 집만 해도 사십 개를 넘게 보고 골랐다고요."

"어머, 그랬어요? 하긴 오빠도 뭘 하려면 준비가 엄청 철저한 스타일이에요."

영미의 깨알 자랑에 고개 숙인 지후가 손가락을 흔들었다.

"오빠와 제가 다른 점이 뭔 줄 아세요?"

"다른 면도 있어요?"

"오빠는 어떤 일을 계획할 때에 성공을 이야기하지만, 저는 최악의 상황을 먼저 생각해요."

"모르는 사람은 지후가 엄청나게 낙천적인 줄 아는데, 사실 얘가 성격이 좀 극단적이야."

두 눈을 동그랗게 뜨고 쳐다보는 영미의 시선에 지후가 인정한 듯 고개를 끄덕였다.

"모아 놓은 돈도 다 썼을 텐데. 네 성격에 부모님한테 손 내밀 것도 아니고, 생활은 어떻게 하려고?"

"글을 써 보려고."
"아, 너 대학교 때 소설책 출간했었지."
"어머! 언니 소설가였어요?"
"취미삼아 사이트에 연재하던 게 출간됐어요."
"무슨 소설이요?"
"로맨스."
"헐~ 언니가 사랑이야기를 썼어요?"

새언니의 과한 리액션에 심정이 상했지만, 지후는 헛기침을 하며 고개를 끄덕였다.

"그래서 주로 시대물을 썼어요."
"시대물?"

두 눈을 동그랗게 뜬 영미가 오빠를 바라보자 소주잔을 비운 건주가 피식 웃었다.

"얘가 어릴 때부터 무기 사전이나 병법 같은 거 즐겨 읽었거든. 칼질하고 피 튀기고 왜, 있잖아. 퓨전 사극이라고나 할까?"
"간간이 사랑도 들어 있어."
"그래, 자세히 보니 반장 정도 있더라. 큭."

당시에는 책 한 권 인세로 생활이 안 되어 접었지만, 이제는 전자책이 활성화되어 팔리는 만큼 인세가 들어오니 해 볼 만하단 생각이 들었다.

"당분간 생활비는 있고?"

"약관대출! 반년은 버틸 수 있어."

"장하다. 동생아."

"아무튼 생각해 보면 그때가 가장 즐거웠던 것 같아. 그래서 잠시 쉬었던 길을 다시 가려고."

"와우, 언니 멋있다."

"파이팅이다. 동생아."

술잔을 치켜든 영미의 뒤로 옆집에 붙은 담벼락 아래 일정하게 움직이는 사랑이의 모습이 보였다.

"언니, 쟤 땅 파는 거 아녜요?"

"맞아요."

뿌리 깊은 분노가 전기처럼 척추를 타고 올랐지만, 지후는 차분하게 숨을 들이켰다.

"사랑아. 안 돼. 그마아안."

"언니 가서 잡아야 되지 않아요?"

"쟤가 나보다 빨라요."

화살처럼 박혀 드는 세 사람의 시선에도 사랑이는 땅 파는데 여념이 없었다.

"이리 와. 우쭈쭈쭈."

"말 어지간히 안 듣네. 딱 너 닮았다. 동생아."

"사랑아. 안 돼. 안 된다고!"

"집은 잘 지키냐?"

"그럼. 짖기 시작하고 한 1분 있으면 택배 와."

아무리 달래도 여전히 땅을 파는 사랑이의 모습에 인내심이 바닥 난 지후가 포효했다.
"야아아아아아아아! 땅값이 얼만데! 하지 마아아아!"
멍! 멍멍멍멍멍.
그러자 대답이라도 하듯 온 동네 개들이 짖어 대기 시작했다.
"깔깔깔. 어머, 사랑이 목청이 언니 닮았나 봐요."
쏟아지는 별빛 아래 고요히 잠든 방동리에는 웃음이 터질 때마다 화답하듯 개들이 짖어 댔다.

이사 온 뒤 처음으로 늦잠을 잤다.
"알았어. 그만해. 밥 줄게."
사랑이의 격한 키스에 눈을 뜬 지후는 침대 옆에 놓아 둔 휴대폰을 들어 시간을 확인했다.
10시 5분. 온 세상이 소주 빛으로 투명하게 반짝이는 것을 느끼며 침대에서 내려섰다. 발에 닿은 축축함에 내려다보니 지후의 발아래 노란 오줌이 동그랗게 퍼져 있다.
"아……. 오지게도 싸 놨네."
그래, 똥이 아닌 게 어디야.
깽깽이걸음으로 화장실에 들어가 박박 씻었다. 배변 패드로 오줌을 덮자 감당하지 못한 패드에서 오줌이 뚝뚝 흘렀다. 탈취제를 한껏 뿌리고 휴지를 손에 둘둘 말아 닦으려니 찌릿

한 향기에 어제 먹은 술이 올라올 것만 같았다.

"오줌싸개! 이리 와. 밥 줄게."

배변 실수를 했을 때 혼을 내면 배변 자체를 부정적으로 생각하게 된다. 애견 지침서에 따라 지후는 꼬리치는 사랑이를 혼내는 대신 격하게 뽀뽀를 해 주었다.

"넌 분명히 현관문을 열어 달라 낑낑거렸을 거야. 엄마가 술에 취해서 문 안 열어 줘서 여기에 쌌겠지? 그래, 내 잘못이다. 인정!"

오빠 내외가 자고 있으리라 생각했던 거실은 텅 비어 있었다. 덮고 잤던 이불은 소파 위에 가지런히 개어져 있다. 깨끗하게 설거지된 식기들이 건조대에 차곡차곡 줄맞춰 놓여 있었다.

"아무튼 성격하고는. 좀, 놀다 가지."

시원한 물을 찾아 냉장고로 향한 지후는 냉장고에 붙은 포스트잇을 뗐다.

'뭐야, 이건 오빠 스타일이 아닌데.'

빼곡하게 들어찬 예쁜 글씨의 주인은 영미였다.

<언니, 잘 놀다 가요.
이사 전에 구경 왔을 때는 몰랐는데,
다시 와 보니 너무 좋아 보여요.
우리도 전원주택으로 이사 갈까 봐요.

ㅇㅇㅇ 또 놀러 올게요.〉

창가에 서서 물을 들이켜는 지후의 시선이 자연스레 옆집으로 향했다.

'안 온 건가? 토요일이라 오늘은 차가 많이 막힐 텐데.'

생각을 하다 보니 피식 웃음이 나왔다. 얼굴도 모르는 이웃인데 차 막힐까 봐 걱정이라니. 정말 오지랖도 이 정도면 태평양이 무색하다.

잠 많은 노견 마음이를 두고 사랑이와 산책을 나섰다.

크게 동네를 한 바퀴를 돌고 그녀가 멈춰 선 곳은 옆집 대문 앞.

-방동 1길 162-

집 모양의 파란색 주소판을 쳐다보던 지후는 주머니에서 휴대폰을 꺼내들었다. 주소록에서 집주인을 찾아 통화 버튼을 눌렀다.

[여보세요?]

"아, 안녕하세요. 저 방동리에 집 산 사람인데요."

[아, 네. 안녕하세요.]

"다름이 아니라, 옆집 보니까 '방동 1길 162'라고 주소판이 붙어 있던데, 저희 집에는 없어서요."

[아! 그거요. 어디에 뒀더라. 제가 시청에서 받아오기는 했는데.]

이내 생각난 듯 아저씨의 목소리가 한층 밝아졌다.

[옆집 창고에 있을 거예요. 제가 붙인다는 게 에폭시가 떨어져서 깜빡했네요. 옆집 사람한테 달라고 하세요.]

옆집에 사람이 있어야 달라 하지.

"네, 감사합니다."

[뭐, 불편한 건 없으시죠?]

"예쁜 집에서 잘 지내고 있어요. 감사합니다."

[네, 들어가세요.]

통화를 마친 지후는 집으로 돌아와 사랑이를 밀어 넣곤 현관문을 닫았다.

"금방 올 테니까 사고치지 말고 있어."

대문을 통해 옆집 전체를 빙 돌아가는 대신 뒤쪽 텃밭으로 향했다. 하천부지에 속하는 텃밭이 산으로 뚫려 있는 탓에 거금을 들여 집 안쪽으로 설치한 펜스의 쪽문을 열고 옆집으로 건너갔다. 창고문은 다행히도 잠겨 있지 않았다.

"뭐가 이렇게 많아?"

공사를 하고 남은 듯한 시멘트와 벽돌, 예초기와 전기톱 등의 농기구들이 가득 차 있었다.

"어디에 있을까……."

물건들을 하나씩 꺼내가며 안쪽으로 들어간 지후가 허리 높이의 서랍장을 열었다.

"장갑, 케이블 타이, 망치, 꽃삽. 뭐가 이렇게 잡다한 게 많담!"

 파란색 주소판을 찾으며 하나씩 서랍들을 열었다. 좁은 창고에서 쭈그리고 앉아 서랍을 뒤지다 보니 금세 땀방울이 맺혀 들었다.

 마지막 서랍을 열려던 지후의 등 뒤로 그림자가 지는가 싶더니, 낯선 음성이 들려왔다.

 "여기서 뭐하는 겁니까?"

 "흐아아아아아아아아악!"

 몸을 돌린 지후가 손에 잡히는 무언가를 움켜쥐며 주저앉았다. 쉴 새 없이 터져 나오는 비명 소리에 귀를 막은 남자가 미간을 찌푸리며 그녀를 내려다봤다.

 "다. 다다다. 당신! 나나. 남의 집에서 뭐하는 거야!"

 온몸의 땀이 삽시간에 땀구멍으로 숨어들고 그 자리에 솜털이 솟아올랐다.

 "남의 집에서 낫 들고 뭐하는 겁니까?"

 손에 든 것이 무엇인지 알아차린 지후가 남자를 향해 낫을 치켜들었다.

 "그거 사용할 줄은 아는 겁니까? 다치기 전에 내려놓는 게 좋을 듯한데."

 빈티지한 청바지에 흰색 무지 슬라브 반팔티를 걸친 남자의 훤칠한 키는 놀란 지후에게 위협적으로 느껴졌다.

 "누, 누구세요!"

"어이없네."

문에서 한 걸음 물러선 남자가 손가락을 까닥였다.

"나와요."

"네?"

"나오라고. 거기 벌레 잔뜩 있는데."

내려다보니 다리가 수십 개 달린 그리마 두 마리가 무릎에 들러붙어 있었다.

"으아아아아아악!"

낫을 팽개친 지후가 스프링처럼 튀어 올라 창고를 뛰쳐나왔다.

"떨어져! 떨어지라고오오오오!"

미친 듯이 온몸을 흔들어 대는 지후의 모습에 남자가 기겁을 하며 물러섰다.

"으악! 으아악! 으아아아아아!"

선무당 굿하듯 치마를 펄럭거리니 검은색 레이스 팬티로 남자의 시선이 꽂혀 들었다. 아는지 모르는지, 한참이나 널뛰던 지후는 다리에 힘이 풀려 그만 주저앉아 버렸다.

"하아. 하아. 하아아."

마른침을 삼키는 그녀를 물끄러미 바라보는 남자의 모습에 지후는 눈물이 차올랐다.

"당신, 누구예요."

"집주인입니다."

차분한 음성에 지후의 심장이 바닥으로 굴러떨어지는 듯했다.

'망했다!'

그리도 기다리던 이웃…….

단발머리는 미친년 꽃다발처럼 산발인데다, 꽃무늬 냉장고 원피스가 기가 막히게 잘 어울린다. 구색을 갖추듯 슬리퍼 한 쪽은 어디로 갔는지, 새까만 발바닥에 박힌 돌이 애처롭다.

"이봐요, 괜찮아요?"

'괜찮지 않아요, 흐윽.'

이 구역에 미친년은 나라고 외친 꼴이라니.

경계하던 남자의 시선은 이미 안쓰러움으로 가득했다.

"이봐요."

쏟아질 것 같은 눈물을 삼키느라 꾹꾹거리는 새끼 돼지 소리가 났다. 땅으로 꺼져 버리고 싶었다.

이렇게 더럽게 운수 없는 날이 있을까.

"일어날 수 있겠어요?"

한층 더 부드러워진 음성에 지후가 고개를 끄덕이며 몸을 일으켰다.

"집이 어디예요?"

차마 옆집이라고 말할 수 없다.

시내에 가서 가발을 사고, 화장을 진하게 하면 못 알아보지 않을까? 나간 김에 속눈썹도 붙일까.

이런저런 생각을 하며 좀비처럼 집을 향해 돌아서는데 남자가 그녀를 불렀다.
"잠시만이요. 무릎에 피 나요. 들어가서 약 바르고 가요."
도리도리 고개를 저으니 남자가 다시 그녀를 불렀다.
"이봐요."
멈춰 선 그녀의 앞에 몸을 숙인 남자가 어디서 찾았는지 하얀색 슬리퍼를 발에 끼워 주었다.
"조심해서 가요."
대문까지 배웅 나온 남자에게 허리를 숙여 인사한 지후가 집을 향해 돌아섰다. 심장이 오그라들 정도로 창피해서 눈물이 쏟아져 나왔다.

옆집 대문에서 지후의 집까지는 불과 서른 걸음. 집 앞에 다다라 살며시 돌아서니, 그녀를 지켜보고 서 있는 옆집 남자가 보였다.

'망할!'

그녀를 발견한 사랑이가 베란다 유리문에 들러붙어 꼬리를 치고 있다.

'사랑아……. 조금만, 이따 보자.'

무거운 걸음을 떼며 지후는 집을 지나쳐 하염없이 걸었다.

02 옆집 남자

'집에 안 가고 어딜 가는 거지?'

한참이나 길에 서 있던 유신은 그녀가 밤나무를 돌아 사라지자 대문 안으로 들어섰다.

"창고에는 왜 들어온 걸까?"

두 집 뒤로 연결된 농수로 문제로 건물주와 통화를 하며 옆집이 팔렸다는 이야기를 들었다. 젊은 여자가 샀다기에 언젠가 두 발을 구르며 폴짝거리던 그녀가 아닐까 했었는데.

긴 생머리에 하늘색 원피스를 입은 그녀가 함박웃음 짓던 그날을 유신은 아직도 기억한다.

'꽤나 독특한 여자가 이사를 왔네.'

하긴, 시골 전원주택에 홀로 이사를 오는 여자가 평범한 여자일 리 없다.

집 보러 오던 날도 그랬으니까.

"큭, 머리에 꽃까지 꽂으면 딱인데."

산발이 되어 울 것 같은 얼굴로 쳐다보던 모습은 영락없이 동막골 광년인데…….

방동리 광년이 탄생인가?

"아놔, 그런 할머니 치마는 도대체 어디서 구했데."

그녀를 떠올리니 뜬금없이 웃음이 나왔다.

'조금 귀여운 것도 같고.'

거실 소파에 앉은 유신이 맥주 캔을 따자 귀신같이 고양이 울음소리가 들려왔다.

"이 자식 또 왔네."

애써 무시하려 했지만, 처량한 목소리는 끝도 없이 들려왔다. 결국 몸을 일으킨 유신이 복도를 지나 안방 베란다 문을 열자, 기다렸다는 듯 고등어 무늬 고양이 한 마리가 날름 뛰어들었다.

"고양아. 너희 집으로 가. 왜 자꾸 찾아와."

그의 발목을 휘감으며 애교를 부리는 길고양이의 모습이 참으로 신기하다.

슬그머니 고양이를 밀어낸 유신이 주방으로 향했다.

니야앙. 앙앙앙. 앙앙앙.

열심히 뒤쫓는 고양이의 걸음마다 냥냥냥 울려 대는 메아리가 우스꽝스럽다.

"울든가, 걷든가. 둘 중 하나만 해라. 정신 사납다."

싱크대 서랍을 열자 주방과 거실을 나누는 바 위로 고양이가 뛰어올랐다. 유신이 지난주에 사다 놓은 고양이 캔을 집어 들었다.

"맥주 캔 따는 소리하고 고양이 캔 따는 소리도 구분 못 하냐."

내용물을 쏟아 낸 접시를 바 위에서 기다리고 있는 고양이에게 밀어 줬다.

냥. 냥냥냥. 나아앙. 냥냥.

'맛있어. 맛있어.'를 외치는 듯 시끄럽게도 먹는다.

"집사를 고르려면 성실하게 밥 주는 사람을 골라야지. 응? 이 바보 고양이야."

허겁지겁 먹는 고양이를 보니 마음이 짠하여 다시 캔 하나를 땄다.

배가 부른지 반 정도를 남긴 고양이가 접시를 묻으려는 듯 앞발로 인조대리석을 긁어 댔다.

"그래, 먹은 건 바로 바로 치워야지. 깔끔한 녀석이네."

접시를 집어 든 유신이 설거지를 위해 싱크대 앞에 서자 옆집 대문 열리는 소리가 들렸다.

조그만 주방 창문으로 내다보니 옥수수가 담긴 파란색 소쿠리를 옆구리에 낀 여자가 휙 고개를 돌렸다.

'헉!'

잽싸게 물러선 유신의 시선이 고양이와 마주쳤다.

"아까 놀래서 그래. 미쳐 날뛰는 여자를 봤거든."

다시 조심스레 창문으로 몸을 숙였다. 옥수수가 한아름 담긴 소쿠리를 들고 살금살금 현관으로 걸어간 그녀는 조용히 문 안으로 사라졌다.

"너 옆집 여자 봤냐?"

"니아아앙."

"좀 모자란 것 같지 않디?"

"냐옹."

대답을 하는 것이 신기해서 유신이 다시 맥주 캔을 들고 소파에 앉았다.

"그 꼴을 해 가지고 옥수수 따러 간 건가?"

낫이 필요해서 빌리러 온 건가?

"옥수수 따는데 낫은 필요 없을 텐데……."

윗집 할머니에게 받은 옥수수를 싱크대에 내려놓은 지후가 거실 벽에 들러붙었다. 그러곤 창문을 통해 옆집의 동태를 살폈다.

'닌자야 뭐야. 어떻게 그렇게 소리 없이 나타났지?'

얼핏 보니 마당 한가운데 커다란 검정색 SUV가 서 있던데, 차 소리도 못 듣다니.

"나만 미친년 됐네."

무얼 하는지 조그만 주방 창문으로 왔다 갔다 하는 그의 허리춤이 보인다.

"어휴!"

아무리 발을 굴러도 전신을 감싸는 창피함은 사라질 기미를 보이지 않고.

"일단 씻자."

까진 무릎에는 피딱지가 앉아 있었다. 보일러 온수 버튼을 누르고 욕실로 들어선 그녀는 스펀지에 바디워시를 짜서 거품을 냈다. 온몸을 문지르면서도 한숨을 들이쉬고 내쉬고.

"창피해 죽겠네! 정말!"

샤워를 마친 지후는 머리를 말리지도 않은 채 침대에 누워 버렸다.

'아⋯⋯. 다시 이사를 가야 하나.'

아니지. 어차피 자주 오지도 않잖아? 가끔 쉬다 가는 별장 용도인 것 같은데, 크게 마주칠 일도 없을 거야.

그리도 기다리던 이웃은 한순간에 피해야 할 기피대상 1호가 되어 버렸다.

"그래, 괜찮아. 괜찮은 거야. 마음아. 마음아. 이리 와."

물끄러미 지후를 올려다보던 마음이가 휙 돌아 화장대 아래 제 집으로 들어갔다.

"아무튼 애교라고는 눈곱만큼도 없어. 사랑아."

기다렸다는 듯 침대로 뛰어오른 사랑이 그녀의 얼굴을 핥

앉다. 마음이 대신 주둥이를 들이미는 사랑이를 끌어안았다.

"사랑아. 흐으윽. 나, 너무 속, 상, 해."

여름의 끝자락에서 사랑이의 뜨거운 체온이 이토록 위안이 될 줄이야.

늘어지게 자고 일어나니 시간은 이미 오후 여섯 시를 넘어섰다. 마음이와 사랑이에게 사료를 덜어 주고 허리를 펴자 주방 싱크대에 놓인 옥수수가 보였다.

'웬 옥수수?'

두툼한 껍질에 싸인 옥수수를 쳐다보고 있자니 잊고 싶은 기억들이 쓰나미처럼 밀려온다.

원주민과의 화합이 귀촌의 성공이라 굳게 믿으며 열심히 인사하고 다녔던 윗집 할머니네 옥수수다. 미친년처럼 정처 없이 걷던 그녀를 불러 세운 할머니가 소쿠리 가득 옥수수를 따 줬다.

"아아아. 할머니. 안 주셔도 돼요."

"괜찮아. 많이 나는 걸 뭐."

귀가 어두운 할머니는 그녀의 말이 끝나기도 전에 환하게 웃으며 고개를 끄덕였다.

"아니요, 할머니. 그게 아니라."

"그래. 가서 바로 삶아. 그래야 달아."

80이 훌쩍 넘은 할머니가 허리보호대까지 차고 따 주는 옥수수를 거절할 수가 없었다.

'제가, 지금 그럴 정신이 아니거든요.'

결국 옥수수를 잔뜩 들고 울상이 되어 돌아온 기억이 생생하게 뇌리를 꿰뚫었다.

"하아……. 가지가지 하는구나."

설마 옥수수 들고 오는 건 못 봤겠지.

'그것까지 봤다면 정말 미친년 되는 건데.'

지후는 이리저리 망설이며 시계를 쳐다봤다.

"역시 잠수 타는 것이 좋을까."

하지만 지후는 피하는 것에 익숙하지 않았다. 똥인지 된장인지 먹어 봐야 안다는 건주의 말처럼 그녀의 인생은 언제나 정면 돌파였다.

"일단 삶자. 삶으면서 생각하자."

바로 가서 삶으라는 할머니의 당부를 떠올리며 지후는 옥수수 껍질을 벗기기 시작했다.

'많다. 진짜 많이도 주셨네.'

인터넷을 검색하여 옥수수 삶는 방법을 읽어 내려갔다.

커다란 냄비에 소금과 설탕, 물의 비율을 맞춰 옥수수를 삶았다. 그사이 화장을 하고 머리를 빗으면서도 갈등은 끝없이 이어졌다.

"적어도 미친년처럼 보이진 않겠지."

단정하게 면 반바지에 스트라이프 보트넥 티를 꺼내 입고 옥수수가 든 접시를 방패처럼 손에 들었다.

깨끗한 운동화를 꺼내 신으려던 지후가 멈칫했다.

'옆집에 가는데, 운동화는 좀 오버가 아닐까?'

양말을 벗어 신발장에 넣고 슬리퍼를 꺼내 신었다. 물론 아까 신고 갔던 흰색 고무 슬리퍼가 아니라 큐빅 통굽 슬리퍼를 발에 끼워 넣었다.

"마음아! 사랑아! 엄마 다녀올게."

씩씩하게 마당을 가로질러 대차게 대문을 열었다. 그녀의 집 마당 끝에서 시작되는 남자의 거실 베란다를 울타리 너머로 올려다봤다. 소파에 누워 있는 남자의 모습이 보이자 지후의 어깨가 움츠러들며 걸음이 빨라졌다.

'자고 있을지도 몰라. 살짝 문만 두드려 보고 반응이 없으면 문 앞에 놓고 오자.'

베란다 유리문으로 대문 밖까지 훤히 보이는 터라 어차피 인터폰이 소용없는 구조였다. 지후는 벨을 누르는 대신 하얀색 철장 사이로 손을 넣어 대문을 열었다.

살금살금, 데크에 올라서자 열린 창문 사이로 보이는 소파는 텅 비어 있었다.

'이상하네. 방금까지 누워 있었는데? 화장실 갔나?'

자려고 침대에 누웠나? 그냥 옥수수만 두고 갈까? 어휴, 그럼 여기까지 온 의미가 없잖아.

"미친년이 아니라는 걸 밝혀야 할 텐데."

현관 앞에 멈춰선 지후는 옥수수 다섯 개를 담은 접시가 무거워 한숨이 나왔다.
'아, 돌아가고 싶다.'

쉬지 않고 들려오는 소 울음소리에 유신의 시선이 거실 베란다로 향했다.
'근처에 우사가 있나? 소가 왜 이렇게 울어 대?'
울타리 너머로 종종거리며 지나가는 조그만 머리통이 보이자 소파에서 벌떡 일어났다. 인터폰이 울리기 전에 문을 열어주려 했다. 그러나 뚝기 충만한 그녀는 남의 집 대문을 스스럼없이 열고 들어섰다.
"요것 봐라?"
창문으로 그림자가 비치자 현관으로 향하던 유신이 걸음을 멈춰 섰다.
대문까지 열고 들어온 마당에 방충망을 열 자신은 없었던 걸까? 그녀는 방충망에 코가 눌릴 정도로 얼굴을 밀착하고 거실을 들여다보고 있었다.
"미친년이 아니라는 걸 밝혀야 할 텐데."
혼잣말을 중얼거리는 그녀의 목소리.
미친 소처럼 날뛰었던 상황이 얼마나 부끄러웠을지, 그럼에도 사과를 하러 온 순박함이 귀엽기 짝이 없었다.
조용히 미닫이문을 열고 현관 앞에 섰지만 아무리 기다려도 노크 소리는 들려오지 않았다.

'옥수수만 놓고 가 버린 건가?'

그때였다.

톡. 톡. 톡.

정말 개미 물먹는 소리만큼 작은 노크 소리에 유신이 귀를 문에 가져다 댔다.

톡. 톡. 토독.

이어 개미 숨소리보다 작은 음성이 들려왔다.

"안에 계세요?"

유신이 문을 벌컥 열어젖혔다.

두 눈이 동그래진 여자가 입을 벌린 채 올려다본다.

"무슨 일입니까."

"사는 저는 옆집인데요."

서른셋의 유신보다 대여섯 살은 더 어려 보이는 여자는 새빨개진 얼굴로 이상한 말들을 뱉어 냈다.

"사는 저는 옆집? 혹시 교포?"

"네?"

"한국말이 어눌해서."

작고 통통한 여자를 보고 있으니 없던 장난기가 자꾸만 발동이 걸린다.

'코에 방충망 자국이 난 걸 알아도 저런 표정을 지으려나? 말을 할까? 말까?'

물끄러미 바라보고 있자니, 여자의 표정이 금세 새침해졌다. 경험상 여자의 저런 표정은 남자에게 좋을 것이 없다. 유신은 애써 웃음을 참으며 한 걸음 물러섰다.

"옆집 분이시죠?"

"알고 계셨어요?"

"이제야 제대로 인사를 하네요. 김유신입니다."

"서지후예요."

"서태후?"

중학교 시절 별명이 유신의 입에서 튀어나오자 지후의 얼굴엔 화르륵 열꽃이 피었다.

'말수 없기는 개뿔! 완전 기름장어잖아.'

청소업체 아주머니의 말이 떠오르자 지후가 싸늘하게 쏘아붙였다.

"그럼 그쪽은 황산벌에서 싸우던 김유신인가요?"

"김해 김인 건 맞지만, 버들 유에 믿을 신입니다."

"버들처럼 낭창하니 믿음이 안 가네요."

말 받아치는 것을 보니 모자란 여자는 아닌 듯한데.

"첫 만남이 워낙 강렬했던지라, 믿음을 줘야 할지 고민하는 중입니다만."

유신이 그녀의 손에 들린 옥수수 접시를 쳐다봤다.

"제 겁니까?"

"네."

"감사히 받겠습니다."

딱히 옥수수가 탐이 났던 것은 아니었다. 다만, 튼실한 옥수수가 무거웠던지 점점 기울어지는 접시를 들고 있는 그녀의 손목이 버거워 보였을 뿐이다.

접시를 받아들자 어색한 침묵이 둘 사이로 연기처럼 피어올랐다. 침묵을 먼저 깬 것은 유신이었다.

"혼자 사는 남자 집이라 들어오시라고 못 해 미안합니다."
"들어갈 생각 없어요. 저는. 흠흠."

쉴 새 없이 발가락을 꼬물거리던 지후를 바라보며 유신은 또다시 신경을 건드렸나 싶어 조용히 물었다.

"아까 일 때문에 오신 겁니까."
"네. 사실 아까는 제가, 아니 원래 창고에 있던 이유는요. 집주인 아저씨가 저희 집 주소판이 이 집 창고에 있다고 하셔서요."

"주소판이요?"
"방동 1길 160이라고 쓰인 파란색 표지판 같은 거요."

사과를 먼저 해야지, 이 아가씨야.

왜 창고에 있었는지 설명을 듣고는 유신이 고개를 끄덕였다.

"찾아보고 있으면 가져다 드리겠습니다. 그럼 용건 끝나신 겁니까?"

"아니요, 오전에 말도 없이 창고에 들어와 놀라게 해서 죄송해요."

"쉽게 잊힐 장면은 아니지만, 사과는 받겠습니다."

이상하네. 분명히 예의 바른 말투인데 뭔가 모르게 지후의 기분을 상하게 했다.

뭐랄까. 똥 싸고 뒤 안 닦은 그런 느낌?

인사를 하고 돌아서야 하나 망설이는 사이 차분한 그의 음성이 들려왔다.

"무릎은 좀 어때요?"

"괜찮아요. 그런데 제가 옆집 사람인 건 어떻게 아셨어요?"

"집 보러 왔을 때 봤어요."

"그게 언젠데……."

"7월 7일이요. 금요일이라 내려와 있었거든요."

42번째 집을 보던 날이다.

아담한 산을 등지고 인삼밭을 향해 지어진 두 채의 하얀 벽돌집, 쌍둥이처럼 똑같이 지어진 두 집 중 하나는 이미 매매가 되었다고 했다. 당연히 네모반듯한 정원의 윗집이 팔리고, 길을 따라 직삼각형 정원의 집이 남은 것이라 생각했지만 그 반대였다.

"기억나요. 그때도 검은색 SUV가 서 있었어요. 그런데 제가 사게 될 줄 어찌 아시고……."

"너무 좋아하길래 저 여자가 사겠구나, 했었습니다."

'혼자 올 줄은 몰랐지만.'

해맑게 웃는 지후의 모습에 순간 저도 모르게 그녀의 머리 위로 손을 뻗은 유신이 아차 싶어 벽을 짚었다.
"그러셨구나."
그녀를 기억하고 있다는 유신의 부드러운 음성에 지후는 마음이 풀려 버렸다. 평생의 보금자리를 발견한 그 기쁜 순간을 기억해 주는 누군가가 있다는 사실이 감동스러웠다.
"기억해 주시니 감사하네요."
"이렇게 이웃이 되어 반갑습니다."
"이사 온 지 보름만이네요."
"인사하러 와 줘서 고마워요."
"사과하러 온 거예요. 아침부터 못 보일 꼴을 보여서."
시간을 너무 오래 뺏은 듯하여 지후는 서둘러 인사를 건넸다.
"참, 언제 서울로 가세요?"
"내일이요."
내일 점심이나 같이 먹자고 해야겠다고 생각하며 지후는 기분 좋게 집으로 돌아왔다.

일요일 아침. 일찍 일어난 지후는 사랑이와 마음이의 사료부터 챙겨 주었다.
"아직 자나?"
옆집을 쳐다봤지만 아무런 움직임이 없다.

"냉장고에 맥주가 가득한 걸 보니 술을 좋아하나 봐. 엄청 마시고 뻗었나 보다."

청소를 하고 세탁기를 돌리고 마당에 빨래를 널면서도 시선은 자꾸만 옆집으로 향했다.

그렇게 시간이 흘러 11시.

"마음아~ 목욕하자!"

말이 떨어지기가 무섭게 할매가 온 힘을 다해 도망친다. 매번 벌어지는 도주극이지만, 지후는 에너지를 터트리며 달리는 마음이를 보기 위해 선전포고를 하듯 목욕을 외쳤다.

"잡았다! 한 뼘도 안 되는 다리로 얼마나 멀리 가신다고."

한껏 풀이 죽은 마음이를 안고 욕조로 향했다. 작은 목욕통에 탄산 스파를 풀고 물의 온도를 확인했다. 세 살 되었을 때 시작된 피부병이 벌써 7년, 간이 약해진 탓에 더 이상 약을 먹을 수 없어 일주일에 두 번씩 약물 목욕을 해야 했다.

욕조에 담가 각질이 불 때까지 기다리며 양치를 시킨다.

"어휴, 스케일링 한 번이면 끝날걸."

일 년에 한 번씩 진행하던 스케일링도 이젠 노견이라 마취가 위험하다는 수의사의 판단에 마음이는 뒤늦은 양치질을 시작했다.

"다 했다!"

털을 꼼꼼히 말린 지후가 마음이와 사랑이에게 간식을 나누어 줬다.

"마음이 목욕한 덕에 사랑이 오늘 계 탔네?"

지후는 꽃무늬 원피스를 벗어던지고 반바지와 얇은 셔츠로 갈아입었다.

'12시가 넘었는데, 일어났겠지?'

"얘들아, 엄마 옆집 다녀올 테니까 기다려."

그리고 대문을 나서려는데!

"어?"

대문 앞 계단에 예쁜 들꽃이 한아름 놓여 있었다. 이리저리 둘러보아도 사람의 흔적이 없었다.

'뭐지? 그사이 날 사모하는 누군가가 생긴 건가?'

꽃다발을 집어 들자 그 아래 파란 주소판과 어제 옥수수를 담았던 접시가 보였다. 순간 지후의 시선이 옆집으로 향했다.

"갔나? 벌써 가 버렸나?"

점심 같이 먹으려고 했는데!

후다닥 옆집으로 뛰어가니 차가 없다. 왜 이렇게 섭섭하고 서운한지.

집으로 돌아온 지후는 그릇을 주방에 내려놓고 물통에 꽃을 꽂았다.

침대에 벌러덩 누워 생각하자니 역시나 섭섭하다.

'어쩜 말도 없이 가 버리냐.'

분명 어제는 사이좋게 인사하고 돌아왔는데.

"전화번호라도 받아 놓을 걸 그랬나?"

획 돌아누우니 화장대 위에 놓인 꽃이 보였다.
휴대폰을 들어 검색 창을 열었다.
-계란프라이같이 생긴 꽃-
"개망초?"
왠지 '개'자가 들어간 것이 어감이 상당히 안 좋다. 흔히 길가에 피어 있는 야생화로, 꼭 계란프라이를 해 놓은 듯 하얀 꽃잎 속에 동그란 꽃술이 노란색이라 계란꽃으로도 불린다.
"국화과의 개망초 꽃말은 화해……."
꽃말을 읽어 내리는 입가에 미소가 피어올랐다.

촉촉하게 이슬이 내린 월요일.
집 정리도 대충 되었으니 슬슬 글을 쓰기 시작해야 하는데, 지후는 시험 전날 책상 앞에 엎드려 자는 학생의 심정으로 노트북을 노려볼 뿐이었다.
시골 전원주택으로 이사했다는 말에 초등학교 친구들부터 대학 동기까지 전화가 빗발쳤다.
"평일에 놀러와, 평일에. 주말은 바빠."
영미의 팁이 유용하게 먹혔는지 내년 휴가를 기약하겠다는 친구들의 말에 웃음이 나왔다.
'내년 휴가철에 쓰나미처럼 밀려오는 건 아닌지 모르겠네.'
거실 바닥에 널브러져 있다 보니 이장님 방송 소리가 들려왔다.

TV에서만 보던 이장님 방송은 잘 들리지 않았지만, 방송이 있는 날이면 삼삼오오 모여 마을회관으로 향하는 할머니, 할아버지들을 볼 수 있었다.

시골에서의 하루하루가 꿈만 같았다. 서울에서는 비가 오는 날이 그렇게 싫었는데, 이곳은 비 오는 것마저 반갑다.

'오늘은 스프링클러 안 돌려도 되겠구나~'

사랑이가 짖을 때면 누군가 반가운 손님이 오는데 대부분은 택배 아저씨다. 사랑이를 위해 택배를 더더욱 많이 시켜야겠다고 지후는 다짐한다.

쓰레기 버리는 화요일.

새로 장만한 장보기용 수레에 쓰레기를 싣고 또 실었다. 산더미처럼 쌓인 택배 박스가 물류창고를 방불케 했다.

"혼자 사는데 쓰레기가 왜 이리 많아! 앞으로 택배 아저씨 만나는 것 좀 자제해야겠어."

사랑이 똥을 모아 둔 쓰레기봉투도 만만치 않았다.

"이그, 냄새. 아주 똥쟁이네. 한 번으론 안 되겠는데?"

땀을 질질 흘리며 300m를 끌고 갔는데 쓰레기 버리는 곳에 쓰레기가 하나도 없었다.

'여기가 아닌가?'

주위를 둘러보던 지후가 버스 정류장에 앉아 있는 할머니에게 물었다.

"할머니, 여기 쓰레기 버리는 데 아니에요?"

"맞지."

"근데 쓰레기가 하나도 없어요. 오늘 나가는 날 아닌가?"

할머니가 입을 오물거리며 한참이나 생각을 하더니.

"수요일에 내놔야지."

"오늘 수요일이에요."

"거따 둬."

"쓰레기가 왜 하나도 없지?"

"안 버리니까 없지."

"그럼, 쓰레기 어떻게 해요?"

"태워."

"아……. 불나면 어떡해요."

"안 나게 태워야지."

불 안 나게 태우는구나. 음식물은 땅에 묻어 거름하고, 어지간한 것들은 모조리 태운단다.

'쓰레기봉투 엄청나게 사 놨는데…….'

그렇게 쓰레기 버리는데 오전의 전부가 사라져 버렸다.

시간이 강물처럼 흐르는 수요일.

그사이 지후는 동네 어르신들의 특징을 파악하기 시작했다. 그녀의 집을 기준으로 아랫집 할머니는 바둑이를 길러서 바둑이 할머니, 윗집 할머니는 밭에 옥수수 천지라 옥수수 할머니. 그리고 앞집 할머니는 복분자를 주셔서 복분자 할머니다.

말이 아랫집, 윗집이지 모두 300m 넘게 떨어져 있었다.

할머니 삼총사는 서로에게 마실을 가는 사이인데, 오며 가며 감자나 옥수수, 김치 등을 건네주신다. 시골 인심에 감동한 지후는 시내에 나갈 때마다 과일이나 빵을 사서 세 할머니에게 배달을 하곤 했다.

점심을 마치고 노견인 마음이 목욕을 시켰다. 서울에서는 드라이로 말리느라 땀을 쏟았지만, 이곳에서는 씻겨서 내놓으면 햇볕에 금세 털이 말라 좋았다.

여유롭게 야외 테이블에 앉아 과일을 깎아 먹으려니 사랑이가 울타리에 들러붙어 짖기 시작했다.

"사랑아!"

이유 없이 짖는 법이 없는 사랑이니 귀찮은 마음을 물리치고 일어나 울타리로 다가갔다.

"어머, 안녕하세요."

집 우측으로 300평 가까운 인삼밭에 아주머니 두 분이 인삼을 캐고 있었다. 후다닥 달려가 과일과 시원한 매실차를 내어 아주머니에게 내밀었다.

"아유, 고마워라. 이 집 사는 색신가?"

"네."

"신랑은?"

"아직 시집 안 갔어요."

"아니, 근데 여기 혼자 살아?"

"뭘 그런 걸 물어봐. 죄다 늙은 사람밖에 없는데, 젊은이가 들어와 사니 좋구먼."

자연스럽게 호구조사 들어오시는 두 분 아줌마의 질문에 배시시 웃으며 말꼬리를 돌렸다.

"근데, 인삼이 벌써 수확기예요?"

"아니. 아직인데, 관리가 안 돼서 미리 캐는 거야. 이것 좀 가져다 먹어."

"아녜요, 안 주셔도 돼요."

"좋은 거야. 가져가서 먹어."

아주머니는 조그만 삼들을 한 움큼 집어 치마폭에 안겨 줬다.

'몸에 열이 많아서 삼 먹으면 안 좋다 했는데.'

지후의 식구들은 몸에 열이 많은 탓에 삼계탕에도 삼을 넣지 않는다.

-시골 사람들은 서로 나누고, 받은 것에 답례하는 것이 몸에 배인 사람들이다. 시골 인심을 거절하지 말자.-

블로그에서 읽은 내용들을 떠올리며 지후는 인사를 하고 자리에서 일어섰다.

햇살 좋은 목요일.

강원도로 여행 왔다는 엄마와 이모가 잠깐 그녀의 집에 들른다는 전화를 했다. 당신의 말을 거역하고 홀로 귀촌한 딸이 못마땅해 발걸음도 않던 엄마의 방문 소식에 지후는 아침부터 분주했다.

"아, 차차차! 엄마 차 어디에 주차하지?"

대문 앞에 세워 놓은 차를 바로 옆, 인삼밭과 그녀의 집 울타리 사이 빈터에 주차했다.

모든 준비를 마치고 나니 정오가 되었다.

'좋아 보여야 할 텐데.'

대문 앞에 서 있자니 옥수수 할머니 집 앞을 돌아 다가오는 엄마 차가 보였다.

"엄마! 차 여기, 대문 앞에 대요."

차에서 내린 이모가 먼저 대문을 들어섰다. 미친 듯이 들러붙은 사랑이의 엉덩이춤에 이모가 부담스러운 듯 뒷걸음질을 쳤다.

"어머! 어머머. 이거 무슨 개가 이렇게 커?"

"이모, 안녕하세요."

"그래. 잘 지냈니? 집 좋다."

사랑이를 품에 안고 이모와 인사를 나누는 사이 엄마가 차에서 내려섰다.

"네 차 대놓은 데도 이 집 땅이니?"

"아니, 집을 지으며 측량을 잘못해서 저기까지 다져 놓은 거야. 나중에 다시 재서 안쪽으로 울타리 만든 거고."

"시골이니까 주차했다고 뭐라 안 하겠지."

"바둑이 할머니가 어차피 노는 땅 주차 좀 하면 어떠냐고 그러시네."

"시골이라 인심이 좋네."

"아니, 땅 주인은 다른 아줌마고. 어제 인삼 캐러 오셔서 인사하고 과일 대접했어."

"적응 잘하고 사나 보다."

기특해하는 이모의 말에 지후는 어깨가 으쓱하여 어제 받은 인삼을 내놓았다.

"이모, 가져가요. 인삼밭 주인아주머니가 주신 거예요."

"너 두고 먹지 그래."

"건주랑 지후는 열 많아서 인삼 안 먹어."

현관으로 들어선 엄마는 반갑게 인사하는 마음이를 끌어안고 이곳저곳을 둘러보았다.

"중간 방은 왜 비워 놨어?"

"손님방으로 쓰려고."

"작은방은 서재하고?"

"응."

"냉장고에 밑반찬은 네가 한 거야?"

"아니, 새언니가 주고 갔어."

"언제 다녀갔는데?"

"금요일에 와서 토요일에 갔어."

"에어컨은 왜 안 샀어? 엄마가 사 줘?"

"아니, 낮에만 잠깐 덥고 밤에는 선선해. 올여름 지나 보고."

엄마의 날 선 눈초리에도 해맑게 웃는 조카를 편들어 주고 싶었는지 이모가 한마디 거든다.

"얘, 선희야. 지후가 아주 잘 해놓고 사네."

"희주가 그러고 살아 봐. 그런 말이 나오나."

"애도 참, 지후가 제 앞가림 못 하는 애도 아니고."

"저 나이에 이러고 살면 앞가림 못 하는 거지."

"그래도 여자 나이 서른하나에 집까지 사고, 얼마나 기특해. 남자도 못 하는 걸."

쏟아지는 폭풍 칭찬에 조금은 누그러진 듯 엄마의 목소리가 부드러워졌다.

"중학교 때부터 용돈으로 주택청약 붓던 애야. 독립한다고. 광복절에 태어나서 그런가? 왜 그렇게 독립이 하고 싶어."

"소원 성취했네."

"서울에 아파트를 샀어야지. 태몽도 예쁜 도자기 품어 안는 꿈을 꿨는데, 시골에서 이렇게 똥단지처럼 살 줄 누가 알았겠어."

또다시 울분을 토하는 엄마의 옆에 선 이모가 말없이 동생의 어깨를 토닥였다.

'어휴~ 참자. 참자.'

부글부글 끓어오르는 화를 삼키며 지후는 얼굴 근육이 뭉칠 때까지 미소를 지었다.

"그래서, 옆집은? 옆집에는 이사 들어왔어?"

"아뇨, 주말 별장처럼 쓰려나 봐요. 아직 못 봤어요."

"사방이 논밭인데, 여기서 뭘 하겠어. 땅 파 먹고 살 것도 아니고. 가끔 놀러나 와야지."

혹시나 이웃에 대해 궁금해할까 마음 졸였지만, 다행히 엄마의 관심은 거기까지였다.

"벌레 많지 않아?"

"시골이 다 그렇지."

"그렇지. 그런 시골에 왜…… 어휴. 속상해."

엄마와 이모는 부산스러운 사랑이 때문인지 차 한 잔 마시고 서둘러 일어섰다.

"저녁 드시고 가세요. 제가 맛난 거 사 드릴게요."

"돈도 없으면서 무슨 밥을 사. 됐어. 얼른 집에 가서 아버지 저녁 차려야지."

그래도 조금은 마음이 놓인 듯 차에 오르는 엄마의 표정이 한결 가벼워 보였다.

"집 있고 차 있고 개까지 있으니까, 이제 남자만 하나 들어오면 되겠다."

"그러게, 옆집에 참한 총각 하나 이사 오면 딱인데!"

"어머! 언니, 무슨 말을 그렇게 해. 안 돼! 위험하게."

"뭐가 위험해. 다 인연이 있는 거지."

가끔 점쟁이 같은 소리를 내뱉는 이모의 말에 지후의 얼굴이 삽시간에 달아올랐다.

"혹시 아니? 인연 찾아 여기까지 왔을지?"

"언니!"

모태솔로였던 사촌 언니 희주가 그랬다. 어디서 임신이라도 해 오면 모를까, 시집 못 갈 것 같다던 이모의 말이 잊히기도 전에 속도위반으로 결혼을 한 것이다.

"동구 봐. 춘천으로 연수 왔다가 우체국 아가씨 만났잖아."

"됐어. 그만해!"

서울 토박이인 막냇삼촌이 춘천 우체국 아가씨를 만난 이야기는 모두 연애결혼을 한 외갓집의 전설 중에 전설이었다.

"옆집은 별장으로 쓴다고? 사람들 봤어?"

"아니, 청소하는 아줌마한테 얘기만 들었어요."

"무슨 일 있으면 전화하고. 엄마가 바로 올게."

"초등학교 입학하는 것도 아니고, 그만 들어가세요."

"알았어. 엄마 간다. 밥 잘 챙겨 먹고. 괜히 개들 산책시킨다고 밤에 싸돌아다니지 말고. 요즘은 시골이 더 위험해."

"네에에에."

괜히 토 달았다가 욕만 먹을 듯하여 지후가 기분 좋게 대답했다.

"조심해서 가세요."

'제발 좀 가요, 엄마.'

대문 앞에 선 지 30분이 지나고 있었다.

"내가 할 말이 있었는데, 생각이 안 나네."

"가다 보면 생각날 거야, 엄마."

"그래, 이따 집에 가면 전화할게."

"네."

"사랑이한테 치이지 않게 마음이 잘 챙기고."

이모를 태운 엄마의 차가 보이지 않을 때까지 지후는 길가에 서 있었다.

'사랑한테 치이지 않게 마음 잘 챙기라고?'

"푸훗, 뭔가 의미심장한데?"

햇살이 익어 가는 금요일

낯선 인터폰 소리에 아침이 시작되었다.

"네에에에에!"

이사 온 뒤로 지후의 목청은 나날이 장대해졌다. 졸린 눈을 비비며 안방 창문을 여니 낯익은 얼굴이 보였다.

"아주머니!"

"색시! 좀 나와 봐."

시계를 보니 8시 반.

'아침부터 무슨 일이시지?'

대문 앞에는 엊그제 이야기를 나누었던 인삼밭 주인아주머니가 서 있었다.

"안녕하세요."

"이 차, 새댁 차야?"

"네."

아차. 어제 엄마가 다녀가신 뒤로 차를 대문 앞으로 옮겨놓는다는 게 깜빡했다.

"지금 빼드릴게요. 어제 저희 어머니께서 오셔서 잠깐 차 좀 댔어요."

"어머니가 오든 할아버지가 오든 남의 땅에 이렇게 차를 대면 안 되지."

"죄송합니다."

"이 집 지으면서 땅 잘못 재서 밭을 이렇게 메워 놓은 것도 속상한데, 이게 무슨 경우 없는 짓이야."

잘 지내보자는 어제와 달리 잔뜩 화가 난 아주머니의 짜증 섞인 목소리에 지후는 연신 사과를 했다.

"죄송해요. 다시는 차 안 댈게요."

"한 번만 더 보이면 아주 가만 안 있어. 포클레인으로 파 버릴 테니까 그런 줄 알아."

"죄송합니다."

그렇다고 땅을 파 버릴 것까지야.

어제는 분위기 좋았는데, 하루 만에 이렇게 손바닥처럼 뒤집힐 줄 누가 알았을까.

"안녕히 가세요."

인사도 받지 않고 휙 가 버리는 아주머니의 뒷모습에서 북풍한설이 분다.

'잘 정착했다고 생각했는데, 역시나 시간이 더 필요한 걸까?'

내심 손님들 오면 주차 좀 하려고 있는 아양, 없는 아부를 한껏 떨었는데…….

풀이 죽어 돌아서니 사랑이가 웃으며 꼬리를 친다.

"우리 땅 아닌데 차 대서 혼났다. 들어가자. 아침 줄게."

마음이와 사랑이 아침을 주고 샤워를 마친 지후는 오랜만에 장을 보기 위해 차에 올랐다. 마을 도로를 벗어나 우회전을 했다. 의암호를 따라 달리는 길은 언제 봐도 예쁘기만 하다. 어디 그녀의 눈에만 예쁘겠는가. 얼마 가지 않아 차가 밀리기 시작했다.

"아저씨, 앞의 분들 데이트한다잖아요."

뒤에 바짝 따라붙은 소형차가 빨리 가라 성화를 해 대자 지후는 한숨이 나왔다.

'뭐, 급하면 다섯 대를 추월하시든가요.'

이차선 국도는 운전보다 경치 구경에 바쁜 드라이브 차량들로 가득했다. 시속 40을 달리는 탓에 길이 막히기 일쑤, 바쁜 일이 있다면 그녀도 간이 썩을 듯한 교통상황이다. 구불구불 코너와 코너로 이어져 있었기에 길을 막는 차량이 뻔히 눈에 보였다.

"어쩌겠어. 사랑 한번 하겠다는데."

지루함에 노래를 틀었다.

-까칠한 그이가 좋아~ 시크한 그이가 좋아. 무뚝뚝해도 나만 바라봐 주는~-

"무슨 가사가 이따위야."

투덜거리면서도 어느새 중독성 있는 멜로디를 따라 흥얼거리고 있었다.

'맞네, 오늘 금요일인데 유신 씨 내려오려나?'

화해의 꽃다발까지 주고 갔으니, 이번에 내려오면 번호를 따야겠다.

'혼자 사는 남자 집이라 들어오라 못 한다 했지?'

"그건 여자들이 하는 말 아닌가? 뭐, 들어오라 그러면 내가 덮치기라도 한대? 웃겨!"

고기를 사자. 올 때쯤 밖에서 고기를 굽다가 자연스럽게 건너오세요. 술 한잔해요.

"좋아!"

근데, 이제 겨우 두 번 봤는데 술 한잔하자 그러면 좀 우스워 보이나?

"그렇다고 고기에 밥 한 끼 먹어요, 는 좀 그렇잖아?"

혼자 사는 여자의 굴레라니.

남의 눈 신경 안 쓰고 살았는데, 역시나 마음이 쓰이는 이유는…….

"늙어 버린 건가?"

아니야! 안 돼! 이제 겨우 서른하나인데!

"그래! 서울에서는 노처녀지만, 방동리에서는 내가 제일 영계라고!"

오만 잡다한 생각들은 마트까지 이어졌고, 덕분에 어마어마하게 긴 영수증을 받아들었다.

집으로 돌아와 짐들을 정리하고 인터넷으로 구입한 그릴을 꺼내 들었다.

언제 올지 모르니 불을 미리 피워야 하나, 말아야 하나. 토치를 들고 들락날락 분주하게 움직이던 지후는 해가 저물어 가자 결심을 하고 불을 피웠다.

"숯을 놓고 토치로 불을 지피고……."

놀러 가도 고기 굽기는 늘 남자들의 몫이었기에 불 피우는 것조차 생각처럼 쉽지 않았다.

"흐음, 할 수 있어. 까이꺼!"

처음 얹은 돼지 목삼겹은 지구에 떨어진 유성처럼 새까맣게 타 버렸다.

"고기 굽는 데도 기술이 필요하군. 뭐, 아직 시간은 있으니까."

인터넷을 검색해 가며, 옆집의 동태를 살펴 가며 다시 고기를 굽기 시작했다.

"오호~ 육즙이 살아 있어."

깜깜한 밤이 되고 별들이 반짝이니 기분이 더욱 좋아졌다.

"아! 맞다. 음악! 여름밤에 음악이 빠질 수 없지."

블루투스 스피커를 창틀에 놓고 휴대폰을 연결하자 잔잔한 멜로디가 은근하게 퍼졌다.

-이 넓은 세상에서 그대를 만나 새로운 꿈을 꾸고~-

"마음이 한입, 엄마 한입. 사랑이 한입, 엄마 한입."

고기를 먹다 보니 역시나 술이 없어 외롭다.

건주가 남기고 간 소주를 들고 나온 지수는 홀짝이며 한 잔, 두 잔 마시기 시작했다.

"왜 이리 안 와."

여전히 옆집은 불이 꺼져 있고, 방동리 사이렌 사랑이도 조용하기만 했다.

-이 짙은 외로움은 나만의 몫인걸. 운명아~ 나를 삼켜줘~-

노래에 취해, 술에 취해 혼자만의 파티는 꺼져 가는 불씨와 함께 이빨도 안 들어가는 고기만 남기고 끝이 났다.

투둑. 툭. 툭. 투두둑. 쏴아아아아아.

'흐으응. 무슨 소리지?'

변기에 체인이 고장 났나?

폭포처럼 쏟아지는 물소리에 잠에서 깨어난 지후가 침대머리맡 탁상으로 손을 뻗었다.

눈이 멀어 버릴 것 같은 밝기의 액정화면을 보니, 새벽 3시 10분.

가만히 누워 두 눈을 깜빡이던 지후는 아무래도 물소리가 예사롭지 않다는 생각이 들었다.

"비가 오나?"

그러고 보니 늘 들려오던 풀벌레 소리도 없었다.

"시골은 빗소리도 참 좋구나."

잠에서 깬지라 화장실에 가려 일어선 지후는 안방 화장실에서 볼일을 보고 거실로 나갔다. 겨우 한 병이지만, 그것도 술이라고 갈증이 났다.

'시원한 물이나 한 잔 마셔야겠다.'

복도를 걷던 지후의 시선이 무심코 뒷산을 향해 열린 창문으로 향했다.

"에이, 비가 다 들이쳤네."

복도 바닥의 빗물을 닦아 내는 동안 빗소리는 불어난 계곡처럼 위협적으로 들려왔다.

'어라?'

심상치 않은 물소리에 거실로 달려간 지후는 창고가 있는 뒤쪽 조명등을 켰다.

"어머! 어머. 어머머머!"

집 뒤로 옆집과 이어진 수로가 범람하여 밭을 만들 자리로 물이 들어차고 있었다.

애초에 인삼밭이었던 집터는 뒷산과 집 사이로 수로가 놓여 있었다. 집을 지으며 수로에 관을 묻고 그 위에 흙을 덮은 것 같은데, 무엇이 잘못됐는지 물이 집 쪽으로 흐르고 있었다.

"어떡해! 어떡해! 어쩌지?"

창가를 서성이던 지후는 구입하고 한 번도 사용하지 않은 우비와 장화를 착용했다.

"플래시! 플래시 어디다 뒀지?"

현관 왼쪽의 붙박이 신발장 안을 아무리 뒤져 봐도 미리 사 둔 랜턴이 보이지 않았다.

"일단 가서 봐야겠다."

억수같이 쏟아지는 비 때문에 우비를 두드리는 소리가 더욱 요란하게 들려왔다. 내리는 장대비를 고스란히 맞으며 집 뒤로 돌아갔다.

범람한 물은 아주머니의 인삼밭 쪽에서 그녀의 집 뒤를 지나 옆집으로 계곡을 만들며 흐르고 있었다.

"으아아아. 어떡해. 이러다 집까지 들어차는 거 아냐?"

이리 뛰고 저리 뛰고.

머릿속에는 해마다 TV를 장식하는 침수지역의 장면들이 재난 영화처럼 펼쳐졌다.

"곡괭이, 곡괭이가 어디 있지?"

창고를 뒤져 곡괭이를 꺼내 들고 물이 흐르는 방향으로 땅을 파기 시작했다.

온몸을 두들겨 대는 빗줄기는 차갑기 그지없었지만, 우비 속으로 그녀의 몸은 땀이 차오르기 시작했다.

"흐앗! 흐아앗! 흐앗! 흐아아아."

이건 무슨 소리인고……

우는 소리도 아니고, 웃는 소리도 아니고. 뭐지? 뭘까?

기묘한 소리에 잠에서 깬 유신이 짜증스레 몸을 일으켰다. 탁자에 놓인 시계는 새벽 4시 반을 가리키고 있었다.

'TV 소린가?'

어제 12시가 넘어 도착한 유신은 맥주를 마시며 TV를 보다 잠이 들었다.

가죽 소파가 불편해 안방 침대로 자리를 옮겼는데 전원을 끄지 않았던 걸까?

확인하기 위해 거실로 향하던 유신은 복도 창밖에 어른거리는 그림자를 발견했다. 무언가 규칙적으로 움직이고 있는데, 비가 너무 많이 오는 탓에 잘 보이지가 않았다. 비가 들이칠지 몰라 창문을 열지 못하고 이마를 유리에 가져다 댔다.

'오……리?'

노랗고 커다란 오리 한 마리가 위에서 아래로 날갯짓을 해 댔다.

"뭐냐. 이 말도 안 되는 상황은."

하는 수 없어 유신은 장화를 신고 우산을 든 채 뒤꼍으로 향했다. 한 치 앞도 볼 수 없을 만큼 거센 비가 쉬지 않고 쏟아지고 있었다.

'이 야밤에 뭐하는 짓이람. 집터가 안 좋은가……'

안방 베란다가 위치한 모퉁이를 돌자 거대한 오리가 보였다.

"훗챠! 하웃. 훗챠!"

아……. 이 여자는 정녕 방동리 광년이란 말인가.

열심히 괭이질을 하고 있는 그녀의 모습에 유신을 할 말을 잃고 말았다. 게다가 그 앤티크한 패션 센스라니.

'도대체 오리 우비는 어디서 구한 걸까.'

유치원복 같은 망토로 된 노란색 우비. 모자에는 커다란 눈과 주홍색 오리 주둥이까지 달려 있었다. 영락없이 지렁이를 잡아먹는 오리 모양새였다.

그녀는 왜 이 야심한 밤에 그의 집 뒤에서 괭이질을 하고 있는 걸까.

보아하니 그가 우려했던 농수로가 넘친 듯한데, 굳이 물길을 트려면 옆집 인삼밭으로 뻗은 수로를 텄어야 했다.

'말을 해야 하나, 말아야 하나.'

잠시 생각에 잠긴 유신은 깊은 숨을 내쉬었다. 남의 일에 참견하는 것은 그의 성격에 맞지 않았다. 하지만 이대로 두면 날이 샐 때까지 곡괭이질을 할 태세다.

"뭐하는 겁니까."

내리는 빗소리에 그의 목소리가 들리지 않는지 그녀는 열심히도 괭이질을 하고 있었다.

"이봐요! 지후 씨!"

이름을 부르자 그제야 허리를 편 지후가 울상이 되어 그를 쳐다봤다.

"유신 씨."

"뭐하는 거예요."

"하아, 하아. 집이, 물이, 들어찰 것 같아요."

픕! 순간 치밀어 오르던 짜증은 비에 쓸려 내려가고 유신은 웃음이 터져 나왔다.

"진짜예요. 물이 이렇게, 완전 계곡이 되어 버렸어요."

"그 정도로 침수되진 않아요. 물길은 생겼지만 일정하게 빠져나가고 있어 위험하지 않아요."

"그래도, 그래도 불안해서 잠을 잘 수가 없어요."

"시골에서는 흔히 있는 일입니다. 수로에 죽은 풀들이 걸려 막혔을 수도 있고, 그리 심각한 일이 아니니 걱정 말고 들어가요."

"걱정이 돼요. 걱정이 돼서 죽겠다고요."

말 안 듣는 청개구리가 개울 옆에 엄마의 묘를 쓰고 비가 올 때마다 떠내려갈까 울었다더니.

'이 여자는 이렇게 시골에 대해 아무것도 모르면서 무슨 용기로 이곳에 혼자 내려온 걸까.'

절박한 표정에 유신은 더 이상 웃음조차 나오지 않았다.

"도대체 몇 시부터 이러고 있는 겁니까."

"세 시 반이요."

"세상에! 한 시간이나 땅을 파고 있었던 겁니까?"

"네. 어떡하죠? 물이 흐르는 쪽으로 땅을 파서 고랑을 만드는 게 낫지 않을까요? 물 잘 빠지게."

"일단 이리 와요."

유신은 그녀의 손을 잡아당겼다.

종잇장처럼 끌려오는 그녀를 데크에 앉히자 센서등이 들어왔다.

"잠시만 기다려요."

지난주에 그녀가 들여다보던 창문을 열고 손을 뻗어 스위치를 눌렀다. 순식간에 집 전체에 불이 들어왔다.

"여기 있어요. 한번 둘러보고 올게요."

신발장에서 랜턴을 꺼내 든 유신은 지친 그녀를 두고 집 뒤로 향했다. 예상했던 대로 지후의 집 옆 인삼밭 수로와 집 앞의 큰 수로가 만나는 부분이 잡풀들로 꽉 막혀 있었다.

문제가 된 위치를 확인하고 돌아오니 고개를 숙인 지후의 모습이 보였다. 곡괭이질을 얼마나 했는지, 양손을 바들바들 떨고 있었다.

'손이 많이 망가졌겠네. 장갑도 안 끼고.'

아무튼 여자들이란.

혀를 차며 다가선 유신은 엉망이 된 그녀의 손을 확인한 순간 한숨이 터져 나왔다. 물집이 터져 버린 손바닥은 살갗이 뜯겨져 시뻘건 속살을 드러내고 있었다.

"안 아픕니까?"

"아파요."

"그 집에는 장갑도 없습니까?"

"있어요. 이사 오면서 많이 사다 놨어요."

"그런데 왜."

"정신이 없었어요."

상처를 치료하는 것보단 씻는 것이 우선이었다.

가을을 준비하는 여름의 밤공기는 감기를 불러들일 만큼 차가웠다.

"일단 가서 뜨거운 물에 씻어요. 씻고 나서 약도 좀 바르고."

"어떻게 하려고요."

"걱정 말고 가서 씻어요. 혼자 갈 수 있죠?"

"네."

삽을 든 유신은 전투에 나가는 장군처럼 듬직했지만, 왠지 혼자 집에 들어가는 것이 미안한 지후가 그의 뒤를 쫓았다.

'내가 파던 데 안 파고 어딜 가는 거지?'

대문을 나선 유신은 그녀의 집 옆으로 걸어가 큰 수로와 만나는 인삼밭 시작 부분에 막힌 흙들을 밀어냈다. 그러곤 밭 옆으로 선이 희미해진 밭고랑을 깊게 파기 시작했다.

삽질을 어찌나 잘하는지.

'멋있다.'

하얀 티셔츠가 젖는 것도 모른 채 유신은 굴삭기처럼 젖은 땅을 파헤쳤다.

'혼자보단 둘이 빠르겠지.'

멀찍이 서서 그의 눈치를 보고 있던 지후가 들고 있던 곡괭이로 살며시 땅을 긁어냈다.

"빌어먹을! 굳이 이렇게 안 파도 빠질 것 같은데."

잠시 허리를 편 유신의 눈에 새로운 물길의 끝에 선 지후가 보였다.

저 여자는 또 왜 저기 서 있어! 가서 씻으라니까.

"지후 씨!"

"네?"

"들어가요!"

"같이해요. 둘이 더 빠르지 않겠어요?"

억수같이 내리는 비가 소리를 삼켜 버리자 유신이 그녀에게로 걸어갔다.

'무슨 여자가 이렇게 고집이 세!'

물집이 터진 맨손으로 곡괭이 자루를 잡고 있는 모습을 보니 화가 나려고 했다.
"들어가요."
"같이해요."
유신이 그녀의 곡괭이를 움켜쥐었다.
"이봐요, 이 새벽에 내가 왜 삽질을 하고 있는지 아십니까?"
"물이 넘칠까 봐……."
"아니, 내가 안 하면 당신이 밤새 이러고 있을 테니까."
이 여자, 작은 수로 하나에 정말 집이 잠기기라도 할 거라 생각하는 걸까? 정말?
"당신이 불안해 하니까 하는 겁니다."
"고마워요. 그래도 혼자보다 둘이 낫지 않을까요?"
"아뇨, 때론 혼자 해야 하는 일도 있어요."
"하지만."
"내일이면 손이 많이 아플 겁니다. 감기까지 들면 곤란하겠죠?"
두 눈을 깜빡이는 여자는 도통 들어갈 생각이 없는 듯 곡괭이를 생명줄처럼 움켜쥐고 있었다.
"하아……. 정말 어머님이 고생 많으셨겠네."
"뭐라고요?"
고집쟁이 기르면서 어머님이 고생 많으셨겠다고!
버럭 소리를 지르고 싶은 걸 참으려니 그의 목소리가 더욱 더 가라앉았다.

"마지막입니다. 들어가요."

"아니, 저는."

순간, 유신이 잡고 있던 그녀의 곡괭이를 멀찍이 던져 버렸다. 화살처럼 쏟아지는 빗줄기를 가르며 곡괭이가 어둠 속으로 별처럼 사라졌다.

"어! 어어어어어. 어?"

입을 벌리고 쳐다보는 지후의 모습이 어찌나 고소한지.

'자, 이제 어쩔 거지? 곡괭이는 날아가 버렸는데.'

당혹감으로 물드는 그녀의 눈동자를 바라보며 유신은 심장이 간지러웠다.

"내일 찾아 줄 테니 이만 들어가시죠."

악마 같은 미소를 짓고 있는 그를 한참이나 노려보던 오리가 획 돌아서 걷기 시작했다. 화가 났다는 걸 알리듯 두 주먹을 불끈 쥐고 어깨를 들썩이며 질퍽이는 흙길을 뒤뚱뒤뚱 걷는다. 걸음, 걸음마다 그녀의 장화에 신경질이 튀어 올랐다.

부서질 듯 집 대문을 처닫는 모습에 유신은 빗줄기처럼 시원한 웃음이 터져 버렸다.

허리를 잡고 웃다 보니 비가 입안으로 들이쳤다. 비 맞으며 삽질하다 웃는 꼴이라니, 갑작스레 한숨이 나왔다.

"정말, 여러모로 골치 아픈 여자로군."

03 고집쟁이 그녀

"뭐가 문제지?"

으슬으슬 떨리는 몸으로 보일러 실내 조절기를 확인하던 지후는 점검등에 불이 들어오자 낭패감을 감출 수 없었다.

"기름도 넉넉히 넣어 뒀는데……."

이리저리 거실을 서성이던 지후는 결심한 듯 옷을 벗고 욕실로 들어갔다.

"이제 겨우 9월 초인데, 얼어 죽기야 하겠어?"

하지만 샤워기를 트는 순간 온몸에 소름이 돋아 올랐다. 냉면 육수만큼이나 차가운 지하수는 정말 고드름이 박혀 드는 것 같았다. 손바닥은 까져서 아파 죽겠지, 샤워기에서는 얼음이 쏟아지지. 이를 악물어도 신음이 절로 새어 나왔다.

곱아드는 손으로 샤워타월을 움켜쥐고 온 신경을 집중하며 초스피드로 몸을 닦아 냈다.

고문 같은 샤워를 마치고 쫓아다니는 사랑이를 밀어내며 드라이기를 찾아 온 방을 헤맸다. 평소에 물건은 꼭 그 자리에 두는데, 어디 갔는지 통 보이지가 않았다.

"마음아! 지난주에 너 목욕하고 드라이기 어디에 뒀는지 아니?"

안방 침대 위에서 힐끗 쳐다보던 마음이가 이내 이불에 얼굴을 묻었다.

'옆집에 가서 빌려 달라 할까? 아니야, 곡괭이 집어 던지는 걸 보니 화난 거 같은데. 오늘은 조용히 있자.'

드라이기 찾기를 포기하고 소파에 앉자 창문 밖으로 현관 센서등이 들어왔다. 짖어 대는 사랑이를 밀어내며 창문을 내다보니 흠뻑 젖은 채 서 있는 그의 모습이 보였다.

"유신 씨! 들어와요!"

멍! 멍멍멍! 멍!

"괜찮습니다. 가서 씻어야죠."

멍! 멍멍! 멍멍멍!

여자와 개와 남자, 셋이 대화를 한다. 사랑이가 시끄럽게 짖어 대자 민망해진 지후가 큰 소리로 말했다.

"잠시만이요. 사랑아! 조용히 해! 삼촌이 이야기하잖아!"

멍! 멍멍멍!

"뽕망치 어딨어! 뽕망치! 너 혼나아아아!"

장난감 망치를 든 지후가 개를 쫓아 복도를 뛰는 동안 유신은 집으로 돌아가야 하나 망설였다.

"유신 씨, 미안해요. 오늘 정말 감사했어요. 귀찮게 해서 정말 죄송해요."

돌아서려던 찰나 지후의 목소리가 들려오자 유신이 젖은 머리를 쓸어 넘겼다.

"손은 좀 어때요?"

"손이요? 아!"

드라이기 찾느라 잊고 있었던 손이 갑작스레 아파왔다.

"이제 약 바르려고요."

"양손 다 까졌던데, 혼자 할 수 있어요?"

"그럼요. 상처에 붙이는 피복제 있어요."

"피복제?"

"네! 투명하게 젤 같은 거 있잖아요. 방수도 되고, 흉터도 안 남는다는."

엄지손톱만 한 손바닥 껍질이 덜렁거리는 양손을 내밀며 지후가 웃었다.

"이거 다시 덮어서 그 위에 붙이면 돼요."

"벗겨진 살갗은 잘라 내는 게 회복이 빠릅니다. 그리고 피복제 내일 떼어 낼 때 많이 아플 텐데……."

"괜찮아요."

'그래, 신경 끄자.'

씩씩한 대답에 유신이 고개를 끄덕였다. 옆집 여자 덕분에 어마어마하게 피곤한 하루였다.

"인삼밭으로 막힌 수로를 뚫었으니 뒤쪽으로는 물이 안 흐를 겁니다. 불안해하지 말고 자요."

"네, 고마워요. 정말 고생 많으셨어요."

대답 대신 손을 흔들며 돌아서는 그의 뒤로 다급한 목소리가 들려왔다.

"유신 씨! 혹시 집에 드라이기 있어요?"

"드라이기요?"

"네, 씻었더니 너무 추워서요."

다시 창문으로 다가서서 보니 창백한 안색의 그녀는 입술까지 퍼렇게 변해 있었다. 도대체.

"보일러 고장 났습니까."

"기름도 충분한데 온수가 안 나오네요."

"그래서……."

"그냥 찬물로 씻었어요."

멍하니 바라보던 유신이 천천히 창문을 닫았다.

이대로 모른 척 돌아가야 할 것인가. 아니면 드라이기만 던져 주고 갈까. 생각을 하는 동안에도 닫힌 창문 사이로 그녀의 개는 쉬지 않고 짖어 댔다.

멍! 멍멍멍멍! 어우우우우~

벌컥 창문을 연 유신이 큰 소리로 외쳤다.

"우리 집으로 건너와요."

개 짖는 소리에 두통이 일 것 같았다. 무슨 소린가 싶어 두 눈을 동그랗게 뜬 지후에게 유신은 단호하게 말했다.

"난 씻어야겠으니까, 가지러 오라고 했습니다."

대답도 기다리지 않은 채 유신은 쏟아지는 빗줄기를 맞으며 대문을 향해 걸었다.

'정말 골치 아픈 여자로군. 어이없고, 사람 피곤하게 하고, 또 뭐가 있지? 귀찮고, 그리고…….'

아주, 아주 조금은, 귀. 엽. 다.

귀엽다니. 비를 너무 많이 맞아 뇌진탕이라도 걸렸나 보다.

'역시나 안 오는 건가?'

집으로 돌아온 유신은 10여 분이 지나도 인기척이 없자 욕실로 향했다. 정말 땀나도록 삽질을 한 탓인지, 늘 차다고 생각했던 물줄기가 더없이 시원했다.

허리에 수건을 두르고 밖으로 나오니 창문에 오징어처럼 들러붙어 있던 그림자가 보였다.

다다다다.

창문에서 현관 쪽으로 발자국 소리가 들려왔다. 주인이나 개나 발자국 소리 한번 요란하다.

붙박이장을 설치한 작은방에서 면 티와 반바지를 걸치고 유리 미닫이문을 밀었다.

이번에는 기다리지 않고 현관문을 열었다.

"왔어요?"

"네, 이거."

문에 기대선 유신은 자신의 머리통보다 큰 수박을 든 지후의 모습에 한숨이 나왔다.

"손도 성하지 않은데, 뭘 또 들고 왔어요."

유신은 얼른 수박을 받아들었다.

"원래 남의 집 갈 때는 뭐라도 들고 와야죠."

"그건 지극히 평범한 시간에, 평범한 용무로, 평범하게 방문할 때의 이야깁니다."

시크한 음성에 지후의 얼굴이 민망함으로 달아올랐다.

특이하다, 유별나다 등의 말을 끊임없이 들으며 성장해 왔던 그녀이기에, 유신의 말은 지후의 예민한 부위를 톡 하고 건드린 꼴이 되고 말았다.

"오늘 고마웠어요. 그 말 하려고 왔어요."

'왜 갑자기 기분이 나빠졌을까?'

유신은 뾰로통하니 돌아서는 그녀의 손목을 잡았다.

"놔요!"

매몰찬 뿌리침에 그녀를 잡느라 한 손에 들었던 수박이 바닥으로 떨어졌다. 사방팔방 파편이 튀며 신발장까지 시뻘건 수박 덩어리가 들러붙었다. 살인현장을 보는 듯 참혹했다.

"아, 미한해요. 난……."

쪼그리고 앉은 지후가 수박 조각을 모으려 하자 유신이 그녀의 팔을 잡아 일으켰다.
"그냥 둬요. 내가 이따가 치울 테니까."
"지금 치워야 해요. 개미 꼬인다고요."
상처 난 손바닥이 아픈 줄도 모르고 수박 조각을 쓸어 모으는 그녀의 모습에 유신은 화가 치밀어 올랐다.
"그만 좀 하라고! 이 바보 같은 여자야!"
유신의 호통에 놀란 지후가 그를 올려다봤다.
안 그래도 지치고 힘든 하루. 찬물로 씻어 자꾸만 춥고, 살갗이 벗겨진 손바닥은 너무 아프다. 아니, 비를 내리 맞은 탓인지 온몸이 두들겨 맞은 것처럼 아팠다.
왜 갑자기 눈이 뜨거워지는지 지후는 알 수 없었다.
순간, 눈물이 뚝!
"이, 이봐요. 난, 아니, 그게 아니라."
"왜, 소리를 지르고……. 안 그래도 미안해 죽겠는데."
그저 조금 개인적인 성향을 가졌을 뿐, 서른세 해를 살면서 이렇게 널뛰는 감정을 가져본 적이 없었던 유신은 당황했다.
"소리 질러서 미안해요."
커다란 눈에 그렁그렁 맺힌 눈물이 떨어질세라 그의 가슴이 두방망이질 쳤다.
"우, 울지 말아요."
닭똥 같은 눈물을 뚝뚝 흘리는 지후를 보자니 여섯 살배기

계집아이 따귀라도 올려친 듯, 세상에서 가장 나쁜 놈이 되어 버린 것 같았다.

"울지 말고 들어와요."

어린 시절 숨죽여 우는 어머니를 보고 자란 유신에게 소리 없이 떨어지는 여자의 눈물은 공포 그 자체였다.

"정말 미안해요. 나는 지후 씨 손이 아플까 봐."

"괜찮아요."

유신은 괜찮다며 고개를 끄덕이는 지후를 일으켰다.

"들어와요."

"집에 갈래요."

"들어와요. 드라이기 꺼내 놨습니다."

"됐어요."

까칠하기 짝이 없는 그에게 아무것도 빌리고 싶지 않았다. 그런 지후의 손목을 유신이 잡아당겼다.

"미안해요. 들어와요."

"발에 수박 묻었어요. 끈적일 텐데."

"욕실로 가요."

살며시 등을 미니 지후가 폴짝 뛰며 세 걸음에 닿는 욕실로 뛰어들었다.

물소리를 들으며 유신은 깨진 수박 파편들을 치우기 시작했다. 또 저 고집쟁이가 화장실에서 나오면 치우겠다고 덤빌 테니, 지금 치워 버리는 것이 나을 듯했다.

조각들을 대충 비닐에 담아 내놓고, 물까지 뿌리고 들어서자 욕실 문 앞에 발가락을 꼬물거리고 서 있는 그녀가 보였다.

"다 했어요?"

"네."

"이리 와요. 상처 좀 봅시다."

"드라이기는요?"

빨개진 코끝을 보니 유신은 죄책감이 밀려왔다.

다친 손으로 타일 바닥을 쓸어 대지만 않았어도……. 어휴.

"상처 치료하고 줄게요."

드라이기만 받고 돌아갈 요량이었던 지후는 그의 눈치를 보며 한숨을 내쉬었다.

집에 사람 들이는 거 별로 안 좋아하는 것 같던데.

"그냥 집에 갈게요. 드라이기나 빌려 주세요."

"수박 깨트려서 미안해요. 들어와요."

계속 거절하기도 난감했던 지후는 그의 안내를 따라 거실 소파에 앉았다. 에어컨 제습 기능 탓에 눅눅한 그녀의 집보다 쾌적했지만, 추웠다.

"추워요?"

"아니요."

대답과 상관없이 리모컨을 찾아 든 유신이 에어컨을 꺼 버렸다.

"손 좀 봅시다."

구급 약상자를 가져온 유신이 그녀의 옆에 앉았다.

"보일러는 왜 고장 난 겁니까."

"모르겠어요. 아침에 샤워할 때도 멀쩡했는데, 점검에 불이 들어와 있더라구요."

"전원 껐다 켜 봤어요?"

고개를 도리도리 젓는 지후의 얼굴에 물음표가 잔뜩 그려지자 유신이 다시 한 번 물었다.

"콘센트 플러그 뽑았다가 끼워 보지 그랬어요."

"전기가 아니라 기름보일러인데요?"

마치 옷장에 전원을 꺼 봤냐고 물어본 양 중얼거린다.

"그런 거 못 봤는데……."

전기 들어가는 제품은 다 전원이 있지. 이 아가씨야!

"내가 내일 들여다볼게요."

"보일러도 고칠 줄 알아요?"

신기한 듯 묻는 지후의 말에 유신이 피식 웃었다.

지어진 지 얼마 안 된 집이니 새 보일러다. 오전까지 잘 사용했다 하니 큰 고장은 아닐 것이다.

'점화장치에 먼지가 꼈나?'

일일이 설명하는 대신 유신은 그녀의 상처에 집중하기로 했다. 손바닥을 소독하고 너덜거리는 살갗을 가위로 잘라 냈다.

"많이 아파요?"

"아니요."

그녀의 미간에 귀여운 주름이 생기자 약을 바르던 유신이 바람을 불어가며 커다란 밴드를 붙였다.

"거짓말도 잘하네."

"거짓말 아녜요. 그냥 참을 만하단 말이지."

쌀쌀맞던 남자가 한없이 다정하게 구니 좌불안석, 마음이 불편하니 자꾸만 말이 나왔다.

"그런데, 못하는 게 없네요."

"다 됐습니다. 오리 아가씨."

"오리요?"

꽁알꽁알 답하는 것이 우스워 유신은 빨개진 그녀의 코끝을 꽉 잡아당기고 싶었다.

"그런 우비는 어디서 구입합니까?"

"친구가 시골 가면 우비 필요하다고, 해외 사이트에서 직구해서 선물로 준 거예요. 장화랑 세트로."

"아……."

영혼 없는 대답에 지후가 한마디 더 보탰다.

"제 취향은 아니지만, 그래도 성의니까."

"자요, 드라이기."

유신이 드라이기를 내밀자, 지후는 그가 손에 붙여 준 밴드가 떨어질까 가슴에 품어 안았다. 그 모습이 어찌나 귀엽던지.

일어서려는 그녀를 잡아 앉히고 소파 옆의 콘센트에 드라이기 플러그를 꽂았다.

"뭐, 뭐하는 거예요?"

"손이 불편할 것 같은데, 가만있어요."

"아녜요. 집에 가서 제가 할게요."

"그냥 있어요."

왜 그랬는지 모르겠다. 동물도 길러 본 적 없는 그가 왜 그녀의 머리칼을 말려 주겠다고 자청을 했을까.

'그냥, 불쌍해 보이니까.'

유신은 드라이기로 그녀의 머리를 말리기 시작했다.

"미용실처럼 동글동글하게 하진 못해도 말리는 것 정도는 할 수 있습니다."

손끝에 감기는 가느다란 머리카락을 부드럽게 휘휘 저으며 빠르게 손을 놀렸다.

"괜찮은데……."

괜찮지 않다. 무심한 손길이었지만 지후는 귀까지 빨갛게 물들어 버렸다.

사내 커플이었던 남자 친구와 헤어진 지 3년.

바쁜 일상 속에 헤어짐의 아픔도 없었는데, 낯선 손길에 가슴이 한없이 두근거렸다.

'아니야. 몸살이 나려고 열이 나는 거야.'

양손을 가슴 위로 가지런히 모으고 침을 꼴깍 삼키며 얌전한 고양이처럼 앉아 있었다.

"뜨겁습니까?"

"네?"

"얼굴이 빨개져서."

시뻘겋게 달아오른 지후가 고개를 저었지만, 유신은 감기가 든 것이 아닌가 그녀의 이마에 손을 얹었다.

"열이 있는 것 같은데?"

"좀 덥네요. 저, 집에 가야겠어요."

벌떡 일어난 지후가 예의 바르게 허리를 숙였다.

"오늘 너무너무 감사했어요. 솔직히 완전 개진상처럼 군 것 같아 죄송해요."

"솔직히?"

유신의 반문에 지후는 저 남자가 무슨 말을 하려고 하나 싶어 심장이 오그라들었다.

"그럼 저도 솔직해야겠습니다."

불안하게 흔들리는 눈동자에 눈을 맞추는 그의 눈매가 반달처럼 휘어졌다.

"솔직히 어이없고, 귀찮고, 귀여웠습니다."

'뭐, 라는, 거야? 이 남자.'

어이없는 건 욕, 귀찮은 것도 욕, 귀엽다는 건……. 칭찬?

싫은 소리 두 번에 좋은 말 한 번 들으니 무슨 말을 어떻게 받아쳐야 할지 모르겠다. 숨을 들이켠 지후가 어깨를 펴고 그를 올려다봤다.

"저도요."

이번에는 쌍꺼풀 없는 그의 눈이 가늘어졌다.

"인상도 쓰고, 소리 지르고, 엄청나게 사람 불편하게 했지만, 수로도 뚫어 주고, 상처도 치료해 주고, 머리도 말려 주셔서 아주 감사해요."

무슨 소리를 하는 건지.

주저리주저리 떠들고 나니 한껏 부풀었던 자신감이 오이지처럼 쭈그러들었다.

"풉! 그럼 마이너스 3에 플러스 3이니까 제로입니다."

"네?"

"마음 상해 마시고 조심히 가시란 이야기였습니다."

실실 웃고 있는 유신의 모습에 지후는 신경질이 났다.

뭔가 잘 받아친 것 같기는 한데, 손해 본 것 같은 이 느낌은 뭐지?

안 되겠다. 후퇴!

"그럼 쉬세요."

동태처럼 굳어 현관으로 향하는 그녀를 따라나서니 하늘에 구멍이라도 났는지 여전히 비가 쏟아지고 있었다.

내리는 비를 쳐다보고 있는 지후의 모습에 유신이 현관 한쪽에 세워 둔 우산을 집어 들었다.

"수박 안고 오느라 우산을 깜빡했네요."

"가져가요."

괜찮다며 고개를 저으려는 그녀의 코앞으로 유신이 팔을

쭉 뻗었다.

퍽! 목도리 도마뱀처럼 위협적으로 우산이 퍼졌다.

"머리 젖으면 또 말려야 할 텐데……. 드라이기 빌리러 또 옵니까? 나 자야 하는데."

웃고 있는 그의 눈을 노려보던 지후가 우산을 낚아채 대문으로 걸어갔다. 역시나 그녀의 뒷모습에서 신경질이 터져 나온다. 모퉁이를 돌아선 지후의 모습이 보이지 않자 유신이 문가에 기대섰다.

"고집쟁이 같으니라고."

손가락 사이로 감겨들던 감촉이 떠올라 저도 모르게 손을 코에 가져다 댔다.

'샴푸 냄새 좋네…….'

무슨 샴푸를 쓰는 걸까.

코끝을 문지르던 유신이 가슴에 손을 얹었다.

커피도 안 마셨는데, 왜 이렇게 심장이 뛰지?

겨우 이십여 분 머물렀을 뿐인데, 옆집 여자의 향기는 그의 집 전체를 감싸며 달콤하게 내려앉아 있었다.

한 시간 만에 하늘이 밝아졌다.

비는 그치고 싱그러운 햇살이 나무에 맺힌 빗방울에 반짝였다. 미세먼지로 온통 뿌연 회색 도시에서 살아온 유신에게 신기할 만큼 맑은 하늘이었다.

날을 꼬박 새워 버린 유신이 현관문을 열기가 무섭게 고양이가 다가왔다.

니야아아아아아!

"야, 너. 어디서 비를 그렇게 쫄딱 맞고."

젖은 털로 비벼 댈까 무서워 벽에 붙자, 말귀를 알아들었는가? 고양이가 할짝할짝 발을 핥았다.

"너 도대체 집이 어디야."

니아옹. 냥냥냥.

뭐라고 답을 하는 것 같긴 한데, 알아들을 수가 없다.

"어휴! 정말."

설레설레 고개를 저으며 보일러를 살피기 위해 집 뒤쪽을 통해 지후의 집으로 건너갔다.

니아아앙. 앙. 앙.

천천히 가라는 듯 고양이가 소리를 질러 대며 그의 뒤를 쫓았다.

"무슨 파가 이렇게 많아?"

다급했던 발자취를 보여 주듯 그녀의 집 뒤로 발에 밟혀 꺾인 파들이 수두룩했다.

'어지간히 다급했나 보구나.'

창고 문을 열자 바로 오른편에 보일러가 보였다. 우선 콘센트 접속을 확인하고 점화장치가 있는 곳을 보니 죽은 사마귀 한 마리가 끼어 있다.

"아주 장렬하게 산화하셨군!"

사마귀를 집어 버리고, 수납장에 놓인 페인트 붓으로 점화 장치 부분을 털었다. 하는 김에 손자국이 선명하게 남은 보일러 먼지까지 쓱쓱 닦았다.

'기왕이면 흔적 없이 다녀가는 것이 좋지.'

허리를 편 그의 시선이 자연스레 창고 내부를 훑었다.

"귀촌이 아니라 귀농인가?"

창고에는 갖가지 농기구들이 가득했다. 갈퀴, 쇠스랑, 삽과 호미, 낫, 가지치기용 칼과 톱에 로터리 삽까지. 전부 새것에다 초등학생 학용품처럼 죄다 매직으로 이름이 쓰여 있었다.

"지후니 꺼……. 지후니 꺼, 애들 소꿉장난도 아니고. 에혀~"

도시 아가씨의 귀촌은 꽤나 준비가 잘된 듯 보이나 어제의 상황으로 볼 때, 앞으로 아주 많이 피곤해질 듯싶다. 가장 시선을 끈 것은 잔디깎이 기계였는데, 유신의 것과 같은 브랜드였지만 수동이었다.

수동!

'손에 물집 터질 일만 남았군.'

어제 집어 던진 곡괭이를 떠올린 유신이 창고 문을 닫고 새벽녘에 삽질하던 인삼밭으로 향했다.

"지후니 꺼, 지후니 꺼. 지후니 곡괭이. 도대체 어디까지 날아간 거지?"

지금 생각해 보면 그리 열 낼 일도 아니었건만, 그가 던진 곡괭이는 저 멀리 인삼밭 끝에 걸려 있었다.

야오오옹. 니아옹.

이리저리 왔다 갔다 하는 그의 뒤를 쫓아 마치 경찰견이라도 되는 듯 고양이가 따라왔다.

"갠지 고양인지……. 난 할 일이 많으니까, 저리 가 있어. 응?"

곡괭이를 제자리에 두고 집으로 돌아온 유신은 장화로 갈아 신은 뒤 창고에서 예초기를 꺼내 들었다. 가스를 채워 넣고 시동줄을 당겼다.

위이이이이이잉~

예초기 소리에 놀란 고양이가 담장을 뛰어넘어 사라졌다. 혹시나 다칠까 걱정했던 유신이 멀찍이 떨어져 서성이는 고양이에게 손을 흔들었다.

"거기 있어. 예초기 위험하니까."

니야아아앙.

이쯤 되면 대답을 하는 것이 분명하다.

무선 헤드폰을 쓴 유신이 휴대폰에 블루투스를 켜자 신 나는 음악이 귓가에 메아리쳤다.

"OK! 달려 보자고."

애초에 집을 매매할 때 건물주는 뒷산과 이어진 하천부지를 텃밭으로 사용할 수 있다고 했다. 무언가를 심기 시작할 3

월에 구입한 집이지만, 텃밭으로 사용될 부지는 토마토나 상추대신 귀신이 나올 만큼 무성한 잡초들로 가득했다.

텃밭을 가꿀 생각은 없지만, 굳이 지저분하게 방치할 필요 또한 없었다.

"화창한 그날에~ 첫눈에 반했어. 반했어!"

노래를 흥얼거리며 일정한 간격으로 벌초를 시작했다. 잘린 잡초가 사방으로 튀고 진한 풀내음이 올라왔다.

"고집쟁이 그녀~ 말썽쟁이 그녀~ 나를 애태우네."

이리저리 예초기를 돌리다 보니 지후의 집 경계까지 닿았다. 역삼각형으로 길게 측량된 유신의 부지와 달리 반듯한 사각형인 지후의 하천부지는 그리 넓지 않았다.

'창고에 예초기가 있었던가……'

있다고 한들 그녀가 잘 사용할 수 있을지 의문이었다. 요즘은 여자들이 사용하기 좋게 가벼운 재질로 나오기도 하지만 역시나 위험하고 힘든 일이었다.

'하는 김에 밀어 버릴까?'

땀에 젖은 티셔츠를 잡아당겨 들썩이며 바람을 넣던 유신이 고개를 끄덕였다.

"서지후 씨, 이건 서비습니다."

유신은 자신의 부지보다 더 꼼꼼하게 잡풀들을 잘라 내기 시작했다.

삼십여 분이 흐르자 버려진 묘지처럼 보였던 땅들은 잔디

정원처럼 예쁜 모습을 드러냈다. 훈련병 머리통처럼 예쁘게 깎인 하천부지를 보니 마음까지 정리된 듯 기분이 좋아졌다.

"아직도 자나?"

창문이란 창문은 모조리 열린 그녀의 집을 처다보던 유신이 턱 밑에 매달린 땀방울을 닦았다.

"아무튼 겁이 없어. 여자 혼자 살면서 문이란 문은 죄다 열고 자네."

휴대폰을 꺼내 드니 10시 40분, 어느새 강해진 햇볕에 살갗이 따끔거린다.

예초기를 정리해 창고에 넣고 현관 데크 앞 수돗가에서 장화를 씻었다. 기다렸다는 듯 고양이가 그의 발로 감겨 왔다.

"야, 너 털 다 말린 거야?"

니야앙.

대답하며 발을 핥는 모습에 가슴이 뜨끔했다.

'이러다 말도 하는 거 아냐?'

영물은 영물이라지만, 말귀를 기가 막히게 알아들으니 벌떡 일어난 유신이 주위를 살폈다.

'사람 말을 알아듣는 걸 보니, 분명 수다쟁이 주인이 있는 것 같은데······.'

그가 내어 놓은 쓰레기들을 헤쳐 놓지 않는 것을 보면 상당히, 아주우우우 영악한 놈이었다.

"혹시 암컷인가?"

자신에게 반해서 자꾸 오는 것은 아닌지 별의별 생각이 다 드는 유신이었다.

햇볕이 잘 드는 곳에 장화를 놓고 나니 무성하게 자란 잔디가 눈에 들어왔다.

"아니야. 넌 다음 주에!"

집 안으로 들어선 유신은 에어컨을 켜고 커피메이커에 남은 커피를 털어 넣었다.

'도대체 하루에 샤워를 몇 번이나 하는지.'

씻고 나오자 시원한 공기 가득 들어찬 커피향이 그의 가슴으로 평화로이 찾아들었다.

'일찍 올라가 봐야 할까.'

지금 출발하면 서울로 향하는 도로가 조금은 덜 밀릴 테지만, 그의 시선은 주방 싱크대 위에 있는 작은 창문에 머물러 있었다.

"창문을 다 열고 에어컨을 켠 건 아닐 테고……. 아니면 에어컨도 없는 건가?"

185의 큰 키를 한껏 구부려 옆집을 염탐하고 있자니 어제 미친 듯이 짖어 대던 개가 현관에서 튀어나왔다. 개는 그의 주방 창문 쪽 담벼락을 향해 돌진했다.

어. 어어어. 어?

담벼락을 타고 오를 듯 매달린 개에 놀란 유신이 흠칫 물러섰다.

멍! 멍멍멍! 멍!

거리를 두고 아일랜드 탁자에 기대자 주방 창문으로 작은 머리통 하나가 쑥 올라온다.

"안녕하세요?"

"아, 네."

"거기서 뭐하세요?"

"커피 마십니다."

"잠은 잘 주무셨어요?"

"네. 덕분에."

예초기 돌아가는 소리가 꽤나 컸을 텐데, 지후는 푹 잔 듯 에너지가 충만한 모습이다.

이 대 팔로 가르마를 탄 단발머리에는 문방구에서나 팔 것 같은 핀이 꽂혀 있었다.

"담장에서 뭐하십니까?"

"사랑이 똥 치우고 있었어요."

'사랑…… 똥…….'

알 수 없는 단어의 조합에 멍하니 쳐다보니, 배시시 웃던 그녀가 뱀 집게 끝에 달린 똥을 보여 준다.

"강아지 이름이 사랑이에요. 똥이 어마어마하죠?"

"아……. 예."

1미터가 넘는 거리였으나 똥내가 솔솔 풍겨오는 듯 착각이 일었다.

뱀 잡는 집게를 저렇게 사용하다니, 저 집게에 잡히는 뱀은 똥독 올라 죽겠구나.

"어제 사랑이한테 수박을 좀 먹였더니 묽은 똥을 싸서 걱정했거든요."

뭐가 그리 신 난지 그녀는 어제 일은 까맣게 잊고 계속 똥 이야기다.

"큭, 똥에 수박씨가."

더 이상 듣고 싶지 않았다. 똥 이야기는.

"더운 물은 잘 나옵니까?"

"어제 잠깐 말썽이었나 봐요. 아침에 보니 잘 나와요. 점검 등도 꺼졌고요."

돈벌레를 보고 미친 듯이 날뛰던 생각을 하니 사마귀 이야기는 안 하는 것이 좋겠다.

"잘됐네요."

"점심은 하셨어요?"

"아직입니다."

"다행이다. 제가 지금 냉면 삶고 있거든요. 어맛! 불겠다!"

괜찮다는 말을 하기도 전에 그녀는 사라져 버렸다. 허리를 숙이자 현관으로 달려가는 지후와 뒤쫓는 사랑이의 모습이 보였다.

"점심 드세요~"

주방 창문을 두드리며 해맑게 웃는 지후의 모습에 유신은 거절하지 못한 채 그녀의 집으로 건너갔다. 정원 야외 테이블에는 냉면 두 그릇에 삶은 만두가 놓여 있었다.

"강아지는?"

"집에 넣어 놨어요. 아직 7개월밖에 안 돼서 완전 개린이에요."

"개린이?"

"개와 어린이의 합성어예요. 미운 일곱 살 정도로 이해하시면 되겠네요. 드세요. 입맛에 맞을지 모르겠지만."

"잘 먹겠습니다."

생각보다 맛이 좋았다. 시원한 육수는 아직도 사각거리는 얼음이 가득했고, 달달한 배와 절인 무 아래 면은 쫄깃하게 잘 삶아졌다.

"유신 씨, 고양이는 매번 데리고 다니시는 거예요?"

"고양이 안 기릅니다."

"아닌데. 고등어 한 마리 있던데?"

"고등어?"

"코리안 숏컷이라고, 그런 무늬를 고등어라고 부른대요."

"아무튼 제 고양이 아닙니다."

유신의 말에 지후의 눈이 무지개처럼 휘었다.

"있는 건 아시죠?"

"보긴 봤습니다."

"이상하네. 꼭 금요일 저녁에 나타나던데……."

"시골이니 고양이도 많겠죠."

시원하게 면발을 들이켜는 유신을 보며 지후가 고개를 끄덕였다.

"그런데, 아침에 무슨 소리 못 들으셨어요?"

"무슨 소리요?"

"헬리콥터 지나가는 소리."

아! 예초기 소리를 듣긴 들었구나.

"아침에 예초기 좀 돌렸습니다."

"그랬구나. 저도 오늘 내일 하려고요."

"제가 다 밀어 버렸습니다."

"정말요?"

"예초기를 밀다 보니까 파들이 잔뜩 꺾여 있던데."

"파요? 무슨 파?"

"집 뒤에 파 심어져 있는데, 몰랐습니까?"

"그거 파였어요? 처음 집 살 때부터 있었어요. 주인아저씨가 심으셨나 봐요. 파였구나, 파."

고개를 끄덕이는 그녀를 보자니 웃음이 새어 나왔다.

"자꾸만 신세져서 어떡해요."

"덕분에 점심 잘 얻어먹네요. 손은 좀 어때요?"

"덕분에 많이 안 아파요."

뭐가 그리 고마운지, 두 눈을 반짝이던 지후가 그에게 물을 따라 주며 묻는다.

"그런데 무슨 일 하세요? 중간 방에 신기하게 생긴 책상이 있던데."

"그림 그립니다."

"그림이라면……."

"애니메이텁니다."

"아, 그럼 여긴 별장처럼 쓰시는 거예요?"

"서울에서 일 정리되는 대로 내려올까 생각 중입니다."

뭐가 그리 궁금한지, 지후는 호기심 가득한 두 눈을 반짝이며 고개를 끄덕였다.

"근데 혹시 나이를 여쭤 봐도 될까요?"

이런 질문은 너무나 오랜만에 받아보는지라 유신의 눈썹이 치켜 올라갔다.

"아니, 옆집에 사는데 서로 잘 모르는 것 같아서요."

"옆집이라고 숟가락 숫자까지 알 필요 있을까요?"

"숟가락은 안 궁금한데."

분명 알아들었을 텐데도 그녀는 픽 웃음을 터트렸다.

"지후 씨는 몇이십니까?"

"저는 07학번이요."

확신 없는 진학 대신 그림에 대한 열정만으로 애니메이션 사무실에 취업한 유신은 그녀의 나이를 가늠할 수 없었다. 대학을 나오지 않아 학번을 모른다 할 수도 없고.

"저는 85년생입니다."

"우리 오빠랑 동갑이네요. 소띠. 유신 씨도 형 있어요?"

"저는…… 외동입니다."

"혈액형은 뭐예요?"

왜 여자들은 남자의 혈액형을 궁금해할까?

혹시 나중에 수혈 받을 생각을 미리 하는 걸까?

직업이 간호산가?

"B형입니다."

"저는 O형이요."

'지금 내가 뭘 하고 있는 거지?'

대답을 하다 보니 기분이 묘해진 유신이 대화의 맥을 끊기 위해 티셔츠를 잡아당겼다.

"9월 초순인데도 날이 덥네요."

"시원한 맥주 드릴까요?"

"술 별로 안 좋아합니다."

"그럼 그 많은 술은 누가 먹어요?"

"무슨 말씀이신지……."

"냉장고에 술이 가득하던데?"

멀뚱히 바라보던 유신이 젓가락을 내려놓았다. 라이트박스 책상도 그렇고……, 냉장고 속 맥주들도 그렇고 잠시 들른 것 치곤 너무 잘 아는 듯했다.

유신의 목소리가 싸늘하게 가라앉았다.

"마치 냉장고를 열어 본 것처럼 말씀하십니다."
"아니, 지난 목요일에 청소 아주머니 다녀가시던데."
지후는 저도 모르게 입술을 깨물었다.
"아주머니가 여길 찾아와서 옆집 냉장고에 술이 가득하다던가요?"
"그게 아니라, 유신 씨 온 줄 알고 인사하러 갔다가 음료수를 대접했거든요."
"제가 해야 할 일을 대신하셨네요. 감사합니다."
쌀쌀맞은 인사에 지후는 한숨이 나왔다. 이상하게도 그와 있으면 불편했다. 그래서 더더욱 말이 많아진다.

'너무 귀찮게 하지 말고.'
'뭐래! 날 뭐로 보고.'
'내 동생이지. 비글 같은. 큭큭큭.'

건주와 나누었던 대화가 불현듯 떠올라 지후는 얼굴이 달아올랐다.
망할! 비글같이 굴었구나.
"죄송해요."
"괜찮습니다."
"화나셨어요?"
"그닥."

나머지 식사는 침묵 속에 끝이 났다.

"감사히 잘 먹었습니다."

자리에서 일어선 유신이 정원석을 밟으며 대문으로 향했다. 그녀의 집 잔디는 그의 정원보다 긴 듯했다.

"잔디가 많이 자랐네요."

"안 그래도 깎으려고 기계 사다 놨어요."

유신은 창고에 있던 수동 잔디깎이가 떠올랐다. 그의 시선이 자연스레 그녀의 밴드투성이 손으로 향했다.

'그냥 두세요. 다음 주에 저희 정원 깎을 때 같이 밀어 드릴게요.'라고 말하고 싶었지만, 유신은 꾹 참고 숨을 삼켰다.

인간관계는 모닥불과도 같아서 너무 멀어지면 추워지지만, 너무 가까우면 델 우려가 많다. 뜨거운 화상으로 후회하는 대신 외롭고 쓸쓸한 쪽을 택했다. 이는 그의 생활에서 타인과의 선을 긋는데 늘 정확하게 작용했다.

"유신 씨네도 깎을 때 됐죠."

"다음 주에 깎을 예정입니다."

"제가 깎아 놓을게요."

"괜찮습니다."

"아녜요. 신세를 지면 갚아야죠."

"사양하겠습니다."

딱딱한 거절에 지후가 고개를 끄덕였다.

"알겠어요."

'당신 가고 나면 깎아 버리겠어요.'

음흉하게 웃는 그녀를 보며 유신은 기분이 또다시 묘해졌다. 대문 밖까지 나와 인사하는 그녀에게 손을 흔들며 집으로 향하던 유신이 문득 걸음을 멈추고 돌아섰다. 그녀는 여전히 대문 앞에 서 있었다.

"장갑 끼고 해요."

"뭐라고요?"

그녀가 서 있는 곳까지 겨우 서른 걸음 될까?

"장갑 꼭 끼라고요!"

"네에에에에!"

해맑게 손을 흔드는 그녀의 모습에 유신은 고개를 절레절레 흔들며 집으로 들어섰다.

'수동이라 조립 먼저 해야 할 텐데, 잘하려나 모르겠네.'

차라리 조립을 할 줄 몰라 포기했으면 좋겠다.

예쁘게 깎여 있는 뒤쪽 하천부지 앞에 선 지후는 가슴이 뻥 뚫린 듯 시원한 기분이 들었다.

미리 사 둔 농기구 중 예초기가 있었지만 인터넷을 보며 이미지 트레이닝만 했을 뿐, 아직 한 번도 사용해 본 적이 없다. 물론 대부분의 기구들이 그렇다.

지금껏 그녀가 사용한 것들은 가지치기용 가위와 꽃삽, 그리고 어제 처음 사용한 곡괭이가 전부였다.

'역시 시골에 살려면 남자가 있어야 하는 건가?'

고작 이틀 만에 유신이 해 놓은 것들은 실로 놀라운 변화였다.

"그림 그리는 사람치곤 꽤나 듬직하니 멋진걸!"

내친 김에 잔디깎이 박스를 꺼내려고 창고로 들어서자 벽에 기대어 서 있는 곡괭이가 보였다.

'찾아다 놨구나.'

곡괭이를 제자리에 걸고 돌아서려는데 보일러가 그녀의 눈에 들어왔다.

"어? 너 오늘 조금 예뻐 보인다?"

물끄러미 바라보던 지후가 손가락으로 보일러를 쭈우욱 밀어 보니 손끝에 먼지 하나 묻어나지 않는다.

"곡괭이 두러 왔다가 보일러 닦고 간 건가?"

그렇게 더러웠나 싶은 생각도 잠시.

"고치고 간 건가?"

그녀의 시선이 옆집으로 향했다. 궁금했지만, 쉬러 들어간 그의 집 창문을 두드릴 용기가 없었다.

'그래, 나중에 물어보자.'

커다란 박스를 들고 나온 지후는 조립을 시작했다.

작은 장구같이 생긴 몸통 안쪽에는 회전하는 날이 있고, 밖으로는 동력을 만드는 바퀴가 달려 있었다.

"너를 끌고 잔디를 깎으면 팔뚝 살도 빠지겠지? 복근이 생기면 더 좋겠지만. 큭큭큭."

 조립이라고 해 봤자 손잡이를 끼워 나사를 조이는 것이 전부, 사용법은 더더욱 쉬워 보였다.

 "밀어라~ 잘라라~ 날이 돌아간다~ 쭉 쭉쭉, 쭉쭉~"

 회식할 때 쓰던 음주송을 불러 가며 열심히 나사를 조였다. 옆집 남자에게 신세 갚을 생각을 하니 자동차 할부가 끝나던 그날이 떠올랐다.

 빚지고는 못 사는 서지후, 주먹을 불끈 쥐며 의욕이 불타올랐다.

 "그래, 이렇게 민폐녀로 낙인찍힐 수 없지."

 자신감은 한없이 부풀어 오르고, 벌써 옆집 잔디를 모조리 깎아 버린 것처럼 뿌듯했다.

 "복수는 사막의 모래폭풍처럼! 은혜는 가뭄의 단비처럼!"

 은혜를 갚자는 건지, 복수를 하자는 건지.

 고마워하는 그의 모습을 떠올리는 지후는 그 어느 때보다 패기 충만해졌다.

 "제게 해 주신 것에 비하면 별거 아닌 걸요."

 떡 줄 사람은 생각도 않는데, 미리 인사말을 준비하는 지후는 흐뭇하기 그지없었다.

 그때는 알지 못했다. 앞으로 펼쳐질 잔디와의 전쟁을.

04 금요일의 남자

"으아아아아! 이 거지같은 풀떼기들!"

어제에 이어 오늘까지 잔디깎이 기계와 씨름하던 지후는 두 손을 들고 말았다. 이사 왔을 때는 건물주가 잔디를 밀어 놓고 간 탓에 예쁜 잔디정원이 낙원처럼 보였다.

언젠가 인터넷에서 봤던 이야기가 생각났다.

눈 구경하기 힘든 부산에서 강원도 산골로 이사 온 한 남자. 아름다운 설경을 찬양하며 즐겁게 눈을 치우던 그는 한 달 만에 하늘에서 똥덩이가 떨어진다며 울분을 토했다.

그때는 깔깔거리며 웃었는데, 남의 이야기가 아니었다.

'웬수도 웬수도 이런 웬수가 없네!'

동영상에서는 잘만 밀리던 기계가 마치 날이 무딘 바리캉처럼 자꾸만 잔디를 씹어 먹었다.

'망할! 전동으로 사야 했던 거야.'

운동이 아니라 노동이었다. 그것도 개노동.

처음에는 쭉쭉 나가기에 잘 잘리는 줄 알았는데, 자세히 보니 위쪽만 이 센티 정도 잘려 나갈 뿐이었다.

"마당에 텃밭 만들라고?"

고개를 드니 아랫집 바둑이 할머니가 담장에 매달려 쳐다보고 있었다.

"아, 안녕하세요. 잔디 깎아요. 어디 가셔요?"

"마을회관에. 오늘 말복이라 노인네들 닭 삶아 주려나 봐."

이장님이 방송하는 소리를 듣긴 했는데, 잔디와 씨름하느라 미처 새겨듣질 못했다.

"수고혀. 난 뭘 밀고 다니기에 밭 가는 줄 알았네."

'할머니, 밭은 소가 갈아야죠.'

잘 밀리지도 않는데 밀고, 밀고 또 밀고. 손잡이를 가슴에 얹어 꾹 누르며 밀기를 수십 번, 지후는 생각한다.

'소는 밭을 갈면서 얼마나 힘들었을까……'

이번에는 가끔 지나가는 전동 휠체어 할아버지가 멈춰 섰다. 역시나 마을회관 가시는 길인가.

"안녕하세요. 할아버지."

무뚝뚝한 할아버지가 보일 듯 말 듯 손을 들었다. 그간 사랑이 짖는 소리에 늘 황급히 지나가던 할아버지는 멈춰 선 채로 그녀를 구경하고 있었다.

'밭, 가는 거 아니에요. 잔디 깎는 거예요.'

할아버지가 지나가고 얼마 있지 않아 이번에는 복분자 할머니가 등장했다.

"뭐하는 거야?"

"회관 가세요?"

"아니, 밭일하러."

"어르신들 마을회관에 모이시나 본데요."

"안 가. 거기 가면 내가 막내라 일만 잔뜩이야."

"막내요?"

"내가 올해 육십다섯이거든."

육십다섯에 막내라니, 앞으로 삼십 년이 넘도록 지후는 방동리 영계로 살겠구나.

"마당에 텃밭 만들게?"

"아니요, 잔디 깎고 있어요."

"그래? 수고해."

수고하라는 말에 더 이상 웃음이 나오지 않았다. 월요일 하루를 온몸이 땀이 범벅이 되도록 밀고 다니고, 화요일인 오늘도 미친 소처럼 정원 가운데로 고속도로를 뚫는데 성공했다.

'아아아아. 우리 집 먼저 실험해 볼걸.'

그랬다면 유신의 집은 포기했을지도 모를 일이었다. 장갑을 끼고 시작했지만, 이미 여기저기 포도송이만 한 물집이 잡혔다.

"아우, 죽겠다."

시작을 안 했으면 모를까. 이미 손을 댄 흔적이 있으니 여기서 그만둘 수도 없었다. 괜찮다며 사양했던 그의 정원 가운데로 길이 나 버린 잔디를 어떻게 설명한단 말인가.

"쉬었다 하자!"

정원 한복판에 수동 잔디깎이를 내팽개쳐 놓고 지후는 집으로 돌아왔다. 홀러덩 옷을 벗고 물을 받아 놓은 욕조에 몸을 담갔다. 더울 때는 욕조 퐁당이 최고다.

"으으으으으 차갓!"

에어컨을 샀어야 했던 걸까?

일교차가 심한 데다 시골이라 나무가 많아 열대야도 없을 것 같아 당연히 에어컨은 사지 않았다.

문제는 습도. 창문을 열어 놓으면 시원하니 문제가 없지만, 어제처럼 비라도 오면 문을 닫아야 하니 집이 너무 더웠다.

"올해는 일단 버텨 보고 내년 봄에 하나 사자."

한기가 들 정도로 몸이 식자 욕조에서 나왔다. 깨끗한 면 티로 갈아입고 선크림으로 무장을 했다. 벌겋게 부은 손에 의지를 다지며 복싱선수처럼 붕대를 감았다.

"오늘 끝장을 보겠어!"

팔 힘이 안 되니 가슴 아래에다 손잡이를 끼고 몸으로 밀었더니 명치가 뻐근해졌다.

'가지치기용 가위를 써 보자.'

창고에서 50cm 대형 가위를 찾아 들어 유신의 정원으로 건너온 지후는 황산벌의 계백장군처럼 가위집에서 가위를 뽑았다.

"모조리 베어 주마!"

날 선 가위는 서걱서걱 잘 잘렸다.

"오호~ 좋은데?"

자르고 또 자르고, 잘린 잔디들이 가위에 들러붙으니 간간이 갈고리로 긁어모으며 쉬지 않고 잘랐다.

"으. 으으으으으"

잘리기는 잘 잘렸다. 문제는 쭈그리고 앉아 오리걸음으로 전진하다 보니 허벅지는 불타오르고, 허리는 부러질 것 같았다.

"하아아아아. 정말 마음대로 되는 게 하나도 없네."

인터넷으로 전동 잔디깎이를 다시 주문할까? 아니지, 언제 도착할지도 모르는데 그가 오기 전에 끝내야 해.

'그냥 시내 나가서 하나 사 올까?'

혼자만의 생각에 푹 빠져 있는 그녀의 귀에 다른 소리가 들려왔다.

"텃밭 만드는 거래?"

"아니, 잔디 깎는 거래요."

"어제부터 저러고 있던데?"

어디선가 소곤소곤 낯익은 목소리가 들려왔다. 하나가 아니다.

"저거 오늘 안에 되것어?"

"그러게. 서울서는 잔디를 가위로 자르나 보네."

"낫으로 베는 게 나을 건데."

"낫보다는 예초기지."

"서울 아가씨가 예초기를 쓸 줄 알것어?"

"그래서 가위질하나 부다."

"근데, 여가 저 아가씨 집이던가? 옆집 아니었어?"

"그런가? 근데 왜 여서 저러고 있지?"

슬쩍 곁눈질하니 바둑이 할머니와 복분자 할머니, 그리고 최고령인 옥수수 할머니까지 옹기종기 대문에 매달려 그녀를 구경하고 있었다.

'할머니, 스토리가 엄청 길어요. 나중에…… 나중에 들려드릴게요.'

다시 주저앉은 지후는 엉덩이를 씰룩거려 가며 잔디를 자르기 시작했다. 그렇게 해가 질 때까지 지후는 좀비 같은 잔디와 전투를 치렀다.

금요일 오전.

인천공항은 주말의 시작을 알리듯 인파로 가득했다.

"김상. 이제는 만나기 어려워지겠습니다."

유신은 미사키상이 내민 손을 힘주어 잡았다.

"조심해서 돌아가십시오."

"함께 일하게 되어 영광이었습니다. 김상."

귀국하는 미사키상을 배웅한 유신은 주차된 차에 오르며 한숨을 내쉬었다.

"이제 모든 게 끝난 건가?"

목동으로 향하는 이정표 앞에 멈춰 선 그는 차선을 변경하여 강일IC 방향 올림픽대로를 달렸다. 달리는 차들 사이로 서늘한 바람이 스쳐 간 시간들처럼 흩어졌다.

혈혈단신으로 일본에 건너가 애니메이션 사무실을 차리는 데 3년이 걸렸다. 그러나 2년간 운영하던 사무실을 정리하는 데는 겨우 석 달. 나름 탄탄한 일본 회사들의 외주 사무실을 운영하던 유신은 가장 큰 거래처에서 대금이 지연되면서 사업을 정리했다.

너무 쉽게 포기하는 것 아니냐는 말에 그는 고개를 저었다. 그간 벌어들인 돈으로 사무실을 유지할 수 있었지만, 그래야 할 이유도 의미도 찾을 수 없었기에 유신은 한국행을 선택했다.

사무실은 재무를 맡아 보던 미사키상에게 넘겼다. 그저 지쳤을 뿐, 크게 실패랄 것도 없었다. 다만.

"도모……."

일본인 연인은 한국으로 함께 떠나기를 거부했다.

"당신이 이곳에 남는다면 나는 결혼까지도 가능하다고 생각해요. 하지만 사업까지 정리한 지금, 당신을 따라 한국에 갈 정도로 나는 용기 있는 여자가 아니에요."

아쉬움 가득한 리카의 눈동자는 사랑했던 연인이 아닌 패배자를 보고 있었다.

"내가 만약 사업체를 한국으로 옮기고 싶다면, 그래도 대답은 같은가?"

한국어를 잘하는 그녀는 깊은 한숨을 내쉬었다.

"고멘, 애니메이션은 한국보다 일본이 앞서가고 있죠. 굳이 사업체를 한국으로 옮길 이유는 없다고 생각해요."

"미안해 할 것 없어. 그저 인연이 여기까지였던 거지."

일어서는 그의 손을 잡은 것은 한 가닥 미련이었을까.

"여기서 다시 시작할 순 없는 건가요? 꼭 사업이 아니라도 당신의 그림 실력이면 난 믿고 기다릴 수 있어요."

"잘 지내."

환경과 조건에 변해 버린 사랑은 그렇게 끝이 났다. 후회도 미련도 없는 선택이었다.

이것저것 해결하고 나니 남은 것은 3억 남짓.

매서운 칼바람이 불던 겨울날이었다. 작은 가방 하나만 들고 입국한 유신은 목동에 작은 오피스텔을 구했다.

그의 귀국 소식에 일본으로 가기 전 근무했던 사무실에서 연락이 왔다. 외주를 받아 그림을 그리며 밤을 샜다. 낮 12시에 발송을 하면 붉게 충혈된 눈을 감아 보아도 잠이 오지 않는다. 맥주를 마시면 침대에 빨려 들어가듯 몸이 무거워지며 잠이 들었다.

깨어난 시간은 불과 서너 시간 뒤, 늘 그렇듯 유신은 다시 책상에 앉아 그림을 그렸다. 콘티를 체크하며 자료를 뒤지고 동선에 맞춰 레이아웃을 그리다 보면 밤이 찾아들었다.

서울의 밤은 깨어 있는 자들의 것이다. 시끄러운 차 소리와 어디서 스며드는지 알 수 없는 환한 빛은 때로 낮인지 밤인지를 분간할 수 없게 했다.

다람쥐 쳇바퀴 돌듯 하던 겨울의 끝 무렵, 가슴이 답답해졌다. 일본에서도 종종 그러했으나 이번에는 강도가 더 심해졌다.

'과로인가?'

스트레스와 과로는 아무리 떼어 내도 다음 날이면 어김없이 문에 붙어 있는 전단지 같은 것이다. 익숙하면서도 늘 그를 불편하게 만드는 것들…….

묵직하게 심장을 누르는 듯한 답답함에 결국 병원을 찾았다.

"심혈관계는 이상 없으신데, 공황장애 초기 증세와 유사하니 신경정신과로 가 보세요."

검사 결과 이상 소견이 없다는 의사의 말에 다시 신경정신과를 찾았다.

"가슴이 답답하며, 심할 땐 숨이 막힐 듯하고……."

"방 안이 좁아진 것 같은 착각이 듭니다."

그의 증상을 나열하며 의사가 유신에게 물었다.

"이런 증상들을 느낀 지 얼마나 되셨습니까."

"한 열흘 정도 된 것 같습니다."

"무슨 일을 하시는지."

"애니메이텁니다."

"근래에 들어 크게 스트레스 받으신 적은?"

"없습니다."

사업을 정리한 후로는 크게 신경 쓸 일도 없고, 사람들과 교류가 없다 보니 대인관계로 인한 스트레스 또한 없다.

"잠은 잘 주무십니까?"

"생활이 불규칙하다 보니 쉽게 잠들지 못합니다."

"그럼, 술은 일주일에 몇 번이나 드십니까."

"매일 맥주 한 캔 정도? 체질에 맞지 않아 많이는 못 합니다."

"맞지 않는다는 걸 알면서도 매일 드시는 이유가 뭘까요?"

"잠이 안 와서 먹습니다."

이런저런 질문을 하며 컴퓨터 자판을 두드리던 의사가 차분한 목소리로 말했다.

"예민한 탓에 증상이 일찍 발견된 듯합니다. 공황장애 초기라고 하기엔 무리가 있고, 우선은 스트레스로 인한 신경과민이라는 생각이 듭니다."

만병의 원인은 스트레스라 하지 않던가.

유신은 의사의 말에 미심쩍은 듯 물었다.

"스트레스 받는 일이 없는데, 어떻게 그런 결론이 나올까요?"

"사람의 정신은 때론 육체를 뛰어넘지요. 정신적으로 느끼지 못하니 몸이 신호를 보내는 겁니다. 힘들다고, 조금만 쉬어 가자는 몸의 신호 말입니다."

"아……."

"공황장애는 생각보다 흔한 질환입니다. 1~2%의 한국인들이 앓고 있고, 발작까지 발전하는 사람들이 전체 인구의 30%입니다."

"심각한 건가요?"

"그 정도는 아니지만 잠이 안 오신다니 일단 수면제를 처방해 드리겠습니다. 당분간 일을 쉬시면 더 좋고요. 치료를 목적으로 하는 심리 상담 또한 좋은 방법 중 하나입니다."

일주일치 약을 처방받고 병원을 나섰지만, 약국으로 향하는 대신 처방전을 꾸겨 버리곤 차에 올랐다.

오피스텔로 돌아와 누워 있자니 역시나 가슴이 답답했다.

'바람이나 쐬러 가자.'

뿌연 회색 도시의 아파트 숲이 멀어질수록 먹구름 개이듯 조금씩 숨통이 트였다. 이곳저곳을 돌아다니다 보니 생각지도 못한 예쁜 집들이 눈에 들어왔다.

파란 하늘, 초록색 자연 속에 크리스마스 케이크처럼 들어선 집들이 그의 가슴에 박혀들었다.

"심리 상담보다는 요양이 나을지도."

아무 생각 없이 떠났던 여행은 집 구경으로 바뀌어 버렸다. 그렇게 발길 닿는 대로 떠돌다 멈춰 선 곳이 춘천이었다.

배운 것이 도둑질이라고 애니메이션 박물관에 들러 볼까 했으나, 운명은 맞은편 마을의 주택 매매로 이어졌다.

3월에 매매를 하고 4월에 첫 방문을 시작으로 금요일 저녁이 되면 늘 춘천으로 향했다. 매주 휴가를 떠나듯 목요일 저녁이 되면 어김없이 설렘이 찾아든다.

먹고 자고 일하고, 사랑할 여유조차 없었던 14년의 쳇바퀴에 균열이 생기기 시작한 것이다.

11시가 조금 넘은 시간에 방동리에 도착했다. 멀리 하얀색 벽돌집이 보이자 콧노래가 절로 나왔다.

"어?"

지난주에 집을 나서며 한쪽에 밀어 두었던 스프링클러가 정중앙에 선 채로 물을 뿜어내고 있었다. 언제부터 틀어 놓은 것인지 뜨거운 볕에 타들어 간 흔적 없이 한껏 물을 머금은 잔디는 푸르기만 했다.

'지후 씨가 스프링클러를 돌렸나?'

주기적으로 관수를 하며 배수에 신경을 써야 하는 잔디지만, 이곳에 상주하지 않는 탓에 군데군데 누렇게 타들어 가는 잔디의 손상을 막을 수 없었다.

"좋은 이웃을 두었군. 잔디에 물도 주고."

차에서 내려선 유신은 스프링클러를 한쪽으로 밀어 놓고 짧게 깎인 잔디를 내려다봤다. 한쪽 무릎을 굽혀 손으로 잔디를 쓸어 보니 생각보다 짧다.

'이 고집쟁이가…….'

두 눈을 가늘게 뜨며 주변을 살폈다.

"이 넓은 곳을 전부 수동으로 민 건가?"

자세히 보니 잔디 길이가 일정치 않았다. 깨끗하게 일직선을 그은 곳도 있고.

'기계로 잘라 낸 자국.'

바퀴 자국이 무성한 곳도 있다.

'사막에 배들어 올 때까지 밀어붙였나 보군.'

듬성듬성 쥐가 뜯어 먹은 듯 움푹 팬 곳을 바라보던 유신은 알 수 없다는 듯 턱을 문질렀다.

"여긴 뭐로 자른 거지?"

고마움보단 그녀의 손이 걱정되는 것은 왜일까.

현관을 열고 방으로 들어선 유신이 창문들을 활짝 열었다. 강한 햇살에도 한여름보단 건조해진 탓에 시원한 바람이 상쾌하다.

니아아아아아아앙.

그의 방문을 귀신같이 알아차리고 신이 나서 뛰어든 고양이가 유신의 발목에 감겨들었다.

지난주에 혹시나 또 비를 맞을까 안방 베란다 문을 살짝 열어 놓고 갔는데, 그쪽을 통해서 들어왔나 보다.

"그래, 나도 반갑다. 그런데 너무 가까이 오지는 말고."

은근슬쩍 발로 밀어내니 또다시 껌처럼 들러붙었다.

"너희는 아주 독립적인 종족이라고. 이러지 마. 털 묻잖아."

접시를 꺼내 캔의 내용물을 쏟아 주니 맛있게도 먹는다. 사람이나 동물이나 잘 때와 먹을 때가 가장 예쁘다.

냥냥거리며 먹는 모습에 그의 음성이 부드러워졌다.

"잘 지냈어? 뭐 먹고살았나?"

부러진 다리 고쳐 준 것도 아닌데, 어쩌면 이리도 한결같이 나타나는지. 이 작은 짐승에게 뜻밖의 위안이 찾아든다.

"그래, 이렇게 만난 것도 인연인데, 앞으로 널 양양이라고 부르겠다."

니야앙. 냥냥냥.

"아무튼 대답도 잘해."

주방 창문으로 옆집을 주시하던 유신이 모자를 쓰곤 집을 나섰다.

"자, 이웃사촌에게 인사나 하러 갈까?"

니야아아앙.

함께 따라나서 주는 양양이가 참으로 고맙다.

내성적인 성격의 유신이 이렇게 인사를 나설 줄 누가 알았을까. 짧게 깎인 잔디와 스프링클러만 아니었다면 굳이 이렇게 인사를 하러 갈 필요가 없었을지도.

딩동~ 딩동~
멍, 멍멍멍. 멍멍.
거실 소파에 늘어져 있던 지후가 베란다 창문을 내다보곤 화들짝 놀라 일어섰다.
'왜 이렇게 일찍 왔지?'
아직 세수도 안 했는데!
후다닥 욕실로 달려가 얼굴을 확인하고 뻗쳐 있는 머리에 물을 발랐다.
"유신 씨 왔어요?"
급한 마음에 데크로 열린 창문으로 상체를 내밀었다.
"들어와요. 열림 장치 열 줄 알죠?"
그녀의 말에 유신이 손을 넣어 대문을 열었다.
현관을 열자 화살같이 튀어 나간 사랑이가 고양이를 쫓아 달리기 시작했다.
"사랑아!"
다행히도 개를 무서워하지 않는지 고양이는 덤벼든 사랑이의 싸대기를 날리며 유격술을 펴기 시작했다.
"유신 씨 고양이랑 사랑이가 잘 노는 것 같네요."

"말씀드렸다시피, 제 고양이 아닙니다."
"같이 오신 것 아니었어요?"
"같이 왔는데, 제 고양이는 아닙니다."
"네, 그럼 유신 씨 고양이 아닌 걸로."
그럼에도 유신은 고양이에게서 눈을 떼지 못했다.
'지금은 아니라도 곧 집사 등극하실 것 같네요.'
지후는 피식 웃으며 그에게로 시선을 돌렸다.
야외 테이블 파라솔 아래 서 있는 그는 긴 다리가 돋보이는 새하얀 바지에 스트라이프 반팔 티, 챙이 짧은 파나마햇을 쓴 모습이 마치 연예인 같았다.
'휴가라도 가는 걸까?'
그에 비하면 자다 깬 지후는 역시나 오늘도 방동리 패션이다. 새삼 부끄러움에 얼굴이 붉게 달아올랐지만 유신은 그녀를 향해 멋진 미소를 날렸다.
"잘 지냈습니까?"
"오늘은 일찍 오셨네요?"
"일이 빨리 끝나서요."
정원을 보던 그의 시선이 반창고투성이인 그녀의 손으로 향했다. 멋쩍은 듯 지후가 손을 감췄다.
"식사하셨습니까?"
"점심이요?"
유신이 뒷주머니에서 휴대폰을 꺼내들었다.

"12시 반에는 보통 점심을 묻지요."

"큭, 아뇨. 아직이에요."

딱딱한 말투가 기분 나쁠 만도 하건만, 지후는 환하게 웃으며 고개를 저었다. 찰랑찰랑 살짝 젖은 머리가 극세사 먼지떨이처럼 흔들렸다.

"괜찮다면 준비하고 나오세요. 식사 대접하겠습니다."

"오, 괜찮아요."

"뭐가요?"

"잔디 때문에 그러시는 거죠? 식사 안 사 주셔도 돼요."

"잔디 이전에 점심이나 같이하려고 일찍 왔습니다."

거짓말이다. 그래도 유신은 이제 그녀의 입에서 괜찮다는 대답은 듣고 싶지 않았다.

"아……. 네. 그럼 조금만 기다려 주세요."

"물론입니다."

집으로 들어서려던 지후가 휙 돌아서며 물었다.

"여기 계실 건가요?"

"오래 걸립니까?"

"그런 건 아닌데, 안에 들어오셔서 기다리실래요?"

"여기가 편합니다."

오래 걸리진 않지만, 문 밖에서 유신이 기다리고 있다는 사실 자체가 지후는 상당히 부담스러웠다. 게다가 아직은 더운 날씨였다.

"그럼, 댁에 가서 기다리세요. 제가 준비 마치고 갈게요."
"알겠습니다."

샤워하고 화장하고 머리 말고……. 뭐 잡다하게 다 갖추고 나오는 건 아니겠지.

"양양아~ 가자."

이름을 부르자 양양이가 사랑이의 싸대기를 한 번 더 날리고는 그를 따라 대문을 나섰다.

'칫! 자기 고양이 아니라더니.'

그가 대문을 나서는 걸 창문 밖으로 확인한 지후가 욕실로 뛰어들었다.

"사랑아. 잠깐만. 엄마 바빠!"

앞길을 막는 사랑이를 밀어내며 서둘러 양치질을 하고 머리를 빗었다.

"비켜, 비켜."

간단하게 비비크림을 바르고 마스카라로 속눈썹을 올렸다. 따로 눈썹을 그릴 필요가 없는지라 역시나 마스카라로 한번 쓱 빗어 주곤 립글로스를 발라 입술을 뽑뽑뽑, 벌써 15분이 지나 버렸다.

"빨리빨리. 기다리는 걸 싫어할 성격이야."

코스모스가 염색된 하늘하늘한 원피스에 흰색 버즈샌들을 신고 나니 또다시 10분이 지나 버렸다.

지후는 문단속을 하곤 옆집으로 뛰어갔다.

"저 왔어요."

대문으로 뛰어드는 지후를 발견한 순간, 그의 몸이 정지화면처럼 굳어 버렸다.

그는 강아지풀을 흔들며 양양이와 놀고 있었다. 손에서 강아지풀이 떨어져 내리자 양손으로 툭툭 치던 양양이가 입에 물곤 그의 앞에서 벌러덩 뒤집어졌다.

어찌나 다정해 보이는지 그녀의 눈이 가늘어졌다.

'자기 고양이 아니라며.'

유신이 몸을 일으키며 무안한 듯 헛기침을 했다.

"흠흠, 생각보다 일찍 오셨네요."

"네."

"가실까요?"

검은색 SUV로 향하는 그의 뒤를 쫓아 양양이가 따라나섰다.

"안 돼, 여기 있어."

순간, 획 돌아선 양양이가 담을 넘어 사라져 버렸다.

"풉! 삐쳤나 봐요."

"동물이 삐친다는 이야기는 못 들어봤습니다. 타시죠."

차 문을 열어 준 유신을 지나 차에 오르니 푹신한 가죽의자에서 그의 향기가 났다.

'시원하네. 내내 에어컨을 켜 놓고 있었던 걸까? 내가 언제 나올 줄 알고?'

보통 여자들은 갑작스런 외출을 싫어한다. 준비하는 시간이 꽤나 소요되는 탓이다. 하지만 지후는 늘 그렇듯 평범함과 특별함 사이에 끼어 있다.

'그새 화장을 한 건가?'

은근하게 향기를 뿜어내는 그녀는 좀 전에 보았을 때보다 훨씬 예뻐 보였다.

"어디로 가요?"

"구봉산 갈 겁니다."

"먼가요?"

"한 25분? 외곽 탈 거니까 오래 걸리지 않을 겁니다."

'이게 얼마만의 드라이브야.'

죽을 둥 고생했던 이번 주의 피로가 싹 가시는 듯 지후는 기분이 좋아졌다.

아름답게 반짝이는 소양강을 따라 막힘없이 달리던 그의 차는 강촌 전의 신호에서 유턴을 하여 외곽도로로 접어들었다.

춘천의 전경이 한눈에 보이는 근사한 레스토랑.

"두 사람입니다. 창가 쪽으로 부탁합니다."

아르바이트생의 안내를 받아 창가에 서니 유신이 그녀의 의자를 빼 준다.

"감사합니다."

아주 작은 배려였으나 뜻밖의 행동은 그녀의 가슴으로 콕 박혀들었다.

"여기 참 예쁘네요. 춘천 분도 아니신데, 이런 곳은 어떻게 아셨어요?"

"집 보러 다니다가 한 번 들른 적이 있었습니다."

"그렇구나."

놀이동산에 온 아이 같은 표정이라니.

마냥 좋아하는 지후를 보니 어느새 유신의 입가에도 미소가 피어올랐다.

메뉴판을 내려다보며 고민하는 그녀를 턱을 괴고 바라보던 유신이 물 잔을 들었다.

"여긴 빠네와 폭찹스테이크가 맛있습니다."

"그럼, 그걸로 주세요."

식사가 나오기 전에 갓 구운 빵이 나왔다.

"잔디 깎느라 수고하셨습니다."

"네! 저 정말 수고했어요."

웃음이 나오려는 것을 참으며 유신이 그녀의 손으로 시선을 옮겼다.

"손 괜찮아요?"

"안 괜찮아요."

어라? 그새 친해진 것인지 괜찮다는 말을 남발하던 그녀가 피식 웃으며 아이처럼 손가락을 펴 보였다.

"많이 아프겠어요. 그러게 우리 집은 그냥 두라니까."

"아픈 만큼 성숙하겠죠."

"아픈 건 그냥 아픈 겁니다."

"그런가요?"

"네, 상처에 새살이 돋아도 원래 있던 살보단 약한 법이죠. 그만큼의 시간이 또 흘러야 단단해질 테니까."

"하지만, 고통을 견디고 나면 그만큼 내성이 생기지 않을까요?"

"물론 그렇지요. 경험치도 늘고······. 그 전에 생각해야 할 것은 고통을 감당할 만큼의 가치가 있는 것인지가 아닐까요?"

"철학적인데요?"

"그렇게 거창할 것까지야."

두 눈을 반짝이며 그의 말을 경청하던 지후가 예쁘게 미소 지었다.

"그러니까 거창하게 밥 안 사 주셔도 된다니까요. 그냥 신세 갚은 거라 생각하세요."

"지후 씨네 집 정원 잔디는 그대로던데, 저희 집만 깎은 겁니까?"

"유신 씨네 깎고 보니 힘들어서 우리 집은 다음 주에 하려고요."

그렇지. 수동으로 밀고 다니려니 얼마나 힘들었겠어. 소도 아니고.

"그냥 둬요. 내가 내일 깨끗하게 밀어 놓을 테니까."

"괜찮아요."

잔디를 깎아 주면 또다시 무엇으로 갚으려 할까?

키득키득 웃음이 나오려는 것을 참으려니 유신은 코끝이 아려 왔다.

"빚지고는 못 사는 성격인가 봅니다."

"네."

대답도 어찌나 시원시원한지. 머리 굴리며 호감을 얻기 위해 궁리하는 여자들과는 너무도 다른 모습이다. 맛있게 먹는 그녀를 보며, 처음으로 옆집 여자가 궁금해지기 시작했다.

"지후 씨는 여기 오기 전에 무슨 일을 했습니까."

"삼성동 K그룹 본사, 기업 홍보팀에 있었어요."

주저 없는 대답에 조금 사적인 질문인가 생각했던 유신은 이내 마음이 편안해졌다.

"몸 쓰는 데 겁이 없어 보여서 궁금했습니다."

"모르니까 겁이 없죠. 그룹 홍보를 주로 맡았는데 리서치하고 통계 내고, 감동이란 이름으로 그들을 자극하며 세뇌하는 기업 이미지 홍보를 주력으로 했어요."

"적성에 안 맞았나 봅니다."

"어느 순간 모든 사람들을 관찰하며 통계 내고. 어떤 생각을 하는지 모든 것을 수치로 파악하게 되더라고요. 누군가와 이야기를 해도 그 자체를 즐기지 못하고 다음에 무슨 말을 할지 미리 생각해요."

말하지 않아도 마음을 읽어 내는 그녀의 감각을 사람들은 타고난 센스라며 칭찬했지만 지후는 지쳐 갔다. 친구들조차도 있는 그대로 바라보지 못하고 그들의 삶을 수치와 통계로 바라보며 가치를 매기는 기형적인 시각을 가져 버리게 된 것이다.

"삼 년 만에 초고속으로 대리도 달고 나름 잘나갔는데, 어느 날 가슴이 너무 답답하더라고요."

가슴이 답답하단 말에 왜 이렇게 마음이 울컥한지.

저도 모르게 그녀의 머리를 향해 뻗은 유신의 손이 공중에 멈췄다.

"……?"

멀뚱멀뚱 바라보는 지후와 눈이 마주치자 유신은 그녀의 머리를 쓰다듬는 대신 허공을 움켜쥐었다.

"파리가……."

잠시 두 눈을 깜빡이던 지후가 한숨을 내쉬었다.

"뭐 한 번뿐인 인생인데, 왜 이러고 사나 싶기도 하고. 있는 그대로 바라보던 예전의 눈을 갖고 싶었어요. 그래서 결심했죠. 하고 싶은 것 하면서 즐겁게 살자."

"그래서 내린 결론이 귀촌입니까?"

"매일같이 찌뿌듯한 날씨도 싫고. 어깨를 부딪치지 않으면 걸을 수 없는 사람들도 싫고. 매일 야근에, 특근에, 회식에 점점 날카롭고 예민해지는 제 자신이 더더욱 싫었어요."

둘도 없는 단짝친구들조차 제 이야기하기 바쁜데, 어쩌면 이렇게 귀 기울여 들어줄까?

말없이 고개를 끄덕이는 그의 모습이 한없이 다정하게 느껴져 지후가 빙긋 웃었다.

"유신 씨는요?"

갑작스런 질문이 허를 치고 들어오자 씹던 고기가 목에 걸렸다.

"쿨럭. 흠, 저는 음……."

"예쁜 집 사놓고 왜 안 살아요?"

"정리되는 대로 내려오려 합니다."

"그 정리 언제쯤 끝나요? 집 사신 지 꽤 오래되지 않았나요?"

"3월에 매입했습니다."

"매주 금요일에 내려오셨다는데, 제가 이사 온 뒤로 왜 2주 동안이나 못 봤을까요?"

"그 타이밍에 제가 좀 바빴습니다."

"벌써 9월 둘째 주예요."

마치 빨리 내려오라 채근하는 듯한 느낌이 그리 나쁘지 않아 유신이 웃었다.

"빨리 내려왔으면 좋겠나 봅니다?"

"아무리 예쁜 집도 혼자 오래 두면 유기견 돼요."

"네?"

"좋은 집은 돈으로 사는 것이 아니라 만들어 가는 거니까.

쓸고 닦고 뭐, 꽃도 좀 달아 주고. 사랑해 주고 아껴 줘야 건강하게 오래 버틴다는 거죠."

"흠, 사랑이처럼 관리가 필요하단 말씀이군요."

"네. 그리고 이웃이 없으니까 좀, 그래요."

"좀?"

"뭐랄까. 심심한 건 아니고, 적적한 것도 아니고. 뭐라고 말해야 하지?"

"쓸쓸하다?"

도리도리.

"그럼, 외롭다?"

"에이, 외로운 건 아니고요."

"그럼 뭡니까?"

"음……. 뭐랄까. 단짝친구가 전학 간 것 같은 느낌? 원래 쌍둥이 집이잖아요. 구조도 똑같고."

"하아, 그 친구 아직 입학도 안 했습니다."

"품! 그러네요. 아무튼 빨리 내려와요."

뱉고 나서 보니 그간 지후는 유신이 내려오는 금요일을 기다렸던 것 같다.

"시간 참 빠르죠. 우리 만난 지 벌써 삼 주 됐어요."

"오히려 도시보다 시골의 시간이 참 빨리 가죠."

"그러니까요. 그날이 그날 같은데 말이죠."

식사를 마치고 커피를 마시면서도 어느 누구 하나 서둘러 일어날 생각을 하지 않았다.

'집 밖에서 보니 더 귀엽네.'

처음 본 그녀는 구두를 벗은 채 옆집 마당에서 폴짝거리며 뛰고 있었다. 두 번째는 개를 쫓아 미친 듯이 소리 지르며 마당을 질주했고, 세 번째는 그의 창고에서 괴성을 지르며 낫을 휘둘렀다. 네 번째는 비 내리는 새벽에 오리 우비를 입고 곡괭이질을······.

'참 다채롭단 말이지.'

재잘재잘 떠드는 그녀를 보고 있자니 이상하게도 마음이 푸근해진다.

"그럼, 냉장고 안에 맥주는 그대로 있겠네요."

"아무래도, 그렇죠."

"그럼 우리 저녁에 맥주 한잔할까요?"

"원래 이렇게 도전적인가요?"

조금은 딱딱한 말투에 기분이 상할 법도 하건만, 그녀는 시원스레 웃음을 터트렸다.

"도전은 무슨! 알프스 정복한 나폴레옹도 아닌데. 혹시 도발이라고 말하고 싶었던 건가요?"

"도발은 어감이 좀······."

"친하게 지내고 싶은 거예요. 어쩌면 그렇게 사람이 삭막해요."

"제가 삭막합니까?"

"그리고 엄청 자상해요."

"저, 자상한 남자 아닙니다."

"자상해요."

"아니라고 했습니다."

"그럼, 손에 약은 왜 발라 줬어요?"

"고양이 밥도 주는데 그 정도도 못 하겠습니까."

"어라! 고등어 주인 맞네."

"아닙니다."

"밥 주는 사람이 주인인 거예요."

"밥만 줍니다. 그것도 금, 토, 일만."

"편하겠어요. 나는 사랑이 밥도 주고, 목욕도 시키고, 귀 청소하고, 양치시키고, 똥도 치우는데."

"전 주인이 아니니까."

"강아지 풀 흔드는 손놀림이 프로 집사던데."

"집사?"

"독일에서는 고양이 주인들을 도젠외프너, 캔 따개라고 한대요."

"집사가 낫네요."

"어? 인정하시는 거예요?"

오목 알 놓듯이 말을 주고받자니 눈웃음 치고 있는 지후가 귀여워 웃음이 터졌다.

얼마 만에 이렇게 웃어 보는지.

"하하하하! 아무튼, 당할 수가 없습니다."

먹먹했던 가슴으로 파도가 일듯, 유신은 켜켜이 쌓였던 무언가가 뻥 뚫리는 기분이 들었다.

가슴이…… 시, 원, 하, 다.

"그렇게 웃으니까 엄청 잘생겼어요."

"그만합시다. 어지럽습니다."

"그럼, 저녁에 맥주 콜?"

"콜."

돌아오는 차 안에서도 대화는 끝이 없이 이어졌다.

"혼자 있기 무섭지 않아요?"

"별로 무섭진 않아요. 사랑이도 있고. 아아아! 맞다!"

갑작스레 그녀가 손뼉을 치자 유신의 시선이 지후에게로 향했다.

"무서운 적 있었어요."

골똘히 생각하듯 지후가 약지로 미간을 문질렀다.

"이사 온 지 얼마 안 됐는데, 모기향이 떨어져서 편의점에 가는 길이었거든요."

"네."

"그런데 마을회관 지나고 얼마 있지 않아 검정색 코란도가 서 있는 거예요."

무슨 이야기를 하려나 싶어 유신의 몸이 살며시 그녀에게로 기울었다.

"코란도 맞은편에 전봇대가 하나 있는데, 웬 남자가 등을 돌리고 서 있는 거 있죠. 도대체 야밤에 거기 왜 서 있겠어요. 아무것도 없는 길 한바닥에. 차도 안 다니는 시간에!"

비 내리는 새벽에 곡괭이질하는 여자도 있는데, 뭘 그런 걸 가지고.

웃음이 나왔지만 유신은 꾹 참으며 물었다.

"남자와 무슨 일이 있었습니까?"

"서 있는 것 자체가 이상하죠. 사람 사는 곳도 아니고 왜 거기 서 있냐고요. 깜깜한 인삼밭을 바라보면서."

"노상방뇨입니다."

"뭐라고요?"

"야밤에 차 세우고 전봇대 향해 서 있는 남자가 노상방뇨 아니면 뭐겠습니까."

"아······."

몇 날 며칠을 귀신이 아닌가 고민하던 지후는 머릿속에 형광등이 켜진 듯 환해졌다.

"그렇군요."

오호라, 이 여자. 이런 거 무서워하는구나!

'그랬어. 그랬던 거였어.'를 중얼거리는 지후에게 유신이 아무렇지도 않은 듯 말했다.

"텃밭자리, 예전에 무덤 자리인 건 알고 있습니까?"

"진짜예요?"

쩍 벌린 입을 가리며 지후가 발까지 구르자 유신의 손가락이 핸들을 톡톡 두들겼다.
'괜히 말했나?'
"진짜냐고요? 무덤 자리에 지은 집을 산 거예요? 내가?"
겁에 질린 지후가 울상이 되어 쳐다보니 유신이 고개를 저었다.
"농담입니다."
"아우! 농담 참 살벌하게 하시네."
"그렇게 겁이 많은데, 혼자 어떻게 살려고 내려왔어요? 뱀이라도 나오면 어쩌려고."
"뱀 집게 샀어요."
개똥 집던 그걸 말하는 거로군.
"도심에서는 한 번도 보지 못했을 텐데, 잡을 줄은 압니까?"
"네, 이사 오자마자 한 마리 잡아서 저기 개울에 데려다줬어요."
"꽤나 빨랐을 텐데."
"발도 없는 게 엄청나게 빠르더라고요. 그래서 원래 목을 겨냥했는데 옆구리가 잡혔어요."
"대단한데요?"
"그럼, 아무 대책도 없이 내려온 줄 알았어요?"
네. 정말 대책 없어 보입니다.

그간 겪었던 일을 큰소리로 말해 주고 싶었지만, 유신은 지후의 기분을 상하게 하고 싶지 않아 참기로 했다.

"생활은 어떻게 유지하고 있습니까."

"생활비요?"

지후가 아무렇지도 않게 대꾸했다.

"벌어 놓은 것 다 까먹고 지금은 약관대출 당겨쓰고 있어요. 그러고 보니 정말 대책 없네요."

도시의 사람들은 없는 껍질도 만들어 스스로를 보호하려 애쓰는데. 사람의 감성을 읽어 내는 홍보 일을 하던 여자가 이렇게나 스스럼없이 자신을 노출하는 것이 신기했다.

"터닝 포인트를 가지려면 마이너스 시기도 필요한 법이죠. 그것이 두려워 대부분은 현실에 안주하며 변화의 전환점을 포기하니까."

"위안이 되는 말이네요."

"출간 경험도 있으니까, 잘될 거예요."

대책 없는 여자라고 비난할 줄 알았던 유신의 뜻밖의 응원에 지후는 기운이 솟았다.

"오늘 저녁, 고기는 제가 쏠게요."

"됐습니다."

"저도 됐어요."

"그럼, 맥주 없던 일로 하죠."

"아니, 제가 고기를 쏘겠다는데 왜 이렇게 시비예요."

"대출로 산 고기는 먹고 싶지 않습니다."

어느새 능글맞은 웃음을 짓는 유신의 표정에 지후가 화난 척 미간을 한껏 찌푸렸다.

"너무하네요. 돈 많으신가 봐요."

"딸린 식구 없고, 대출 없이 차랑 집 있으면 나름 잘사는 것 아닙니까. 이 대한민국에서?"

"흥! 저도 차는 대출 끝났어요."

"집은요?"

"아직 오천 남았어요."

"고기는 제가 삽니다."

"쳇!"

말도 안 되는 소리를 해 가면서도 이렇게 웃을 수 있다니, 유신은 호르몬의 문제인지 의심스러워졌다.

"옆집에 언니가 이사 왔어야 했는데."

"잘 키운 오빠 하나, 열 언니 안 부럽습니다."

"뭐예요. 오빠 소리 듣고 싶은 거예요?"

"설마."

"오빠는 하나로 족해요."

"야외 테이블 만들어 준 그분?"

"네. 어릴 때부터 일당백이었어요."

"좋은 오빠 두셨네요."

"어릴 땐 외동딸로 살고 싶었는데."

"독자, 독녀라고 하죠. '홀로 독'자입니다. 쓸쓸하고 외롭게 들리지 않습니까?"

목소리는 밝았지만, 왠지 모르게 지후의 시선이 유신에게로 향했다.

"부모님 돌아가시고 나면 아무도 없는 겁니다. 형제가 있다면 그 존재만으로도 위안이 되지 않을까."

"사랑을 만나면 되죠. 새로운 가족이 되어 줄."

"제가 아는 사랑은 환경과 조건에 변하는 것이었습니다. 더 이상 기대하지 않습니다."

"그도 그러네요."

"지후 씨는 어때요?"

"뭐가요?"

"결혼해서 함께 살 남자와 내려올 수도 있었잖아요."

"아……. 제가 좀 독특한 편이라."

"요즘 남자들은 데이트 비용도 더치페이 한다는데, 빚지고는 못 사는 지후 씨는 나름 개념녀 아닙니까?"

"개념녀라는 게 나와 다른 라이프스타일을 가진 여자를 비난하는 데 쓰이는 용어란 생각이 드네요. 괜히 여자들끼리 편 가르기 하는 것 같기도 하고."

"여자의 적은 여자다?"

고개를 끄덕이는 지후를 보고 있자니, 문득 리카가 떠올랐다.

사업을 정리하고 한국행을 택한 그를 따라나설 용기가 없다던 그녀.

그녀가 일본인이기 때문이란 생각은 들지 않았다. 그저 그만큼의 사랑이었을 뿐이다.

"김치녀란 말은 어떻게 생각합니까?"

"흐음, 글쎄요. 욕하는 말로 많이 쓰이긴 하지만, 왜 하필 김치일까요? 한국 사람이 제일 좋아하는 음식인데."

"한국 여자니까 그리 부르는 거 아닐까요?"

"그런가? 김치나 된장이나 한국에 없으면 안 되는 것들 아닌가? 다들 매일같이 입에 달고 사는 음식이잖아요."

"하하하하. 기발한 발상의 전환입니다."

돈을 쓰네 마네, 주제를 아네 마네, 욕을 해도 결국은 김치와 된장을 사랑할 수밖에 없는 반도의 수컷들의 슬픔이랄까.

"짚신도 제 짝이 있다잖아요. 다 끼리끼리 만나는 거죠. 오! 절대 비난하는 말은 아니에요. 반대로 생각하면 최고의 나물이 그 소리를 들으면 밥도 최고가 되는 거니까."

"명언이네요. 최고의 나물에 최고의 밥이라. 제 사랑은 게을러서 아직 안 태어났나 봅니다."

"재미없어요. 롤리타도 아니고."

"다음 생을 기약한다는 말이었습니다."

"혹시 전생을 믿으시나요?"

"이생만 생각하며 살기에도 숨 가쁩니다. 지후 씨는요?"

"전생에 제가 팔아먹은 나라 왕자 만날까 봐 무서워서 이러고 있죠."

"무슨 말인지. 전생에 나라 팔아먹었다던가요? 누가?"

"친구가 해 준 말인데. 아는 여자 신랑이 백수인데, 여자에 노름에 폭력까지. 망나니 삼종 세트래요."

"아……."

"점을 보러 갔더니 전생에 여자가 팔아먹은 나라 왕자라고, 헤어져도 또 만나게 될 거라 했대요. 무섭죠."

"나라 하나 사 주면 되겠네."

"뭐라고요?"

"팔아먹은 나라 다시 사 주면 되겠다고요."

서른셋, 서른하나. 사랑도 아픔도 겪어 봤을 나이였다.

사랑에 대한 불신과 서로에게 맞춰야 하는 피곤한 관계에 대한 생각들이 같은 방향으로 흐르고 있었다.

"언제나 나에게 달려와 줄 피붙이가 있다는 것만으로도 충분히 만족스러운 삶인걸요. 너무나 감사하죠. 다만."

"다만?"

"자꾸만 놀리니까, 성격 나빠지는 것 같아요."

"오빠들은 원래 그런 겁니다. 여동생이 예쁘니까."

"적당히 좀 예뻐했으면 아주 고맙겠어요."

투덜거리는 모습을 보니 볼을 꽉 잡아당기고 싶은 욕망에 손가락이 간지럽다.

'내 눈에도 예쁜데, 어릴 때부터 봐온 오빠는 어련하겠습니까.'

새삼 그녀의 어린 시절이 궁금해졌다. 오늘 꽤나 많은 이야기를 나누었음에도 알면 알수록 자꾸만 궁금해지니 정말 이상한 일이었다. 타인에 대한 호기심을 가져 본 것이 언제인지 기억조차 나지 않는데, 왜 잊힌 감정들이 묵은 먼지처럼 피어오르는 걸까.

마치 다른 사람이 되어 버린 것 같다.

05 이웃사촌

"유신 씨, 일어났어요?"

주방 창문으로 지후의 얼굴이 보이자 유신이 마시던 커피를 내려놓고 허리를 숙였다.

"네, 일어났습니다."

"뭐하세요?"

"커피 마시는 중이었습니다. 한 잔 드릴까요?"

어제 늦게까지 맥주를 마신 탓에 늦잠을 잘 줄 알았던 지후가 활짝 핀 꽃처럼 웃는다.

"아뇨, 커피 맛 몰라요."

"직장 다니면서 커피 없이 야근이 가능합니까?"

"카페인 음료를 달고 살았다죠."

그녀는 방동리 패션이 아닌 외출복 차림이었다.

"어디 가십니까?"

"모종 가게 가려는데, 같이 가실래요?"

'아하! 이웃사촌하고 이런 게 하고 싶었구나?'

단짝친구랑 머리하고 네일 하러 가듯이, 그녀는 그와 함께 삽질하고 모종 쇼핑이 하고 싶은가 보다.

기대에 찬 지후의 눈동자에 유신이 고개를 끄덕였다.

"건너와요."

"아뇨, 오늘은 제 차 타고 가요."

"알겠습니다. 바로 나갈게요."

커피 잔을 싱크대에 올려놓곤 바로 현관으로 향했다.

그녀에게 딱 어울리는 소형 SUV 옆으로 알프스 소녀 같은 밀짚모자를 쓴 지후가 손짓했다.

"모종 가게가 어디 있는지는 아십니까?"

"그럼요. 바둑이 할머니가 알려 줬어요. 동네 사람밖에 모르는 곳이래요."

"바둑이 할머니?"

"아랫집에는 바둑이 기르는 할머니가 사시고, 우리 집 앞으로는 복분자 할머니가 사시고, 위쪽으로는 옥수수 할머니가 사세요."

"아, 지난번에 주신 그 옥수수?"

"네."

"방동리 삼총사네요."

"달타냥도 있어요."

"이장님인가요?"

"아뇨, 매일 전동 휠체어 타고 지나가시는 할아버지."

비밀이라도 되는 양 속닥거리는 그녀의 말에 유신이 웃음을 터트렸다.

"실제로 보면 엄청 귀여우세요."

앞좌석에 앉으니 의자를 뒤로 한껏 밀었는데도 무릎이 글러브박스에 닿았다. 아무래도 소형 SUV다 보니 185에 70kg 남자가 타기엔 좀 좁았다.

"불편해요? 유신 씨 차 타고 갈 걸 그랬나?"

"모종 가게가 멉니까?"

"아뇨, 인형극장 맞은편에 있어요."

"그럼 그냥 가죠."

방동리를 벗어난 차는 농협과 애니메이션 고등학교를 지나 신매대교로 향했다.

"배추 심으려면 최소한 일주일 전에는 땅에 비료를 넣어 엎어 놔야 하는데."

뒤늦게 생각난 유신의 물음에 지후가 씩 웃으며 엄지손가락을 치켜세웠다.

"해 놨죠. 유신 씨가 예초기로 풀 정리해 주셔서 로터리 삽으로 잡초 다 뽑고 비료 뿌려 놨어요."

엄청나게 뿌듯한 표정으로 바라보니, 유신은 칭찬을 해 주어야 할 것 같은 압박감이 느껴졌다.
"잔디 깎느라 힘들었을 텐데, 부지런하네요."
"월화 이틀 잔디 깎고, 수요일 기절했다가 목요일에 하루 종일 풀 뽑았어요. 비료도 뿌리고."
"고생하셨습니다."
"시작하고 30분은 재미있었어요. 왜, 비행기가 이착륙할 때는 재미있잖아요. 놀이기구 탄 것처럼."
"얼마나 걸렸습니까?"
"반나절이요."
'내가 했으면 두어 시간이면 끝났을 텐데……'
신호에 멈춰 잠시 생각에 빠진 듯 말이 없던 그녀가 심각한 표정으로 유신을 쳐다본다.
"아무래도 소를 한 마리 사야 할까 봐요."
너무나 진지한 표정에 또다시 웃음이 터져 버렸다. 허리까지 들썩이며 창문에 들러붙은 그의 모습에 지후의 미간에 주름이 잡혔다.
"너무 웃으시네. 아무래도 소는 좀 그런가요?"
"많이 그렇습니다. 키우는 것도 보통 일 아니고, 먹는 것과 싸는 것도 어마어마할 걸요? 뱀 집게로 해결 안 돼요. 삽 있어야 해요, 삽."
"그럼, 소는 포기해야겠네."
시무룩하게 잦아드는 목소리는 또 어찌나 웃긴지.

"참! 집 뒤에 파 봤어요? 꺾였던 애들 완전히 다 살아났어요."

"다행이네요."

"라면 먹을 때마다 가위로 잘라다 먹는데, 먹어도 먹어도 계속 나와요. 완전 좀비 같아."

"좀비 파라……. 나쁘지 않은데요?"

"그죠? 고기도 그랬으면 좋겠어요. 먹어도 먹어도 자꾸자꾸 열리는, 뭐 고기 나무 같은 건 없나?"

어느새 간판도 없는 가게 앞에 도착했다. 달랑 비닐하우스가 전부인 모종가게는 생각지도 않게 사람들로 북적였다.

"장미배추, 노랑배추, 청원 1호, 불암3호, 휘파람……."

다 똑같이 생긴 것 같은데 뭐가 이렇게 많담!

가지런히 줄 서 있는 모종들을 바라보며 판매하는 아주머니에게 열심히 설명을 들어도 잘 모르겠다. 모두가 생소한 단어들뿐이니, 그저 설명하시는 아주머니에게 미안하여 연신 고개만 까닥였다.

"김장 전용, 무사마귀병에 강!"

좋아! 이걸로 하자!

"휘파람으로 50개 주세요."

자신 있게 품종을 고르는 그녀를 조용히 지켜보던 유신이 허리를 숙여 모종을 살폈다.

"잘 보고 고르는 겁니까?"

"사실 잘 모르겠고, 이름이 마음에 들어요."

'아이고, 아가씨야.'

유병충해에 강하고 손이 덜 가는 품종의 배추를 권하고 싶었지만, 신이 난 그녀를 보며 유신은 그저 고개를 끄덕였다.

"50개면 너무 많지 않습니까?"

"많은가요?"

김치를 그리 좋아하지 않는 지후였지만, 왠지 많이 심어야 할 것 같은 생각이 들었다.

"이렇게 작아 보여도 꽤나 커질 겁니다."

"초보라서 자라다 죽을 수도 있고, 그리고 남으면 이웃과 나누어 먹죠, 뭐."

이웃이라는 말을 강조하며 지후는 배추 50개와 무 50개, 그리고 상추 15개를 사서 차에 실었다.

"김장할 줄은 아는 겁니까?"

"처음부터 잘하는 사람이 어디 있겠어요. 공부해서 담그면 되지."

무엇 하나 막힘없는 이 여자. 이쯤 되면 한 번쯤은 믿어 줄 만도 하건만, 슬슬 걱정이 되기 시작했다.

집으로 돌아와 유신이 파 준 고랑에 30cm 간격으로 배추 50개를 다 심고 나니 지후는 힘이 들어 죽을 것 같았다. 무릎은 바들바들 떨렸고, 허리는 부러질 것 같다.

"할 만합니까?"

"네! 잔디 깎는 것보단 수월하네요."

'사실은 죽을 것 같아요.'

쉬고 있는 유신을 불러 일을 벌인 탓에 지후는 힘든 내색도 못 하고 힘차게 대답했다.

벌겋게 익은 얼굴로 웃는 지후의 모습에 유신은 웃음이 나왔다. 힘든 내색 없이 땅강아지처럼 열심인 그녀가 기특하기까지 했다.

"잔디 말입니다. 수동 기계로 다 민 겁니까?"

"짧은 쪽은 잘 밀리는데, 긴 풀은 자꾸 날에 씹혀서 가위로 잘랐어요."

"가위?"

"네. 가지치기용 가위 있잖아요."

그늘에 앉아 땀을 식히고 있던 지후가 그에게 손짓했다. 허리에 이어 옆구리까지 뻐근한 것이 숨쉬기도 힘이 들었다.

이리 와요, 이리. 햇볕에 서 있지 말고.

"그늘, 그늘."

이쪽으로 오란 소린가 싶어 유신이 그녀의 곁에 앉았다. 슬쩍 곁눈질하니 한껏 올려 묶은 머리카락이 땀에 젖어 목덜미에 들러붙어 있었다. 목덜미로 흐르는 땀방울조차 귀엽다.

'아, 미친 건가? 왜 이러지?'

그의 시선을 아는지 모르는지, 지후는 순서를 기다리고 있는 무 모종을 노려보았다.

방심한 사이 꾹 참았던 그 한마디가 튀어나왔다.

"생각보다 힘드네요."

한숨처럼 잦아드는 목소리다.

"채소 값이 비싼 이유지요. 앞으론 더 힘들어질 겁니다."

"심고 나면 알아서 크는 거 아니었어요?"

"진딧물 방제도 해야 하고, 벌레도 잡아야 하고, 때 되면 예쁘게 묶어도 줘야 하고, 간간이 퇴비도 줘야 하고."

"한 번 주면 끝나는 거 아니었어요?"

"원래가 밭으로 쓰며 여러 번 경작했던 곳이 아니라서 퇴비에 신경 써야 할 겁니다."

"알았어요. 가끔 길에 보면 소똥 굴러다니던데, 보일 때마다 주워다 여기에 뿌려야겠어요."

"약은 칠 줄 압니까?"

"친환경적으로 약 안 치고 기를 거예요."

"유기농을 고집하는 겁니까? 아니면 손 가는 일을 피하는 겁니까?"

"농부의 고집이지요. 건강한 유기농."

고작 배추 몇 개 심어 놓고는 농부라니.

"절대, 귀찮아서 그런 건 절대 아니에요."

"그렇게 기르면 씹을 것도 없을 걸요? 친환경이라고 약 전혀 안 치고 기르는 건 아닙니다."

잠시 생각에 잠겼던 지후가 다시 고개를 들었다.

"벌레는 그렇다 치고 배추를 왜 묶어요?"

"속 채우려면 몸통을 묶어 줘야죠. 인터넷에 그런 건 안 나왔나 봅니다."

"모종 심기까지만 읽었어요. 기르기 부분은 좀 자라면 읽으려고. 근데, 원래 그 모양으로 자라는 게 아니었나 봐요."

"넵! 그냥 두면 민들레처럼 납작한 배추꽃이 핍니다."

"정말 많이 아시네요."

무슨 농학박사 보듯 존경을 담아 바라보는 지후의 시선에 유신의 등줄기로 땀방울이 흘러내렸다.

정오가 되어 지후가 시원한 콩국수를 차려 야외 테이블에 마주 앉았다. 두부로 만들었다는 콩국수, 비주얼은 그럴 듯한데 맛이 묘하다.

'우유 맛도 나고, 땅콩버터 맛도 나고. 뭐가 들어간 거지?'

돈 주곤 사 먹지 않을 것 같은 맛이다. 그러나 시장이 반찬이라 하였던가. 콩국수를 싹 비운 유신은 밥까지 비벼 먹고 텃밭으로 나왔다.

"커피 드세요."

시원한 아이스커피까지 받아먹고 나니 기운이 솟는다.

무와 상추까지 심고 나니 오후 2시.

"지금 하시게요? 해지면 해요. 날 선선할 때."

"바짝 말라 있을 때 자르는 게 수월합니다."

땀 식힐 새도 없이 잔디를 깎기 시작하는 그를 두고 혼자 집으로 들어갈 수 없어, 지후는 파라솔 아래 앉았다.
 미친 소처럼 용을 쓰던 그녀와 달리 잔디 깎는 유신의 모습은 우아하기 그지없었다. 가끔씩 티셔츠를 걷어 땀을 닦는 모습조차 화보의 한 장면 같았다.
 '역시 전동으로 샀어야 했어.'
 그랬다면 지후도 뒤뚱거리며 잔디를 깎는 대신 우아한 챙모자를 쓰고 원피스 너풀거리며 영화의 한 장면을 연출했을 텐데…….
 한 시간이 조금 넘자 그녀의 집 잔디는 처음 샀을 때처럼 예쁘게 단장이 되었다.
 "잘린 잔디가 통받이에 바로 들어가니 따로 긁어모을 필요도 없고 좋네요."
 "2주 뒤에 다시 한 번 밀 거니까 그냥 둬요. 알았죠?"
 "알겠어요."
 지후가 고개를 끄덕이자 귀엽다는 듯 유신이 그녀에게로 손을 뻗었다.
 그의 손을 따라 고개를 들자 유신이 멈칫 손을 뺐다.
 "또 파린가요?"
 "똥파리는 아니고요."
 "아니요. 또 파리가 붙었냐고요."
 "아……. 저는 이만 가서 좀 씻어야겠습니다."

당황하며 돌아서는 모습에 지후가 배시시 미소 지었다.

그가 아니었으면 밭농사 초보인 그녀는 하루의 전부를 모종들과 씨름하고 있었을 것이다. 게다가 심는 것도 기술인지라 유신 덕에 모종들의 생존율이 급상승했음을 굳게 믿었다.

'은근히 귀엽단 말이야.'

잔디 깎는 기계도 잊어버리고 황급히 대문을 나서는 유신을 바라보던 지후가 머리를 쓸어 넘겼다. 땀을 한 바가지 쏟은 탓에 찰랑거릴 거란 기대는 안 했지만, 손끝으로 감기는 느낌이 영 불쾌하다. 축축해진 손가락을 코끝으로 가져다 댔다.

'뜨아아~ 큰일 날 뻔했네.'

얼른 가서 씻어야겠다!

차갑게 쏟아져 내리는 샤워기 아래 벽을 짚고 선 유신은 자꾸만 한숨이 터져 나왔다.

'망할! 왜 자꾸 손이 가지?'

낯을 많이 가리는 탓에 여자를 만나도 쉽게 스킨십을 시도하는 편이 아닌데.

"아오. 말귀도 못 알아먹고. 똥파리라니."

민망해서 얼굴이 다 화끈거렸다. 외동이라고 말한 마당에 여동생 같아서 그랬다고 할 수도 없고.

"에잇! 얼마나 덜떨어져 보였을 거야! 빌어먹을."

샤워를 마치고 거실로 나온 유신은 탄탄한 허리 아래 수건만 두른 채 소파에 누워 버렸다.

이제 에어컨이 필요 없는 초가을이지만 몸에 열이 많은 유신은 습관처럼 에어컨을 켰다. 조금은 서늘하게 느껴지는 에어컨 바람에 솔솔 잠이 밀려왔다.

불면증에 몸에도 맞지 않는 맥주를 마셔 대던 유신은 온데간데없이 사라지고 순식간에 잠이 들어 버렸다.

한기에 눈을 뜬 유신이 머리를 긁으며 몸을 일으켰다.
"엣취!"
거실 시계는 벌써 9시 반을 가리키고 있었다. 계산해 보니 6시간이나 잤다. 보통은 두세 시간 간격으로 잠이 깨곤 했는데, 정말로 푹 자 버렸다.
'터가 좋은가. 여기만 오면 곯아떨어지네.'
주방 창문을 여니 도란도란 누군가와 이야기하는 지후의 목소리가 들려왔다.
"불면증이라더니 잠만 잘 자네. 그치?"
'내 얘기하는 건가?'
그녀는 파라솔도 치워 버린 야외 테이블에 앉아 무언가를 먹으며 달맞이 중이셨다.
"안 돼. 사랑아. 치킨은 몸에 안 좋아."
어젯밤 그의 냉장고를 가득 채웠던 상당수의 캔 맥주가 지후의 냉장고로 이사를 했다.

'내가 준 맥주 마시고 있나 본데, 야밤에 치맥이라……'

점심으로 콩국수가 전부였던 탓에 출출해진 유신이 입맛을 다시며 돌아서려는 찰나.

멍, 멍멍멍멍.

귀신같이 알아차린 사랑이가 주방 창문 담벼락 아래 붙어 짖기 시작했다.

'빌어먹을!'

화들짝 놀라 물러서자 그녀의 목소리가 가까워졌다. 졸지에 개 삼촌이 되어 버린 유신이 숨까지 멈추고 싱크대 아래로 몸을 숨겼다.

'내가 왜 숨어 있지?'

몸을 일으키려는 찰나.

"사랑아. 조용히 해. 삼촌 자잖아."

말은 그렇게 하면서도 창문으로 안을 살피는 지후의 그림자가 보였다.

"이리 와. 이리 오라고. 오늘 엄청 피곤할 거야."

덩치가 산만 한 스탠다드 푸들을 냉큼 품에 안고 가는 그녀의 뒷모습이 보였다. 지후에게 아이처럼 안겨 가는 사랑이의 시선이 유신에게로 박혀 들었다. 마치.

'나는 네가 그곳에 있는 걸 알아.'

그녀의 어깨 너머로 목을 길게 빼고 짖고 싶은 것을 참으며 낑낑거린다.

"힘도 좋아. 대형견을 번쩍 안아 드네."

손바닥만 한 핸드백조차 들어 달라 내미는 여자들을 생각하면 정말 여러모로 마음에 드는 여자였다.

'여자?'

언제부터 이웃집 광년이를 여자로 보게 됐지? 볼 때마다 손이 나가던 게 그래서 그랬나?

리카랑 헤어진 지 일 년도 안 됐는데…….

하아…….

갑작스레 현기증이 일자 유신이 벽을 짚었다. 순간 환하게 불이 들어오며 다시 사랑이 짖는 소리가 들려왔다.

흠칫 놀라 후다닥 안방으로 뛰어들었다. 서둘러 속옷에 다리를 끼워 넣는데 주방 쪽에서 그녀의 목소리가 들려왔다.

"유신 씨~"

"네에에에에!"

안방마님 부름 받는 머슴처럼 유신이 복도를 뛰었다.

"일어났어요?"

"네! 지금 방금, 일어났습니다."

"많이 피곤하시죠. 고랑도 파고, 배추도 심고, 무도 심고, 잔디도 깎고."

시무룩한 목소리에 유신이 큰 소리로 답했다.

"아니요. 하나도 피곤하지 않습니다."

순간, 반짝! 그녀의 눈동자로 별동별이 떨어졌다.
"그럼 건너오실래요?"
"아."
그럴 생각은 없었는데.
오늘은 그의 집보다 그녀의 집에 더 오래 있었다.
'아니야. 이건 아니야. 나답지 않아.'
인사를 나누고 삼 주 사이에 지나치게 가까워졌다.
뭐든지 너무 빠르면 부작용이 따르는 법.
"아니요, 오늘은 제가 집에서 할 일이 있어서요."
"그래요? 제가 도와 드릴까요?"

물론 핑계였지만 천하무적 서지후는 뭔지도 모르고 도와준단다. 뭐라고 대답을 하지?

"말씀은 고맙지만, 회사 일이라서요."
"아…… 네. 제가 그림은 젬병이라서요."

금세 시무룩해진 그녀가 담장에 매달려 있는 사랑이를 잡아당겼다.

"가자. 사랑아. 삼촌 바쁘대."
마음을 대변하듯 멀리서 소 울음소리가 들려온다.
아~~~~~ 건너가고 싶다.

갈등이 파도처럼 그의 심장을 덮쳤지만, 유신은 스스로에게 선을 긋듯 주방 창문을 닫았다.

"엣취! 엣취!"

연신 터져 나오는 재채기에 사랑이가 짖을까 싶어 입을 막고는 안방으로 향했다.

일요일 아침.
'어제 거절해서 기분이 상한 걸까?'
정오가 되도록 연락이 없는 지후를 기다리며 유신은 거실을 서성거렸다.
"엣취!"
샤워 후에 벗고 잔 탓인지 자꾸만 콧물이 흐르는 것이 머리가 무겁다. 거실을 서성이며 주방 창문을 주시하던 유신이 뒤늦게 나타난 양양이를 쓰다듬었다.
"넌 아침부터 어딜 그렇게 싸돌아다니냐."
니야아아아아아.
"이름을 닌자라고 붙일 걸 그랬나 보다."
애교를 부리며 발목으로 감겨드는 양양이를 내려다보던 유신이 고양이에게 말했다.
"닌자, 출동!"
작은 주방 창문을 열곤 양양이를 밀었다.
"가 봐. 옆집 언니 일어났는지 한번 가 봐."
'뭐하자는 거지?'
게슴츠레 유신을 쳐다보던 양양이가 주방 창문에서 50cm 떨어진 옆집 담을 한 번에 뛰어넘었다.

왈! 왈왈! 멍멍멍멍!

방동리 사이렌이 울리고 번개 같은 속도로 사랑이를 피해 지그재그로 마당을 가로지르는 양양이의 모습이 보였다.

"옳지! 특전사가 따로 없네! 잘한다!"

양양이가 야외 테이블 위로 착지하는 것을 확인한 유신이 곧장 현관으로 향했다. 발에 슬리퍼를 끼워 넣곤 현관을 지나 대문으로 내달린 유신은 그녀의 집 담장에 다다르자 달리기를 멈췄다. 이내 담장 너머로 그를 발견하곤 손을 흔드는 그녀가 보였다.

"유신 씨 일어났어요?"

현란한 꽃무늬 냉장고 원피스를 입고 이 대 팔 가르마 옆에 핀을 꽂은 지후가 테이블에 앉아 있었다. 여느 때와 다름없는 모습이었지만 오늘은 유난히 예뻐 보였다.

"좋은 아침입니다."

"어디 가요? 우리 집에 들렀다 가요."

못 이기는 척 그녀의 집 대문을 연 유신이 정원에서 사랑이와 대치 중인 양양이를 불렀다.

"양양이가 담을 넘어갔네요."

"가끔 넘어오더라고요. 사랑이랑 잘 놀아 주네요. 주인 닮아서 아주 친절해."

사랑이의 입에 머리가 물려 있던 양양이가 양팔로 목을 움켜쥐곤 발이 보이지 않을 정도로 뒷발차기를 날리는 중이다.

그다지 친절한 풍경은 아닌 듯한데, 그녀의 눈에는 더없이 잘 놀고 있는 것처럼 보이나 보다.

'저러다 다치는 거 아닌가?'

양양이를 사지로 밀어 넣었나 싶은 죄책감이 밀려왔다.

"놀고 있는 게 맞는 건가요?"

"네. 고양이는 타고난 사냥꾼이래요. 얼마나 빠르고 민첩한데요. 싫었으면 잽싸게 담을 넘었겠죠. 우리 사랑이는 바보라 담장을 못 넘거든요."

"상당히 과격하게 노네요."

"봐요. 암바 기술 들어갔어요."

어느새 사랑이가 바닥에 깔리고 양양이가 목덜미를 조르며 작은 입을 쫙쫙 벌리고 있었다.

"지후 씨, 격투기도 봅니까?"

"아뇨, 인터넷 기사에서 읽었어요."

유신이 야외 테이블에 앉자 지후가 커피 잔을 내밀었다.

"제가 커피를 안 마셔서 인스턴트커피밖에 없네요. 그래도 블랙이에요."

테이블에는 그녀가 마시는 매실차와 얼음이 동동 뜬 커피 한 잔이 놓여 있었다.

"누가 오기로 한 건가요?"

"유신 씨 왔잖아요."

혹시 주방 창문으로 고양이 밀어 넣는 것을 본 건가?

조용히 그녀를 응시했지만 지후는 사랑이와 뒹굴고 있는 양양이를 쳐다보며 웃고 있었다.

"제가 올 줄 어떻게 알고?"

"몰랐어요."

"그런데 커피를 탔어요?"

"혹시나 오시면 드리고, 안 오시면 제가 마시려고요."

"지후 씨 커피 안 마시잖아요."

"사람이 못 먹는 게 어디 있나요. 먹다 보면 늘겠지."

넉살 좋은 미소에 유신의 입가에도 덩달아 미소가 피어올랐다.

"창문을 두드리지 그랬어요."

"어떻게 매번 그래요. 제가 너무 껌처럼 들러붙으면 피곤하실 것 같아서요."

아름답고 조용한 이곳에서 동화 속 공주보다 아름다운 여왕을 만났다.

"껌이라니, 표현이 과격합니다."

"그 느낌 딱!"

윙크하며 약지를 편 지후가 사랑이를 가리켰다.

"저기 큰 껌 보이시나요? 자다 말고 화장실 갈 때도 쫓아와요. 너무 사랑스럽고 예쁘지만, 아주 가끔 비켜! 를 외치죠."

피식피식 웃던 지후가 나른한 듯 기지개를 켰다.

"이웃사촌님, 밤새 안녕히 주무셨어요?"

"네. 그리고 아침엔 이웃사촌님이 언제 창문을 두드릴까 주방을 서성였다죠."

뜻하지 않은 대답에 지후는 숨이 멎어 버렸다. 그냥 네, 하고 말 줄 알았는데 기다렸단다.

불이 붙은 듯 얼굴이 뜨거워지는 것이 느껴졌다.

"참 솔직하시네요."

"반사."

"토스."

"스파이크!"

"삐이이이익! 1승!"

말장난을 하다 보니 동시에 웃음이 터져 버렸다.

스프링클러에 부서지는 물방울같이 그들의 웃음소리는 행복 바이러스처럼 싱그럽기만 하다.

"유신 씨 보면 볼수록 참 매력 있어요."

"그런 말을 서슴없이 해 주는 지후 씨도 매력 터집니다."

언젠가 리카가 그런 말을 했었다.

'당신은 물처럼 맑아. 상대를 그대로 투영하는 것처럼. 그래서 당신을 보면 가끔은 내 모습이 부끄러울 때가 있어요.'

파란색은 파란색으로 대하고 붉은색은 붉은색으로 대한다. 연인이라, 친구라 하여 누군가를 변화시킬 만큼 타인에 대한

애정이 없는 것일지도.

"식사는 하셨습니까?"

"중요한 밥을 잊고 있었군요. 유신 씨는요?"

"배고픕니다."

"날도 더운데 콩국수 드실래요?"

"아니요."

재깍 대답이 나오자 지후가 고개를 갸웃거렸다.

"어제 맛있다고 하지 않았어요?"

"처음이자 마지막이라 생각했습니다."

유신의 답에 기분이 나쁠 만도 하건만, 지후가 또다시 웃음을 터트렸다.

이 여자 참 이상하다. 생각지도 못한 곳에서 이렇게 빵빵 터져 주시니, 늘 생각하고 조심하여 말이 없던 그를 수다쟁이로 만들고 있었다.

"깔깔깔깔. 아, 진짜. 말을 하시지."

"미래의 요리왕에게 상처 주고 싶지 않았습니다."

"정말 유신 씨 개그 코드가 완전 취향저격이네요."

"세상에 재미없는 남자가 딱 하나라면 그건 저라고 생각하고 살았는데."

"그 하나, 제게는 딱인데요."

커피를 마시던 유신의 식도로 얼음 알갱이가 우두두 쏟아져 들어갔다. 돌멩이 삼키듯 꾸역꾸역 넘겼다.

'도대체 무슨 의도로 저런 말을 하는 거지?'

한 번도 여자에게 먼저 접근해 본 적이 없던 유신이었다. 다가오면 사귀고, 기대어 오면 만나 주고. 사랑해 달라 보채던 여자는 지쳐서 돌아선다. 늘 같은 반복이었다.

두근거리는 설렘을 가져 본 적이 없기에 이 상황이 그에게는 지극히도 난처했다.

가만히 유신을 바라보던 지후가 손을 뻗었다.

'카푸치노도 아닌데, 입술에 크림이 묻었을 리도 없고.'

엄지손가락은 입술이 아닌 그의 코 밑을 쓰윽 훑었다.

"감기 들었어요?"

정신이 번쩍 든 유신이 화들짝 놀라 일어섰다. 코를 문지르니 맑고 투명한 무언가가 손바닥에 묻어 반짝였다. 어쩐지 간질간질하더니만!

'망할!'

당혹감에 그의 얼굴이 시뻘겋게 물들었지만, 그녀는 이미 현관으로 들어가 버린 상태였다. 쿵쿵거리는 소리가 복도를 오가는 그녀의 발자국 소리인지, 그의 심장 소리인지 분간이 가지 않았다.

다시 나타난 지후가 멍하니 얼이 빠져 있는 유신에게 손을 뻗자, 그가 흠칫 코를 가리며 물러섰다.

"제가 하겠습니다."

"그렇죠. 약을 대신 먹어 줄 순 없죠."

지후가 하얀 알약 두 개를 내밀었다.

"더위 먹는 것보다 냉방병이 더 괴로워요. 약 먹어요."

유신은 그녀가 내미는 약을 받아 날름 삼켰다. 작은 얼음 알갱이가 커피와 함께 식도를 타고 내려갔지만, 꿀꺽 삼켜 버렸다. 창피해 죽겠는데, 독약이라고 못 삼킬까.

"이제 밤에는 추운데, 혹시 에어컨 켜고 잤어요?"

걱정스레 올려다보는 지후의 물음에 유신이 고개를 저었다.

"유신 씨 열도 있어요? 얼굴 빨개요."

유신이 답이 없자, 지후가 키득거렸다.

"코 좀 닦아 준 걸 가지고 뭘 그렇게 창피해 해요?"

"……."

"처음 유신 씨 창고에서 낫 들고 설쳤을 때랑, 오리 우비 입고 곡괭이질을 했던 그 이튿날에 제가 이불 킥을 얼마나 했는지 알아요?"

"그리 나빠 보이지 않았습니다."

"유신 씨도 그래요. 그러니까 얼굴 좀 어떻게 해 봐요. 불타는 고구마 같다고요."

"시간이 좀 걸립니다."

애써 창피함을 밀어내 주려는 그녀의 노력에 유신은 깊게 심호흡을 했다.

'그래, 그것에 비하면 콧물 정도야.'

하지만 진정이 되지 않았다. 여자야 머리에 꽃을 꽂아도 귀여울 수 있으나, 남자는 달랐다.

병신미 충만한 오늘을 결코 잊을 수 없으리라.

오지랖 넓은 스타일이 아니니 창피당할 일도 없이 살아왔건만.

"괜한 짓을 했나 봐요. 미안해요. 강아지 두 마리를 기르다 보니, 눈곱 떼고 코 닦아 주고 아줌마처럼 습관이 생기네요."

"눈곱이 아니라서 정말 다행입니다."

"풉! 눈곱까지 떼어 줄 사이는 아니잖아요. 우리?"

"콧물 닦아 줄 사이는 더더욱 아닙니다."

"그럼 우리."

"그만! 식사하러 갑시다."

"콧물 닦아 준 값 치르는 건가요?"

짓궂게 구는 그녀의 이마를 손바닥으로 밀어 주고 싶은 욕구가 강렬하게 가슴을 강타했다.

"먹고 싶은 거 있어요?"

"소양댐 아래 유명한 막국숫집 있어요."

"갑시다."

국수를 즐기지 않는 유신이었으나 대답은 생각보다 빨리 튀어나왔다.

"기다려요. 옷 갈아입고 나올게요."

"그냥 입고 가요. 방동리 패션."

"저는 상관없는데? 유신 씨 안 창피하겠어요?"

"콧물 닦아 준 여자 앞에서 뭐가 더 창피하겠습니까!"
지후가 어깨를 으쓱하곤 그대로 유신을 따라나섰다.

하늘, 별, 그리고 꿈.
서울에서는 매스컴을 통해서나 들어보던 단어들이 이곳에서는 산과 들에 자라는 풀처럼 일상적이다.
"별이 이렇게 많은 줄 몰랐네요. 쏟아질 것처럼 반짝이는 게 정말 예쁘죠?"
세상에 홀로 사는 듯한 막막함을 무관심으로 무장한 채 살아가던 그의 가슴에 어느새 그녀는 별처럼 빛나고 있었다.
"세상 어떤 보석도 부럽지 않네요."
"그 마음이 더 예쁘네요. 보석도 필요 없다니."
그와는 아주 다른 환경에서 사랑을 받고 자라온 티가 여기저기 묻어나는 그녀가 웃는다.
"우아아아. 유신 씨, 갈수록 대사가 간지러워져요."
"간지러우라고 한 말 아닌데……. 서울에서는 별 볼일 없었거든요."
테이블에 마주 앉은 유신의 시선은 별이 아닌 그녀를 향해 있었다. 지후는 하늘의 별을 보고, 유신은 별을 보는 그녀를 본다. 턱을 괴고 하늘을 올려다보는 지후의 눈동자는 그 어느 때보다 반짝였다.
"똑같은 밤하늘인데, 왜 서울에서는 하늘을 올려다볼 생각을 못 했을까요?"

"숨 쉬기도 바쁜 시간들을 살아왔으니까."

"우리 이제 겨우 서른 초반인 걸요?"

"한국에서는 시간이 두 배로 빨리 가죠."

"그렇죠. 뒤처질지 모른다는 불안감에 숨도 쉬지 못할 만큼 버둥거렸어요."

점심으로 유신이 막국수를 샀으니 지후는 6시부터 고기를 구워 대기 시작했다. 배부르게 고기를 먹을 수 있음에 감사하고, 맥주 한 캔의 여유에 더없이 행복했다.

이렇게 아무런 계산 없이 누군가와 마음을 터놓을 수 있다는 사실이 더없이 아늑하고 평온하게 느껴졌다.

"행복해 보입니다."

"그런가요?"

살랑살랑 무르익어 가는 가을바람에 그의 목소리가 그윽하게 들려왔다.

"행복해요. 열한 살 우리 시추 할매와 함께하고픈 예쁜 집도 생기고, 말썽꾸러기 사랑이도 생기고……."

말꼬리를 늘이던 지후가 그를 향해 손가락을 폈다.

"이렇게 멋진 이웃사촌도 생겼잖아요. 전 요즘 너무나 행복해요."

행복은 바이러스 같다고 했던가. 그녀의 행복이 예쁜 미소를 타고 유신에게로 감염되었나 보다.

"요즘 자주 웃으시는 것 같아요. 유신 씨."

"행복해서 그런가 봅니다."

"아직 확신은 없으신 듯?"

"잘…… 모르겠습니다. 이곳에 오면 다사다난해도 마음이 편하네요."

"그 다사다난의 주인공은 저인가요?"

어리바리한 것 같아도 항상 요점을 놓치지 않는 그녀.

유신은 대답 대신 맥주를 들이켰다.

"서울은 언제 가세요?"

"한숨 자고 가야겠죠?"

맥주 캔을 들어 보이자 그녀의 콧방귀 소리가 바람을 가른다.

"아까부터 들고 있던 한 캔이 아직도 있어요?"

"사고는 오늘이 아니라 지금이라는 이 순간, 입니다."

"할 말이 없네요."

"오늘 제가 2연승입니다."

"그걸 세고 있었어요? 쪼잔하게."

"우리 서로 인사 나눈 이후로 지후 씨는 계속 세고 있지 않습니까."

"제가 뭘요?"

"삽질 값, 드라이기 빌려 준 값, 예초기 돌린 값, 잔디 깎은 값, 맥주 두 박스 가져다준 값. 더 해요?"

"아니, 그건……."

"점심에 제가 막국수 안 사 줬으면 배도 안 꺼졌는데 고기를 구웠을까 싶은데."

우물쭈물 할 말을 찾던 지후가 한숨을 내쉬었다.

"3연승이네요. 오늘은 기권할래요."

"후후후, 기분 좋은데요?"

"잘난 척 안 하는 사람인 줄 알았더니."

"겸손해야 할 만큼 잘나지를 못해서."

"무슨 남자가 이렇게 말을 잘해요?"

'내가, 말을…… 잘했던가?'

생전 처음 들어보는 말에 유신은 기분이 묘해졌다. 그녀와의 대화가 즐겁다. 무엇 하나 막힘이 없으며 오래 고민할 필요도 없는, 정말 탄산수 같은 대화였다.

세상에 이런 여자가 있었던 걸까?

"상대가 선의를 건네면 그냥 받아도 돼요. 이자 붙는 것도 아닌데, 급하게 갚아야 할 필요 없습니다."

"저도 그렇게 생각은 하죠."

"선행이나 악행이나 꼭 그 상대가 아니라도 돌고 돌아서 다시 받게 된다고 저는 생각합니다."

"인과율을 믿으시는군요. 저도 그렇게 생각은 하는데, 고기는 다음 주에 먹어도 되는데 그랬어요."

"지후 씨, 혹시 내가 부담스러워요?"

조용한 물음에 지후가 물끄러미 그를 올려다본다.

"부담스러운데, 그런 만행들을 저질렀겠어요?"

"그럼, 왜……."

"왜 그럴까요? 친구들한테도 이 정도는 아닌데. 너무 기다렸다가 만난 이웃사촌이라 그런가?"

그에게 다가서는 여자들에게서 쓸쓸해 보인다는 둥, 고독해 보인다는 둥의 개소리는 많이 들어봤다. 하지만 그를 설레게 하는 그녀는 무언가 다른 것을 느끼고 있지 않을까 기대를 했다.

"유신 씨를 보면 자꾸 뭔가 가져다줘야 할 것 같고, 배불리 먹여야 할 것 같은 그런."

갑작스런 절망이 그의 심장을 타격했다.

"혹시, 마음이나 사랑이를 볼 때 느끼는 뭐 그런 겁니까?"

"그건 아니죠. 제가 유신 씨를 마음이나 사랑이처럼 물고 빨진 않잖아요?"

"물고…… 빠……."

제기랄! 부럽구나!

하지만, 그들처럼 되고 싶진 않았다. 동물을 기르는 여자에게 남자는 필수가 아니란 이야기가 떠올랐다.

역시나 그저 이웃과 사이좋게 지내고 싶은 걸까?

'내가 아니어도, 누군가 저 집에 이사를 왔으면 이렇게 살갑게 굴었을까?'

다른 누군가, 특히나 다른 남자를 향해 웃고 있을 그녀를 생각하니 아주 기분이 상했다.

골똘히 고민하고 있는 지후를 조용히 바라보던 유신의 음성이 한숨처럼 흩어졌다.

"그럼 날 좋아하는 겁니까?"

순간 그녀가 돌 씹은 표정으로 그를 올려다봤다.

"진심으로 묻는 거예요?"

"무언가를 자꾸 주고 싶은 감정이 다른 무엇으로 설명될 수 있을까 해서 물어봤습니다."

"흐음……. 제가 답을 해야 하는 분위기인가요?"

심각하게 고민하는 듯한 모습에 유신은 장난치고픈 마음이 사라졌다.

"아니요, 오늘은 여기까지. 대화 즐거웠습니다."

"벌써 가려고요?"

아쉬운 듯 묻는 지후의 말에 일어서려던 유신은 마음이 흔들렸다.

"맥주 가지러 가려고 했어요."

"제가 가져다줄게요."

유신이 맥주 캔을 가지러 일어서는 지후의 손을 붙잡았다.

"그러지 말고 산책이나 갈까요?"

"오! 좋아요! 마음아! 사랑아!"

말이 떨어지기가 무섭게 지후는 강아지들을 챙기기 시작했다.

'둘이 오붓하게 동네나 좀 걸을까 했더니만.'

아쉽고 억울한 마음에 유신이 양양이를 불렀다.

하루 종일 안 보이던 양양이가 그의 집 담벼락을 뛰어 쏜살같이 달려왔다.

"의리 있는 여자로구나. 너는."

니야아아아.

발목으로 휘감기는 양양이를 쓰다듬으며 기다리고 있자니 지후가 하네스를 들고 나타났다. 아이엄마처럼 능숙하게 사랑이를 잡아 어깨끈을 매는 모습이 씩씩하기만 하다.

"자! 출발~"

"작은 개는 그냥 풀어 놔도 도망 안 갑니까?"

"마음이는 이제 연로해서서 걷다 지치시면 안고 갈 판이에요. 가 보실까요?"

랜턴을 받아 든 유신이 앞장서 대문을 나섰다.

"어머, 고양이도 따라와요."

"껌은 지후 씨만 있는 줄 알았어요?"

"풋! 귀여워라. 근데 암놈이에요? 수놈이에요?"

"배에 아무것도 없는 걸 보니 암놈 아닐까요?"

"그런가? 고양이는 안 키워 봐서 잘 모르겠네요."

나란히 걷는 그들을 쫓아 옹기종기 따라 걷는 개 두 마리, 고양이 한 마리.

"유신 씨, 정말 술 별로 안 좋아하시나 봐요."

"머리가 흐릿해지는 게 싫어서 잘 안 마십니다."

"우리 오빠는 아빠 닮아서 술을 잘 마시는데, 저는 엄마 닮아서 술이 안 받는 체질이거든요?"

"믿을 수 없군요. 술쟁이인 줄 알았는데."

"대학에 다니면서 학점 따듯 마시고 또 마시고. 그러다 보니 가끔은 생각나네요."

"몸에 안 맞는데 그렇게까지 해야 할 이유가 있었을까요?"

"당시에는 술이란 것이 넘어야 할 장애물처럼 보였어요. 왜 허들 경기처럼 넘고, 넘고 또 넘고."

"넘고 나니 어떻던가요?"

"소주 빛 세상에서 극기와 인내의 파도를 넘는 법을 배웠죠. 참 이상하죠? 술이 술을 마시고도 그다음 날 아주 멀쩡한 척, 제 할 일 하는 것에 아주 후한 점수를 주는 세상이라는 게."

"만족하십니까?"

"뭐, 사람 사귀는 데에 좋은 다리 역할도 하긴 하는데."

"술 없이도 충분히 즐거운 대화를 했던 것 같은데."

"그렇죠? 그래도 이사 와서 손님 올 때 빼고는 거의 안 마셨어요."

"몸이 괴로워진다면 마시지 말아요. 저와는 술 한잔할래요? 라는 틀에 박힌 인사말이 필요 없는 사이니까."

'틀에 박힌 인사말이 필요 없는 사이.'

특별한 말도 아닌데, 왜 이렇게 가슴이 푸근해지는지.

괜스레 얼굴이 달아오르는 것 같아 지후는 고개를 푹 숙였다. 하얗게 쏟아지는 달빛이 랜턴이 필요 없을 만큼 환하게 길을 밝혀 주고 있었다.

"우리가 서울에서 만났어도 이렇게 친해졌을까요?"

"흐음……. 제가 답을 해야 하는 분위기입니까?"

"아우~ 치사해라! 됐어요."

"큭 큭. 하하하하하하."

발끈하는 표정이 도토리를 잔뜩 입에 문 햄스터 같아서 유신은 또다시 웃음이 터져 버렸다.

'연고 없이 찾아든 낯선 마을이 이렇게나 아늑하게 느껴질 줄이야.'

아침에 눈을 뜨자마자 옆집으로 달려간 지후는 휑하니 비어 있는 그의 정원에 스프링클러를 틀었다.

"사랑아. 삼촌 갔나 보다."

그녀를 집에 데려다준 시간이 1시가 넘었는데, 그 밤에 서울로 떠난 걸까?

유신의 차가 서 있던 곳이 비어 있는 것을 보니 왜 이리 마음이 헛헛한지.

"우렁각시도 아니고. 인사 한 번을 안 하고 가네."

섭섭하다 못해 쓸쓸하다.

어제 심어 놓은 배추와 무가 앙증맞은 텃밭을 바라보던 지후가 환하게 웃으며 아침 인사를 건넸다.

"잘 자라야지? 물 먹고 싶으면 이야기하고. 응?"

설렁설렁 집으로 돌아와 거실에 앉아 있자니 밖에서 양양이 목소리가 들려왔다. 대답이라도 하듯 이리저리 들고 뛰는 사랑이를 마당에 풀어 주니 기다렸다는 듯 양양이가 달려들었다.

"너희들 참 사이좋다."

고양이 밥은 어쩌고 맘 편하게도 가 버렸네.

왜 자꾸 한숨이 나오는지.

창문에 팔을 걸치고 부산스레 놀고 있는 양양이와 사랑이를 지켜보다가 밖으로 나왔다. 그녀가 심심한 것을 알았던지 휴대폰이 울어 댔다.

"응. 오빠. 출근 안 했어?"

[했지. 미군기지 야구장 만들고 있다.]

"그런데 어쩐 일?"

[너 사내 연애하던 그 남자랑 헤어진 지 얼마나 됐지?]

"삼사 년 됐나? 기억 안 나네. 소개팅해 줄 생각이라면 됐어."

[그런 생각 한 적 없다. 뭐하고 있었냐?]

"옆집 껌 쳐다보고 있어."

남매라 그런지 기가 막히게 알아듣고는 웃는다.
[옆집 남자 껌 생겼어?]
"응."
[그 껌, 이름이 서지후 아니냐?]
아침에 눈뜨자마자 옆집으로 달려갔던 것을 들키기라도 한 듯 헛기침이 나왔다.
"쿨럭, 내가 언제 누군가에게 껌인 적이 있던가?"
[없었지.]
"그런데 왜 그런 소릴 하는 거지? 없어 보이게?"
[들이대는 여자 싫다 싫다 해도 마음에 있는 여자가 껌처럼 붙어 주면 아주 행복하거든.]
"오빠는 하나뿐인 동생이 껌처럼 굴었으면 좋겠어? 싸 보이게?"
[제대로 된 기둥에 붙어 주면 고맙지. 옛날에는 껌이 귀해서 씹다가 머리맡에 붙여 뒀다가 다음 날 또 씹고 그랬어.]
아, 진짜. 무슨 한국 전쟁 때 이야기를.
"말이 말 같아야 대답을 하지. 왜 전화했어?"
[영미가 해 보라고 해서.]
"그니까, 왜?"
[너 전화만 하면 옆집 남자 이야기만 한다고 해서 진짠가 싶어 해 봤다.]
'유신 씨 이야기를 그렇게 많이 했었나?'

어제 영미한테서 전화가 왔기에 옆집 남자랑 모종 심었다는 말을 한 것뿐이다.

"이 부부는 도대체가 비밀이 없어."

[비밀이었어? 모종 심은 게? 아니면 옆집 남자랑 심은 게?]

"어우, 됐어. 오빠라면 옆집에 혼자 사는 여자가 모종 심는데 안 도와줘?"

[옆집에 영미가 살고 있었으면 도와줬지.]

"무슨 뜻이야?"

[남자의 땀은 이유 없이 흐르지 않는다.]

아, 진짜! 대화가 자꾸만 골로 가니 지후는 화드득 화드득 짜증이 올랐다.

[동생, 물 들어올 때 노 젓는 거다.]

"그러니까 가서 일해. 열심히 벌어야지. 마누라보다 연봉 적으면 무시당한다."

[괜찮아. 늙어 죽을 때까지 벌어다 줄 거라서.]

"어쩜 그렇게 아부지 닮았냐?"

[부정할 수 없는 유전자의 힘이지. 넌 엄마 꼭 닮았어.]

"아오! 끊어!"

[그래~ 나도 사랑한다, 동생.]

예민하고 신경질적이라 마음대로 되지 않으면 성질 폭발하는 엄마를 닮았다니.

전화를 끊고 생각하다 보니 자꾸만 얼굴이 달아올랐다.
"아니 유신 씨 이야기를 뭘 그렇게 많이 했다고."
그러고 보니 통화할 때마다 했던 것 같기도 하고.

'그럼 날 좋아하는 겁니까?'
'진심으로 묻는 거예요?'
'무언가를 자꾸 주고 싶은 감정이 다른 무엇으로 설명될 수 있을까 해서 물어봤습니다.'

어제의 대화를 떠올리니 얼굴이 터질 것 같다.
"정말 좋아하는 건가?"
곰곰이 생각해 보니 눈뜨면서부터 해 질 때까지 옆집 창문만 쳐다보고 있었던 것 같기도 하고.
"어우! 나 정말 껌 된 거야?"

06 남사친의 습격

"뭐라고? 강촌 지났다고?"

대학 동기의 말에 텃밭에 물을 주고 있던 지후는 들고 있던 호수를 내팽개쳤다.

"야, 오면 온다고 말을 해야지."

[말하고 있잖아. 지금.]

"참 일찍도 말한다."

[평일이면 아무 때나 오라며. 오늘 목요일이야.]

영미의 비법은 대부분에게 통했으나 프리랜서 친구들에게는 큰 방어벽이 되지 못했다.

[빨리 주소 찍어.]

대학 4년 내내 붙어 다니던 다섯 명 중 하나인 찬영이는 그대로 통화를 종료해 버렸다.

그러곤 정확하게 15분 뒤 집 앞에 도착했다.

사랑이 때문에 대문을 열어 주차할 수 없는 데다, 인삼밭 아주머니가 차를 대면 땅을 파 버리겠다니 지후는 유신의 집으로 그녀의 차를 옮겼다.

"나도 차 여기에 대?"

"아니, 너는 우리 집 대문 앞에다 대."

이리 뛰고 저리 뛰며 달려드는 사랑이를 밀어낸 찬영이 와락 지후를 끌어안았다.

"이야, 진짜 오랜만이다. 얼굴 많이 탔네."

목에 걸린 음식물 빼듯, 등에 두른 손으로 흑흑 조여드는 그의 포옹에 숨이 막혔다.

"그만 좀 해. 이사 오기 전에 송별회에서 봤잖아."

"그날 나 일찍 갔잖아."

"그랬었나?"

"어이구, 시골 내려오더니 몸매도 풍년이네."

과격하게 입까지 떡 벌리는 찬영에게 주먹을 살며시 들자 자동적으로 입이 닫혔다.

'안 그래도 자꾸 쪄서 속상해 죽겠는데.'

사실 이곳으로 이사 온 뒤로 5킬로나 더 살이 붙었다. 직장 생활할 때는 정장을 입고 출근한 탓에 관리 아닌 관리를 했던 몸이 정말 푸짐해진 것은 부정할 수 없는 사실.

"몇 킬로나 나가냐?"

"65."

"165에 65면 그리 나쁘진 않네."

지후는 또다시 주먹을 쥐어 내밀었다.

"알았어, 알았다고. 살찌면 성격도 푸근해진다는데, 너는 성질도 살이 쪘냐?"

퍽! 퍼버벅!

결국 흠씬 두들겨 맞고서야 입을 다문 찬영이 커다란 가방을 추켜올리며 이리저리 집을 둘러보았다.

"집 좋은데?"

"넌 요즘 어때?"

"나야 뭐 늘 그렇지."

소프트웨어 개발자로 일하는 찬영은 한 달을 일하고 두 달은 놀고먹는 프리랜서였다.

"너 이번에 63빌딩으로 출근한다고 하지 않았었나?"

"그냥 캔슬했어."

"왜?"

"출근 시간 자율이라고 하더니 아침 9시부터 나오라잖아."

"다들 그러고 살아."

"그건 네가 지하철을 타지 않아서 하는 말이고. 그 시간대가 지하철에 사람 제일 많을 때야."

"너 차 있잖아."

"서울에서 차타고 어딜 가. 가끔 놀러 갈 때나 써 먹어야지."

"배부른 소리 하고 있네."

"회사 때려치우고 시골에 박힌 네가 할 말은 아닌 듯."

"깐족거리는 건 여전하네."

"사돈 남 말 한다."

과의 특성상 남자보다 여자가 많았음에도 지후가 어울리던 그룹은 남자 셋에 여자 둘이었다. 그중 동기 은주는 남사친의 벽을 넘어 민호와 결혼했다.

보통 연애를 하면 그룹 자체가 와해되기 마련인데, 누가 누구의 신랑인지 분간이 안 갈 정도로 그들의 모임은 여전히 끈끈했다.

"집 좋다."

"너희 집도 단독이잖아."

"부모님 집이었지. 내가 말 안 했나? 우리 부모님 역삼동 집 팔고 아파트 들어가셨어."

"부모님은 잘 계시고?"

"응, 너 시집 안 갔냐고 물어보시더라. 시골로 혼자 이사 갔다고 했더니 뭐라셨게?"

"안 궁금."

"우리 찬영이도 좀 데려가지, 하시더라. 큭. 우리 엄마가 너 되게 좋아하잖아."

"둘이 눈 맞을 것 같지 않으니까 좋아하시는 거지."

계집애처럼 너스레를 떨며 거실로 들어선 지후가 중간 방을 손짓했다.
"여기, 손님방."
"오~ 내 방도 미리 만들어 놓고, 고마운데?"
"니 방 아니고 손님방. 난 주인, 넌 손님."
"나도 옆집으로 이사 올까?"
"사는 사람 있다."
"웃돈 얹어 주면 되지."
"돈 많이 벌었나 보다?"
"돈이야 늘 많이 벌지."
고위 공무원 부모님에 외아들인 찬영은 풍족한 생활 덕에 성격 좋고 인물 좋은, 소위 말하는 엄친아였다.
"그럼, 옆에 인삼밭이나 좀 사라. 내 차 좀 대게."
키득거리는 찬영에게 비빔면을 끓여 주고 마주 앉아 먹으려니 이 자식 아주 입을 다물지를 않는다.
"좀 조용히 하고 먹어. 도대체 서울에서는 말 안 하고 살았니? 왜 이렇게 수다스러워."
"친구야. 혼자 일하는 직업이 말을 하면 얼마나 하겠냐. 웬 구박이지?"
"귀 따가워 죽겠어. 밥 먹어."
"이거 라면이잖아."
"이찬영!"

온갖 구박에도 불구하고 찬영은 해가 질 때까지 수다를 떨어 댔다.

"나 마당에 텐트 쳐도 되지?"

"그래라."

아무렇지도 않게 대답하고 나니 대문 앞에 세워 둔 차에서 무언가 끊임없이 마당으로 들어 나른다. 왜 그랬을까. 왜 텐트를 치라고 했을까.

"이게 다 뭐야?"

"뭐긴, 캠핑 신상이지. 삼백이나 잡아 드셨어."

텐트에 호롱불에 벌레 잡는 기계까지, 알 수 없는 물건들을 모두 세팅하고 나니 마치 캠핑용품 잡지 광고 세트장 같다.

"음악이 있어야지."

블루투스 스피커에 휴대폰을 연결하자 그럴싸한 음악이 흘러나왔다.

"가지가지 한다."

"좋으면 좋다고 말해. 무드 없는 계집애."

뉘엿뉘엿 해가 산허리에 걸리자 찬영은 두 팔을 걷어붙이고 불을 피우기 시작했다. 캠핑을 즐기는 탓에 나름 프로페셔널하다.

"그래서 예진 씨랑은 헤어진 거야? 너희 꽤 오래 만났잖아."

"삼 년 만났지. 올해 잘 지내보고 결혼할까 했었는데."

"결혼까지 생각할 정도면 많이 좋아했을 텐데, 그렇게 헤어져지디?"

"그렇게 되더라."

"너무했다. 사람 좋아 보이던데."

"정말 좋아 보였나?"

"예진 씨가 나랑 사귀나? 네가 좋으면 된 거지."

찬영의 여자 친구인 예진은 집착이 심한 탓에 사귀는 내내 모임에서 그를 볼 수 없었다.

"그래서 내 송별회에 나왔었구나."

맥주 캔을 부딪치던 지후가 고개를 갸웃거렸다.

"왜 헤어진 건데?"

"엄마가 방배동 현대 27평 아파트 사 주려고 했는데, 공동명의로 하자더라고."

"하지 그랬어. 어차피 조건도 비슷한 집안이라며."

"매매가가 10억이라 3억만 보태라고 했는데, 돈이 없대."

"없을 수도 있지."

"그럴 수 있지. 문제는 공동명의를 해 달라고 자꾸 조르니까."

"아니, 선봐서 조건 맞춰 만났는데 어떻게 돈 없는 집 아가씨를 만났어?"

"아버지가 사업하다 망하셨대."

"흠, 그래. 아주 클래식한 스토리구나."

외동이라 부모님이 결혼을 서두르는 것은 알고 있었지만, 10억짜리 집을 턱하니 사 주는 부모님이신지라 속속들이 이해하기에는 지후가 살아온 환경과는 너무나도 달랐다.
　'나는 내 집이 있다는 것만으로도 이렇게 행복한데, 10억짜리 집을 가지면 더 행복해야 하는 거 아닌가.'
　학비 대출로 인해 마이너스로 사회생활을 시작하는 많은 청년들, 돈 천만 원을 갚지 못해 자살하는 이들의 기사를 떠올리며 지후는 한숨을 내쉬었다.
　"혼수도 1억 해온다고 했다가 5천으로 줄여서 엄마가 날 들들볶아 대는데. 어휴, 그냥 접어 버렸어."
　"종이접기 달인이냐? 사랑이 어떻게 그렇게 접었다 폈다가 되냐?"
　"사랑이 원래 그런 거 아니었나?"
　"고작 돈 때문에 버릴 거면 평생 혼자 살아."
　"……."
　"너 친구 좋아하지만, 네가 바닥 칠 때 곁을 지켜 줄 친구가 몇이나 될까? 널 꼭 닮은 아이를 낳고, 그 아이를 위해 너를 위해 최고의 아군이 되어 줄 여자를 고작 돈 때문에 놓는다는 게 말이 돼?"
　"우리가 사는 세상이 그런걸."
　"너 사람 일 모르는 거다. 예진 씨 선생님이라며? 나중에 그 연금으로 먹고살지 어떻게 알아."

물끄러미 지후를 바라보던 찬영이 그녀의 코를 잡아당겼다.
"아, 아아아. 야."
"예진이가 너만큼만 순진했어도 내가 안 접었지."
"죽고 싶냐?"
"아니! 너랑 여기서 살고 싶다."
"거절한다."
"알았다."

종종 얄궂은 멘트를 날리는 찬영이었으나, 친구라면 몰라도 남녀 사이로는 결코 얽히고 싶지 않은 종자였다. 그를 좋아하는 여자라면 마다하지 않고, 보다시피 가는 여자도 붙잡지 않는 그에게 여자들은 늘 기대하고 실망했다.

"너 여기서 잘 거야?"
"응."
"밤에 추울 텐데?"
"그래? 그럼 같이 잘래?"
"변사체로 발견되고 싶냐?"
"아니."

손을 흔들며 텐트로 기어들어 가는 찬영을 바라보던 지후가 옆에 선 사랑이에게 말했다.

"너 삼촌하고 잘래?"

꼬리치던 사랑이는 무언가 알아들은 것인지 그녀보다 앞서 현관으로 달려갔다.

"야, 사랑이도 너 싫단다."
"나도 됐다고 전해 줘."

일교차가 커진 탓에 창문을 열고 잤다간 감기가 올 정도로 완연한 가을에 접어들었다.
눈을 뜨고 보니 해가 중천이라 후다닥 일어나 안방 창문을 열었다. 마당에 펴 놓은 텐트에서는 아무런 움직임 없이 어제 마시던 맥주 캔들도 그대로다.
'아직 자나?'
아무리 좋은 텐트에 그늘막을 쳤어도 기온이 상당히 올라간 상태였다. 서둘러 씻고 옷을 갈아입은 지후가 현관을 나섰다.
"이찬영! 자나?"
텐트 창문으로 들여다보니 찬영이 눈을 비비며 고개를 들었다.
"안 덥냐?"
"주. 죽을. 것 같아."
나무늘보처럼 기어 나오는 찬영의 모습에 웃음이 나왔다.
"밤에 안 추웠어? 안 불편하디?"
"적당한 불편함은 때론 삶의 활력이 되지."
"그럼 아마존으로 떠나."
"거긴 뱀이 너무 많아."

"여기도 많아."

"진짜? 아이씨! 진작 말하지. 그럼 텐트에서 안 잤지. 으아아악."

갑작스런 고양이의 출현에 놀란 찬영이 지후의 발목으로 감겨드는 양양이를 노려보았다.

"고양이도 길러?"

"아니, 옆집 고양이야."

"옆집에 사람 없는 거 아니었어?"

"평일에는 양양이만 살아."

"부자 고양이네."

"들어가 씻어. 나 장 좀 봐올게."

"같이 가."

"싫어."

"왜?"

"너 씻는 동안 기다리기 싫어서."

"그럼 안 씻고 가지 뭐."

"이찬영!"

"그렇게 부르지 마. 엄마 같다고."

눈곱을 떼며 다가서는 찬영에게서 물러선 지후가 고개를 저었다.

"닥치고 가서 씻어."

"말하는 거 봐라. 계집애가 저래서 누가 데려가겠나?"

"너나 잘해."

시원한 가을 하늘은 구름 한 점 없이 맑기만 했다.
부동산에 들렀던 유신은 오피스텔이 곧 나갈 것 같다는 좋은 소식에 기분 좋게 마트로 향했다. 이것저것 잔뜩 집어 카트를 밀고 다니다 보니, 어느새 계산대에는 산더미처럼 물건들이 쌓였다.
"어디 놀러 가시나 봐요?"
"집에 갑니다."
커다란 박스 두 개를 트렁크에 싣고 유신은 올림픽 도로로 접어들었다. 금요일인 데다 이른 시간인지라 막힘없이 쭉 뻗은 도로가 그의 기분을 한층 더 업그레이드시켰다.

'혹시나 휴게소 들르면 호두과자나 좀 사다 줘요.'

평소 들르지도 않던 가평 휴게소에 들러 호두과자를 잔뜩 사고 나니 괜스레 콧노래가 나왔다.
"도착 시간이 11시. 고기나 구워 먹을까."
밖에 나가서 외식을 할까.
고민하는 사이 어느새 집에 도착했다.
신 나게 돌아가고 있는 스프링클러를 보니 그녀가 마중을 나온 것처럼 반가웠다.

니야아앙. 냥냥냥.

주차를 하고 반기는 양양이를 안아 든 유신이 짐을 나르기 시작했다. 텅 비어 있던 냉장고를 가득 채우는 사이 힐끔힐끔 주방 창문을 쳐다봤다.

'어?'

무언가 휙 지나간 것 같은데?

창문을 내다보니 웬 낯선 남자가 상의를 벗은 채로 사랑이와 공놀이를 하고 있었다.

'누구지?'

유신은 옷도 갈아입지 않은 채 집을 나와 그녀의 집과 닿아 있는 담장으로 향했다. 그를 발견한 사랑이가 꼬리를 치며 담벼락에 들러붙었다.

"어, 사랑아. 잘 지냈어?"

유신의 손은 사랑이를 쓰다듬고 있지만, 매서운 눈은 낯선 남자에게 화살처럼 꽂혔다.

'누구냐, 넌.'

"안녕하십니까."

"안녕하세요."

서로를 바라보는 두 남자의 시선에서 스파크가 튀었다.

침묵, 마치 먹이를 두고 대치한 두 마리의 사자 같다.

"여기 사시나 봐요?"

"네."

칼로 잘라 낸 듯 서걱한 대답에 코끝으로 뿔테안경을 걸친 남자가 피식 웃었다.

'뭐야, 이 라쿤같이 생긴 자식은.'

지후의 오빠라고 하기엔 어려 보이는 데다 하나도 안 닮았다.

"누구십니까."

"지후 대학 친구예요. 이찬영이라고 합니다."

"김유신입니다."

또다시 침묵.

유신이 현관을 쳐다보자 자꾸만 담벼락으로 붙는 사랑이를 끌어안으며 라쿤이 말했다.

"지후는 장 보러 갔어요."

그의 품에 안겨 있는 사랑이를 보니 유신은 괜스레 기분이 나빴다.

"스프링클러 틀어 줘서 고맙다고 전해 주십시오."

"네, 전해 줄게요. 가자, 사랑아."

너무나 익숙한 듯 현관으로 들어서는 찬영을 바라보고 있던 유신이 획 돌아서며 외쳤다.

"양양아!"

니야아아아아.

날카로운 부름에 답하며 달려온 양양이를 끌어안은 유신이 귓가에 속삭였다.

"오늘은 옆집에 가지 마. 알았지?"

잔뜩 장을 봐서 돌아온 지후는 대문 앞에 차를 세웠다.
"이찬영! 이것 좀 받아."
"그렇게 부르지 말라니까."
사랑이와 함께 뛰어나온 찬영이 담장 너머로 그녀가 내미는 박스를 받아들었다.
"뭐가 이렇게 많아?"
"너 먹을 것만 달랑 사오냐? 떨어진 것들 이것저것 같이 샀어."
"같이 갈 걸 그랬네."
트렁크에서 박스를 꺼내 다시 내밀자 찬영이 그녀에게로 상체를 숙였다.
"옆집 아저씨 봤다."
"아저씨는 무슨. 우리보다 두 살 많은데."
"그래? 엄청 늙어 보이던데."
"웃기시네. 짙은 쌍꺼풀에 하얀 피부인 네가 덜 자라 보이는 거지.
"덜 자란 게 아니라 동안이라고 하는 거다."
지후의 시선이 자연스레 옆집으로 향했다.
"눈이 쭉 째진 게 살벌하게 생겼던데."
우연의 일치일까. 주방으로 열린 창문이 확 닫혔다.

"깔끔하게 잘생겼잖아."

"잘생겨? 야, 너 그런 취향이었어?"

"시끄럽고, 안에다 들여놔. 차 대고 올게."

차에 오른 지후가 옆집으로 향했다.

대문 사이로 검정색 SUV가 서 있는 것이 보였다. 그의 차 옆으로 나란히 주차를 하고 내려서자 때마침 현관문이 열리며 유신이 나왔다.

"일찍 오셨네요."

"네."

"차 좀 여기에 대어도 될까요?"

"네."

지난주와 사뭇 다른 딱딱한 대답에 지후가 어색하게 웃었다.

"친구가 놀러 와서 대문 앞자리를 비켜 줬거든요."

"인사했습니다."

"아, 그러셨구나. 저희 불 피울 건데, 건너오세요."

"저는 시내에 볼일이 있어서요. 나중에 뵙죠."

무어라 말할 사이도 없이 돌아선 그의 모습에 지후는 찜찜한 기분이 들었다.

'왜 저렇게 쌀쌀맞지? 무슨 일이 있었나? 혹시 찬영이랑 하는 얘길 들었나?'

대문 대신 뒤쪽으로 연결된 텃밭을 돌아오니 옆집 담벼락에 붙어 있는 찬영과 사랑이의 모습이 보였다.

"거기서 뭐해?"

"어? 왜 거기서 와? 뒤에도 문이 있어?"

텃밭과 마당의 시작을 갈라 쳐놓은 펜스를 열고 들어서며 지후가 고개를 저었다.

"이쪽으로 담장이 텃밭에서 끊겨 있어. 넌 뭐하는데?"

"너 기다렸지."

숯불을 피우는 찬영을 지켜보면서도 지후는 찜찜한 기분을 지울 수가 없었다.

슬쩍 담장을 돌아가 보니 정말 시내에 나갔는지 그의 차가 보이지 않는다.

"지후야! 불 다 피웠어."

"어~ 지금 가."

아기 손바닥만 한 상추를 따서 테이블로 돌아오니 찬영이 고기를 굽고 있었다.

"에계. 그거 상추 맞나?"

"너도 어릴 때는 요만했다. 작은 게 연하고 맛있어."

"옆집 아저씨 오라 하지 그랬어."

"아저씨 아니라니까. 시내 나간대."

"그래? 낯을 가리나?"

"조금."

"아닌 것 같던데."

옆집을 째려보더니 찬영이 고개를 저었다.

"낯을 가리는 사람이 날 그렇게 쳐다보나?"

"왜? 유신 씨랑 무슨 일 있었어?"

"아니. 왜?"

"그냥, 기분이 별로인 것 같아서."

"내가?"

"너 말고 유신 씨."

"섭섭한데. 10년 지기보다 이제 겨우 두어 달 됐을 옆집 아저씨 기분을 먼저 생각하다니."

"됐다. 말을 말아야지."

잘 구워진 고기 한 조각을 입에 문 지후의 시선이 옆집 창문으로 향하자 찬영이 소금을 뿌렸다.

"뭐야. 뭐하는 거야?"

"부정 타지 말라고 뿌리는 거야."

"뭐라고?"

"옆집 아저씨 수상해. 보통 처음 보면 예의상 안녕하십니까, 하잖아."

머리에 내려앉은 소금을 털어 대는 지후에게로 찬영이 바싹 붙어 앉았다.

"김유신이란 남자가 날 쳐다보는데."

"근데."

"눈에서 쫘아아악!"

약지와 중지를 구부린 찬영이 자기 눈을 가리키더니만 지후를 향해 손을 뻗었다.
 "레이저 나오는 줄 알았어."
 "장난하냐?"
 "진짜라니까. 가만히 서서 쳐다보는데 어우, 아주 잡아드실 것 같은 눈초리였다니까."
 "너같이 덜 익은 애 먹으면 장염 걸려."
 "아니, 한참을 째려보다가 '안녕하십니까.' 하기에 나도 '안녕하세요.' 했지."
 "잘했네."
 "근데 그 '안녕하세요.'가 인사가 아니라 '너는 누구냐.' 이렇게 들리더라고."
 "상상력 터진다."
 "아니야. 한참 말없이 또 레이저 쏘기에 '내가 여기 사시나 봐요?' 했더니 '네.' 그리고 또 침묵."
 "누군지는 안 물어보디?"
 "물어봤지. 내가 '지후 대학 친구예요. 이찬영이라고 합니다.' 했더니 뭐라고 했게?"
 "김유신입니다."
 "어? 어떻게 알았어?"
 "크크큭. 나한테도 그랬으니까. 원래가 말이 없어."
 "아닌데. 그거랑은 좀 다른 건데."

"너 같은 수다쟁이와는 다르지. 암."

인정할 수 없다는 듯 고개를 젓던 찬영이 두 눈을 게슴츠레 뜨며 지후를 쳐다봤다.

"너……, 옆집 아저씨랑 썸 타냐?"

"찬영아."

"응?"

"고기 먹어라."

어쩌면 저렇게 10년을 변함없이 실없는 소리만 해 대는지.

하지만 먼 길 마다하지 않고 찾아와 준 친구가 반갑고 고마운 것 또한 변함없는 사실이었다.

시내에 특별한 볼일이 없었던 탓에 1시간 만에 다시 집으로 돌아온 유신은 그의 정원에 주차되어 있는 그녀의 차를 보자 다시 울화통이 치밀어 올랐다.

"아직도 안 간 건가?"

닭 쫓던 개 지붕 쳐다본다 했던가.

집 안으로 들어온 유신은 거실을 서성이기 시작했다. 오만 가지 생각이 다 들었다.

'도대체 언제 온 거지?'

'누가 왔으면 왔다고 미리 얘기나 해 주든가!'

'전화번호를 모르는구나.'

'오늘 자고 가려나?'

이리저리 거실을 서성이다 살며시 창문을 열었다.

'장 잔뜩 봐왔는데, 누구랑 먹지?'

지후는 유신과 그랬던 것처럼 라쿤 녀석과 테이블에 마주 앉아 연신 웃음을 터트리고 있었다.

'설마 자고 가진 않겠지? 텐트 쳐 놨던데.'

들썩이던 기분은 급속히 냉각되었다.

"방이 많으니 한 방에서 자진 않겠지."

니야아아아아.

서성이는 그를 따라다니며 양양이가 울어 대자, 유신은 장을 보며 주워 담은 사료를 뜯어 접시에 담아 주었다. 그런데 이 녀석, 냄새를 맡더니 땅에 묻는 시늉을 한다.

"캔이 아니라서 싫은 건가?"

싱크대 서랍에서 캔을 따서 섞었다. 냠냠거리며 머리를 흔들어 대더니만, 사료만 툭툭 뱉어 놓았다.

"양양아, 편식하면 안 되지."

심사가 불편해진 유신이 소파에 앉아 TV를 켰다. 이리저리 채널을 돌려 보지만 재미도 없고 하품만 나왔다.

'돌아갈까?'

그녀와 보낼 시간들을 생각하며 기분 좋게 내려왔건만, 뜻밖의 불청객으로 가라앉은 기분은 점점 더 깊은 심해 속으로 잠기고 있었다.

'아직 안 들어왔나?'

내내 불이 꺼진 옆집 창문을 바라보는 그녀의 앞으로 바람이 획획 불었다.

"야."

고개를 돌리니 찬영의 손이 그녀의 앞에서 오락가락했다.

"하루 종일 옆집만 쳐다보고 있네."

"누가."

"네가."

"넌, 나 없으니 심심해서 어떻게 살았니?"

"많이 외로웠지."

"남자 새끼가 입만 여물어 가지고."

"차진 욕을 들으니 내가 남자라고 느껴지는구나."

"됐고, 하던 얘기나 계속해 봐. 그래서 어쩌려고."

"뭘?"

"장가 안 가? 너 몇 대 독자라며."

"삼대."

"흔하디흔한 삼대."

"그러는 너는 시집 안 가?"

"우리 엄마는 포기 모드이셔. 누구와는 다르게 말이지."

그것도 자랑이라고 지후가 한껏 고개를 치켜들었다.

"너희 엄마 이씨 조선 왕족 핏줄이라고 하지 않았어?"

"익안대군 19대손, 태조 셋째 아들."

"나라를 세우고 왕자의 난으로 형제들 쓸어버리고 그 자손은 자식을 뒤주에 가두어 죽이고, 크아~ 그 유전자를 네가 이길 수 있을 것 같냐?"

듣고 보니 아버지도 그렇고, 숙모들이나 이모부들 모두가 강성인 외갓집 식구들에게 꽉 쥐어 살고 있었다.

"굳이 뭐, 그렇게 이야기할 것까지야."

"그 시대에 태어났으면 당나라로 시집갔을지도 모르지."

"그만, 재미없다."

변함없이 아름다운 별밤과 선선한 바람.

친구도 있고, 맥주도 있는데 무언가 허전하다. 지루한지 놀아 달라 치대는 사랑이에게 공을 던져 주며 마당을 서성이던 찬영이 지후에게 손짓했다.

"왜?"

"이리 와 봐."

"귀찮아. 니가 와."

"와 봐. 내가 오늘 밤, 너의 운명을 바꿔 준다."

뭔 개소리를 하는 건지. 하루 종일 떠들어 댔더니 피곤이 태산처럼 밀려왔다.

"운명은 내가 바꿀 테니까, 넌 좀 자면 안 되겠니?"

자리에서 일어선 지후가 옆집 창문 아래 담장에 기대어 앉은 찬영에게로 다가섰다.

"바닥에 앉으면 습기 찰 텐데?"
"일단 앉아 봐."
손목이 잡힌 지후가 그의 곁에 털썩 주저앉았다.
"편한 의자 두고 뭐하자는 건데."
"쉿!"
하늘을 올려다보던 찬영이 지후의 어깨에 팔을 둘렀다.
"결심했어."
"그래, 열심히 살아."
"남사친 이제 그만할래."
"그럼 넘사벽 해라. 넘을 수 없는 사차원의 벽."
워낙에 장난기가 많은 친구인지라 지후는 시큰둥하게 맞장구를 쳤다.
"진심이야. 우리 진지하게 사귀어 볼래?"
"한동안 뜸하지 했다."
"왜 싫은데?"
"말 많은 남자 싫어."
"알았다. 하지만 나는 포기하지 않겠어."
"그러든가."
"그럼 우리 서른셋 될 때까지 짝 없으면 결혼할래?"
욕을 해 주어야 할까?
아니야. 아무리 십 원짜리를 뿌려도 끄덕 안 할 놈이니 불필요한 소모는 하지 말자.

먼 길 찾아와 준 것도 고마우니 술 먹고 토하지만 않으면 그냥 참아 주자.

"그래, 생각해 보자."

"사랑해, 지후야. 그런 의미에서 키스 한번 할까?"

진짜 참아 줄라 했더니만.

그녀가 쌍욕을 날리려는 순간, 머리 위의 창문에서 불이 환하게 들어왔다.

"옆집 아저씨 들어왔나 보다."

"신경 끄고 가서 처자."

"말투 좀 고쳐라."

"고쳤는데, 너 만나니까 다시 도진다. 얼른 자 버렷!"

주먹을 불끈 쥐니 찬영이 잽싸게 현관으로 도주한다.

"나 오늘은 집에서 잔다."

그의 시선은 지후가 아닌 옆집 창문을 향해 있었다.

"고기가 상했나? 도대체 왜 저러지?"

"샤워하고 기다릴게~"

테이블 위에 늘어놓은 저녁상을 주섬주섬 정리하는 지후의 주머니에서 휴대폰이 울렸다.

'건주 오빤가?'

누군가 싶어 휴대폰을 꺼내니 낯선 번호다.

종료 버튼을 누르고 다시 접시들을 치우는데, 문자 알림음이 들려왔다.

-지후 씨, 산책 어때요?-

문자를 확인하는 순간, 지후의 고개가 휙 옆집으로 향했다. 전화번호를 어떻게 알았지?

신이 나서 사랑이를 부르러 현관으로 달려가던 지후가 급브레이크를 잡았다. 친구를 따라 집으로 들어간 사랑이를 데리고 나오려면 분명 찬영이 따라붙을 것이다.

"아니지. 사랑아, 오늘은 쉬어. 엄마 혼자 다녀올게."

뒷정리를 하다 말고 대문으로 향했다. 멀리 전봇대 아래 서 있는 유신이 보였다.

"지금 들어왔어요?"

"아뇨, 아까 와서 깜빡 잠들었습니다."

"제가 너무 시끄럽게 해서 깨셨나 봐요."

"뭐, 매번 있는 일도 아닌데요. 친구 분은?"

"자요. 걔는 자야 해요."

행여나 찬영이가 튀어나올까 싶어 지후가 속삭이듯 작은 소리로 그의 팔을 잡아당겼다.

"가요, 산책."

'놀러 온 그 남자, 뭐하는 사람입니까?'

'언제까지 있다 갑니까?'

'도대체 지후 씨하고는 무슨 사입니까?'

'남녀 사이에 우정이 존재한다고 생각하십니까?'

수많은 물음의 파도들이 여전히 그의 뒷골을 때렸지만, 유신은 아무런 말없이 그녀와 시골길을 걸었다.

"오늘은 별이 없네요."

'제 마음이 암흑입니다.'

항상 달빛이 좋았기에 랜턴도 들고 나오지 않았는데, 밤길은 간신히 길을 구별할 정도로 어두웠다.

"전화번호 어떻게 알았는지 궁금하지 않아요?"

"마당에 세워놓은 차에서 본 거 아녜요?"

"역시, 똑똑하네요."

"똑똑하기는요, 어떻게 알았을까 한참 생각했어요."

"친구는 잡니까?"

"제발 그랬으면 좋겠네요. 머리에 딱따구리 얹고 있는 것 같아요."

"대학 동기라 하던데."

"대부분이 그렇듯 남사친이죠."

"남사친?"

"남자 사람 친구요. 유신 씬 그런 친구 없어요?"

"없습니다."

"보수적이시네요."

"보수적이라 단정 지을 수 없는 가치의 차이 아닐까요? 내 곁에 누군가에게 상처가 될지 모를 관계는 만들지 않을 뿐입니다."

"틀린 말은 아니네요. 찬영이도 사귀던 아가씨가 그런 관계를 싫어해서 한동안 얼굴을 못 봤거든요. 뭐, 사람마다 라이프스타일이 다른 거니까."

"배우자로 인해 한순간에 끊기는 인연을 우정이라고 할 수 있습니까?"

"찬영이가 좋은 사람 만나 결혼을 하고, 또 아내가 우리의 관계를 싫어한다면 당연히 끊어 내야겠죠?"

"누굴 위해서요?"

"친구를 위해서. 아무리 친구가 좋아도 평생 내 곁을 지켜 줄 사랑과는 저울질할 수 없는 거라고 생각해요."

"저로서는 이해가 되지 않는 논리군요."

"세상살이가 다 마음처럼, 어맛!"

순간 무언가를 밟은 지후의 발목이 꺾이며 기우뚱하자, 잽싸게 어깨를 감싼 유신이 그녀를 품에 안았다.

"흐아아. 뭐예요? 물컹해요."

"퇴비 같은데요."

"퇴비? 소똥이요?"

멀리 소 울음소리가 들려왔다.

음머어어어어어.

그거 내 똥이야~~~~

개똥을 집어 보이며 웃던 여자가 소똥에 놀라다니.

"아파요? 발목 괜찮아요?"

"네, 괜찮아요."

바닥에 한쪽 무릎을 대고 발목을 살피던 유신이 그녀의 하얀색 슬리퍼를 벗겼다.

"여기 잠깐만 기다리고 있어요."

"어디 가요?"

슬리퍼를 손에 든 유신이 길 옆으로 흐르는 농수로로 내려갔다. 슬리퍼를 물에 담가 한참을 흔들고 혹여 남은 것이 있나 손으로 확인까지 했다.

"유신 씨. 뭐해요? 괜찮아요. 집에 가서 씻으면 돼요."

"다 했어요. 지금 올라갑니다."

신발을 탈탈 털어 그녀의 발에 끼워 주었다.

"발목 괜찮은 겁니까?"

살며시 발목을 돌리며 올려다보는 그의 모습이 왕자님 같아 지후의 가슴이 콩닥거렸다.

"미안해요. 잘 안 보여서."

"오늘 많이 어둡긴 하죠."

균형을 잡느라 그의 옷깃을 붙잡은 지후의 손을 감싸 쥐며 유신이 잡아당겼다.

"정말 아픈 게 아니라면 조금 더 걸을까요?"

"네."

"괜찮은 거죠?"

재차 묻는 유신의 말에 지후가 고개를 끄덕였다.

"미안해요. 다음에 유신 씨가 소똥 밟으면 내가 씻어 줄게요."

"풉! 하하하! 지금 소똥 밟으라고 악담하는 겁니까?"

"아니, 아, 그게 아니고요."

우물쭈물 올려다보는 그녀가 귀여워 유신이 지후에게로 상체를 기울였다.

새근거리는 그녀의 숨결이 코끝에 닿았다. 아침 이슬처럼 달고, 가을바람처럼 싱그럽다.

그의 입술이 살포시 그녀의 입술에 내려앉았다. 길지도 짧지도 않은, 어쩌면 키스라고 하기엔 담백한 입맞춤이었다.

요란하게 들려오던 풀벌레 소리도, 소 울음소리도 들리지 않은 고요함. 숨었던 달님이 고개를 내밀었다.

열일곱 소년, 소녀 같은 입맞춤이 끝나고도 두 사람은 말이 없었다.

작은 소리에도 깨져 버릴 것 같은 마법 같은 밤이다.

찌걱, 찌걱. 찍.

물기를 머금은 지후의 왼쪽 슬리퍼가 개구리처럼 울었지만 마법은 깨지지 않았다. 두 손을 꼭 잡고 걷는 둘 사이의 침묵은 여전히 이어졌다.

'이 길이 이렇게 짧았던가.'

아쉬움에 한숨지을 사이도 없이 어느새 그녀의 대문 앞에 도착했다. 따뜻한 향기가 느껴지는 그의 손을 놓고 싶지 않았다.

그녀의 마음을 알았던 것일까, 유신이 잡은 손에 살며시 힘을 주었다.

"지후 씨."

숨소리조차 너무 크게 들려 숨죽여 걷던 지후는 그의 음성에 심장이 터질 것 같았다.

"지난주에 물어봤던 것 기억합니까?"

'날 좋아하는 겁니까?'
'날 좋아하는 겁니까?'
'날 좋아하는 겁니까?'

기억하고 싶지 않은데 선명한 기억들이 메아리처럼 그녀의 귓가를 후려쳤다.

"아……. 그게."

답은 알고 있지만, 말하고 싶지 않은 이 감정은 뭘까.

"대답, 이제는 필요 없을 것 같습니다."

"네?"

"지후 씨가 아니라 제 자신에게 가졌던 물음이었던 듯합니다."

"유신 씨……."

은은한 대문 조명 아래, 그의 미소는 밤하늘의 별처럼 그녀의 가슴으로 박혀들었다.

"내가 지후 씨를 아주 많이 좋아합니다."

퍼버버버벅!

심장 강타! 미친 듯이 팔딱이던 심장이 두들겨 맞는다.

"누군가를 좋아해 본 적이 없어서 몰랐습니다."

연이은 고백에 지후는 손을 들어 점점 더 벌어지는 입을 가렸다.

"자주 오지도 않던 이곳에 왜 자꾸 오고 싶은지."

마치 누군가 심장을 움켜쥔 것처럼 짜릿한 전기가 그녀의 핏줄을 타고 퍼져 나갔다.

"언제부턴가 목동이 아닌 이곳을 집이라 불렀는지."

지후의 발가락이 꼬물꼬물 슬리퍼 바닥을 긁었다.

"당신과 함께한 그 웃음과 평안함이, 행복이라는 걸 알게 된 것 같습니다."

"아……. 저는."

지금이야! 지금 쏴!

"저도, 유신 씨가 참 좋아요."

"알고 있습니다."

그는 그녀가 생각지 못한 대답을 했다. 그럼에도 이 얄궂은 분위기가 식어 버리지 않는 이유는 유신이 그녀를 품에 안았기 때문이다.

두근, 두근두근. 두근.

그의 심장 소리가 북처럼 그녀의 귓가를 후려쳤다.

마치. 마치…….

'내가 당신을 더 많이 좋아해요.'라고 외치고 있는 것 같았다.

그렇게나 만져 보고 싶었던 그녀의 머리카락을 쓰다듬으며, 유신은 처음 차를 샀을 때 느꼈던 감정의 수십 배에 달하는 충만감에 빠져들었다.

"나……. 오늘."

그의 가슴에 코를 박고 있던 지후가 모기만큼이나 작은 소리로 속삭인다.

"나, 오늘…… 머리 안, 감았어요."

이유식 투정하는 아기 같은 소리에 유신의 가슴이 빵빵하게 부풀어 올랐다.

"크크크. 크"

웃음을 참으려니 온몸이 흔들린다.

"웃, 는 거예요?"

잔뜩 날이 선 지후가 버둥거리자 유신이 그녀의 정수리에 코를 박아 버렸다.

"아우! 귀여워. 우리 지후 씨를 어쩌면 좋지?"

"하지 말아요. 머리 안 감았다고요."

버둥거리던 지후가 그의 품에서 벗어난 순간, 양 볼을 감싼 커다란 손에 밀려 볼이 병아리처럼 되어 입술이 툭 튀어나왔다.

"뭐하는 거예······."

유신이 그녀의 입술을 아플 만큼 강하게 빨아들였다.

'하지 마요. 하지 마. 이건 내가 사랑이한테 하는 거잖아!'

유신에게 입술을 물린 지후가 두 눈을 부릅떴다.

'이 익숙한 느낌은 뭐지? 낯설지 않아.'

잔뜩 성난 그녀와 달리 그는 귀여워 죽겠다는 표정이었다. 씩 웃는 모습이 언뜻 오빠 건주와 오버랩 되었다.

"지후 씨 주려고 맛있는 거 잔뜩 사왔어요."

애도 아니고 다 큰 여자의 얼굴을 그렇게 구겨서 뽀뽀하는 남자가 세상에 어디 있을까.

어릴 때 아빠나 하던 짓을, 그것도 고백하는 날에!

"내일 친구랑 같이 우리 집으로 와요. 맛있는 점심 해 줄게요."

"안 가요."

잔뜩 골이 난 그녀가 웃을 때보다 더 예쁘고 귀여우니 정말 환장할 노릇이다.

"꼭 와요. 보고 싶으니까."

휙 돌아선 지후가 부서져라 대문을 집어 던졌다.

철커덩!

하지만 요란한 대문 소리보다 유신의 웃음소리가 더 컸다.

'에잇! 뭐야! 분위기 좋았는데.'

그러고 세 걸음 정도 걸었을까? 지후는 귀신이라도 본 듯 돌처럼 굳어 버렸다.

"이, 찬영."

대문을 향한 거실 베란다 유리문에 찬영이 개구리처럼 들러붙어 있었다.

"너 거기서 뭐하냐?"

찬영이 창문을 열었다.

"정말 방음 잘된다. 하나도 안 들리네. 형이 뭐래?"

"형?"

"옆집 형이 사귀재?"

"언제부터 유신 씨가 네 형이 됐어?"

"그렇지! 나이가 많아도 우리가 친구니까, 매제? 아니 처남이라고 불러야 하나?"

지랄도 풍년이라더니.

두 사람을 내내 지켜본 듯한 찬영은 기대와 흥분으로 가득 찬 얼굴이었다.

저것도 친구라고……. 어휴!

"누가 결혼한대?"

"음……. 그래? 그럼 결혼 전까지 형이라 부를게."

"아이고, 머리야."

토요일 아침.

휴대폰 주소록에 입력할 유신의 이름을 정하느라 밤을 꼴 딱 새워 버린 지후는 졸린 눈을 비비며 휴대폰을 확인했다.
 -양양이 아빠-
 '하트 하나 집어넣을까?'
 침대에 누워 뒹굴던 지후는 부산스러운 소리에 몸을 일으 켰다. 안방 창문을 열고 내다보니 차에 짐을 싣고 있는 찬영 의 모습이 보였다.
 "뭐해?"
 "이제 가야지. 이틀이나 잤는데."
 "짐 내릴 때는 한 일주일 있다 갈 것처럼 그러더니."
 "캠핑 짐이 좀 많기는 하지."
 힐끗 옆집을 쳐다보던 지후가 손짓하며 찬영을 불렀다.
 "옆집 형이 밥 먹고 가래."
 "됐다."
 혹시나 유신이 들을까 싶어 지후가 안방 창문 밖으로 한껏 몸을 내밀며 찬영에게 소곤소곤했다.
 "먹고 가."
 "됐어. 짐 다 실었어."
 "잠깐 기다려. 배웅은 해야지."
 "형한테 안부 전해 주고."
 "언제 봤다고 안부는."
 밥 먹고 가라는 지후의 권유에도 찬영은 짐을 꾸려 서울로 떠나 버렸다. 찬영을 배웅한 지후는 옆집 눈치를 보며, 살금살금 까치발을 디딘 채 집으로 돌아왔다.

'가서 뭐라고 하지?'

찬영이 가고 나니 옆집으로 건너가기가 더욱 불편해진 지후가 거실을 서성였다.

'가지 말까?'

가슴이 답답해져 왔다. 그를 좋아하는 건 사실이지만, 그렇다고 사귀는 것은 부담스러웠다.

"잘되면 좋겠지만, 안 되면 그 감당을 어떻게 할 거야. 이사를 갈 수도 없고."

사내 연애를 경험했던 지후는 전 남자 친구와 헤어지고 나서 그가 이직을 하기 전까지 회사 생활이 얼마나 가시방석이었는지를 기억한다. 대부분 사내 연애의 결말은 둘 중 하나가 이직을 하는 것으로 끝이 나고, 이직의 주인공 대부분이 여자였다. 물론 지후는 그 관례를 깨고 끝까지 버텼다.

인기가 좋았던 그는 곧 다른 여직원과 스캔들이 터졌다. 임신을 했네, 안 했네, 온갖 소문들이 그녀에게 들려왔다. 약혼을 하고 또 파혼을 하고, 귀를 막아도 들려오는 이런저런 소문에 지후는 바위처럼 대처했다.

그러는 사이 바위에는 자신도 모르는 흠집들이 생겨났다. 그렇게 봄비처럼 스며드는 잔잔한 상처마저 외면할 수는 없었다.

"뜨뜻미지근하게 모른 척하며 지낼 수도 없고."

이래저래 고민을 하는 사이 휴대폰이 울렸다.

'유신 씬가?'

화들짝 놀라 휴대폰을 드니 액정화면에 은주의 이름이 보였다.

"은주야. 이 시간에 웬일이야?"

[너 연애한다며? 옆집 남자랑.]

잔뜩 흥분한 목소리에 지후가 시계를 쳐다봤다.

"누가 그래? 나 연애한다고?"

[누구겠어. 찬영이지. 거기 다녀간 애가 개밖에 더 있어?]

"출발한 지 삼십 분밖에 안 됐어. 이제 가평 지나갈 시간인데?"

[그 새끼가 입이 간지러워서 서울까지 참겠냐. 그걸?]

"어휴, 망할 자식. 불쌍해서 잔뜩 위로해 줬더니."

[금수저 물고 태어난 놈이 뭐가 불쌍해?]

말을 해야 하나, 말아야 하나.

고민하던 지후는 옛다! 복수! 하는 심정으로 한숨을 내쉬었다.

"찬영이 예진 씨하고 헤어졌대."

[누구? 초등학교 선생님?]

"응, 몰랐구나?"

[뭐야, 너 꿈꿨니? 찬영이 다음 달에 결혼해.]

"누구랑? 그새 선봤대? 그런 말 없던데."

[누군 누구야, 그 초딩 선생이지.]

이게 도대체 무슨 소린지.

헤어짐을 슬퍼하는 그와 부딪친 맥주 캔이 아직도 흠집 없이 휴지통 옆에 쌓여 있는데.

"아니, 어머니가 방배동에 10억짜리 아파트 사 준다고 했는데, 여자가 공동명의 하자고 해서 3억을 대라고."

찬영이 한 이야기를 주절주절 읊고 있자니 은주가 웃음을 터트렸다.

[아, 진짜. 넌 아직도 찬영이를 믿냐?]

"아니야?"

[어휴, 찬영이 어머니가 어떤 사람인데! 아, 진짜. 우리 서지후.]

망할 녀석! 장난칠 게 없어서 미래의 아내를 가지고.

[하긴, 세상에 더없이 똑똑한 내 친구가 이렇게 허당 같은 면도 있어야 좀 귀엽지.]

"아, 정말 어이없네. 어쩐지. 여자 집이 망했네 뭐네, 아주 드라마틱하더라고. 진작 눈치챘어야 했는데."

[너만 국문과냐? 우리 전부 국문과야. 너도 쓰는 소설, 개라고 왜 못 쓰겠냐.]

"이 거지같은 자식."

성질이 화산처럼 터지며 바르르 떨고 있는 지후를 달래며 은주는 또다시 폭탄을 던졌다.

[네가 그렇게 어리바리하니까, 찬영이가 사랑의 파랑새 역할을 해 주고 왔다던데.]

"그건 또 무슨 소린데?"

[옆집 남자가 눈으로 레이저 쏴서 찬영이가 담벼락에 붙어서 경고해 주고 왔다던데.]

"경고는 무슨……."

아! 순간 그녀의 머릿속으로 어제의 그 장면들이 동화책처럼 펼쳐졌다.

'진심이야. 우리 진지하게 사귀어 볼래?'
'그럼 우리 서른셋 될 때까지 짝 없으면 결혼할래?'

왜 굳이 옆집 담벼락에 앉아 신소리를 해 댔는지 이제야 알 것 같았다.

'사랑해, 지후야. 그런 의미에서 키스 한번 할까?'

으아아아. 민망해.
'역시나 다 들은 걸까? 들었겠지? 들으라고 떠들어 댄 거니 들었을 거야.'

한숨을 들이쉬고 내쉬고 창피해 죽을 것 같은 얼굴은 아무리 손을 펄럭여도 식을 기미가 보이지 않았다.

[잘 찾아봐. 어딘가에 청첩장 있을 거야.]

"알았어!"

통화를 종료한 지후는 찬영이 던져 놓고 간 청첩장을 찾아 집 안을 뒤지기 시작했다.

'도대체 어디에 놓고 간 거지?'

냉장고 안까지 샅샅이 뒤졌지만 찾을 수가 없었다. 소파에 주저앉은 지후가 사랑이를 째려보았다.

"니가 먹었니?"

말갛게 웃는 걸 보니 사고 친 얼굴은 아니다.

"청첩장 없으면 못 가는 거지, 뭐."

찬영과의 대화가 또다시 떠오르자 지후의 몸이 썩은 고목처럼 쓰러진다.

"아우, 창피해. 다 들은 거면 어떻게 얼굴을 봐."

아니지. 설마 어제 그 이야기 듣고 갑자기 고백을 한 거 아닐까?

"가서 물어봐야 하나?"

물어보긴 뭘 물어봐.

"하으, 망신살!"

끓어오르는 부끄러움에 오늘도 지후는 허공에 발차기를 해 댔다.

07 사랑의 폭탄

그렇게 찾아도 없던 청첩장은 폭탄이 되어 뜻밖의 장소에서 터졌다.

유신의 전화 독촉에 옆집 대문 앞에 선 지후는 새우를 굽고 있는 유신을 쳐다봤다.

"어서 와요. 자는 데 깨운 것 아닙니까?"

'전화를 열 통이나 해 놓고 지금 예의 차리는 거예요?'

환하게 웃으며 대문까지 열어 주는 그의 얼굴에는 뭐가 그리 좋은지 웃음이 가득했다.

"새우 좋아해요? 새우 굽고 있었는데. 어제 고기 먹어서 지겹지 않을까 해서."

"네. 좋아해요."

그녀가 앉을 자리에 예쁜 수건까지 깔아 놓은 유신이 이미 빨갛게 익은 새우를 뒤집었다.

"그건 뭐예요?"

하얀 카드를 읽으며 피식피식 웃는 그의 모습에 지후가 고개를 갸웃거렸다.

"누가 결혼해요?"

"지후 씨 친구가 결혼한다네요. 이 주 뒤에."

"이잉?"

저도 모르게 개구리 옆구리 터지는 소리가 새어 나왔다.

"그거, 설마."

불행한 예감은 정확하게 그녀의 뒤통수를 후려쳤다.

'잘 찾아봐. 어딘가에 청첩장이 있을 거야.'

아무리 찾아도 없던 폭탄이 옆집에서 터졌다.

'아놔~ 이찬영, 이 자식!'

"당장 내놔요!"

그의 손에 들린 하얀색 청첩장을 뺏으려 두 팔을 허우적거리며 깡충깡충 뛰었다.

"제게 온 겁니다."

"그럴 리가 없어요. 찬영이가 집을 헷갈렸나 봐요."

"아닌데, 여기 봐요. 유신 형님이라고 쓰여 있습니다."

한껏 추켜올린 유신의 손끝에 걸린 청첩장에는 정말 그의 이름이 적혀 있었다. 문제는 그 이름 아래에 무언가가 빼곡히 적혀 있다는 점이었다.

"한 번 줘 봐요."

"싫습니다."

"아……. 유신 씨. 나 지금 창피해서 심장마비 올 것 같아요."

"그럼 내용은 읽지 않는 게 좋겠습니다."

"뭐라고 적혀 있는데요?"

글씨가 너무 작아 보이지 않으니 정말 속이 터져 죽을 것만 같다.

"줘요. 네?"

"다시 돌려줄 겁니까?"

"아니, 내 친구 청첩장을 왜 유신 씨가! 줘요. 빨리 내놔요."

약이 바짝 오른 지후가 내민 손을 흔들어 댔다.

"지후 씨 친구지만, 청첩장은 제 이름으로 왔네요."

"어디서 난 거예요."

"우편함에 있었습니다."

"잠깐 보고 돌려줄게요."

"믿을 수 없습니다."

"알았어요. 그럼 뭐라고 쓰여 있는지 말해 봐요."

가만히 지후를 지켜보던 유신이 흠흠, 기침을 하며 목소리를 가다듬었다.

"거기 그대로 있어요. 달려들지 말고."

"누가! 알았어요."

"읽습니다."

"토씨 하나 빼지 말고 읽어 주세요."

"흠흠, 유신 형님. 느낌표."

"느낌표는 뭐예요?"

"형님 옆에 느낌표가 있습니다."

한 글자 읽고 나서 키득거리는 그의 모습에 지후의 머리 위로 몽글몽글 김이 피어올랐다.

"빨리 읽어요."

"형님의 레이저를 보는 순간 저는 깨달았습니다. 우리 지후가 임자를 만났구나."

"아, 진짜!"

그녀의 눈에서 스파크가 튀자 유신이 헛기침을 하며 조용히 물었다.

"그만할까요?"

"계속, 해요."

"정말 아끼는 친구이지만, 제가 데리고 살 수는 없기에 형님에게 지후를 부탁합니다."

"아, 또라이 같은……."

"자꾸 지방 방송하면 그만 읽습니다."

"미안해요."

아니지, 미안할 게 아니지.

벌떡 일어선 지후가 청첩장으로 손을 뻗자 유신이 휙 몸을 빼더니 그녀의 접시에 새우를 얹어 주었다.

"아……. 유신 씨."

"심심하면 먹으면서 들어요."

지후의 얼굴은 잘 익은 새우처럼 붉어졌으나, 마치 시를 읊듯 유신은 처음부터 읽기 시작했다.

유신 형님!

형님의 레이저를 보는 순간, 저는 깨달았습니다.

우리 지후가 임자를 만났구나.

정말 아끼는 친구이지만, 제가 데리고 살 수는 없기에 형님에게 지후를 부탁합니다.

우리 지후, 밥도 많이 먹고 고집도 황소를 이기지만,

산에 가면 호랑이를 잡아먹고, 바다에 가면 고래를 잡아먹을 만큼 자생력이 좋은, 강단 있고 단단한 친구입니다.

대한민국 어느 처자에 비할 수 없을 만큼 착합니다.

멍청한 착함이 아니라, 강한 사람에게는 더없이 강하고 약한 이에게는 더 몸을 낮추는 그런 친구입니다.

그러니 터프하게 나가지 마시고, 개처럼 그녀의 사랑과 보살핌이 필요함을 적극적으로 표현하심이 좋을 듯합니다.

늘 곁에 있어 주는 것만으로 우리 지후는 형님이 겪어 보지 못한 사랑을 돌려줄 것입니다.

그럼 국가 1급 기밀을 유포한 대가로 저의 결혼식에 와 주실 것이라 믿으며, 청첩장 놓고 갑니다.

-형님의 유일한 아군, 이찬영.-

'아주 대하드라마를 썼구나.'

테이블에 머리를 박은 채 지후는 미동도 없다. 이대로 땅으로 꺼져 버리고 싶었던 것이다.

톡, 톡톡.

고개를 드니 유신이 껍데기를 예쁘게 까놓은 새우를 그녀의 접시에 올려 주었다.

"일단 먹어요. 식기 전에."

"제가, 지금, 새우가…… 먹고 싶겠어요?"

"그럼 같이 창피해 주면 되겠습니까?"

"어떻게요."

괜스레 헛기침을 한 유신이 깊게 심호흡을 하곤 결심한 듯 말문을 열었다.

"어제 지후 씨 만날 생각에 고속도로에서 속도위반 카메라에 찍혔습니다."

"위로가 안 돼요."

"아직 시작도 안 했습니다. 일단 새우 하나 먹으면 계속해 줄게요."

억지춘향으로 새우를 입에 문 지후는 여전히 똥 씹은 표정이었다.

"내려오니 옆집에 웬 남자가 있더라고요."

"찬영이."

"네. 지후 씨 먹이려고 가양동 이마트를 싹 털어 왔는데, 냉장고 정리하면서 눈물이 날 것 같았어요."

"제가 같이 와서 먹자고 했잖아요."

"같이 있었으면 눈에서 피 나올 때까지 레이저 쐈을 거예요. 아무튼 기분이 너무 상해서 양양이한테도 옆집에 가지 말라고 했습니다."

"소심하게."

한껏 흐린 날씨 같던 지후의 입꼬리가 올라가자 기분이 좋아진 유신이 어깨를 들썩이며 말을 이었다.

"찬영 씨랑 정원에서 웃고 떠드는 동안 저는 짝 잃은 왜가리처럼 거실을 서성였습니다."

"그만해요. 오글거려 죽겠어."

가라앉을 것 같았던 부끄러움이 그의 말을 들으면 들을수록 머리 위로 비누거품처럼 퐁, 퐁, 퐁 솟아올랐다.

"혹시, 저랑 찬영이 하는 이야기 들었어요?"

"들었습니다."

"그래서 산책 가자고 문자하신 거예요?"

"아니요, 하루 종일 못 봐서 보고 싶었습니다."

"아, 네. 그럼 그 고백은."

잠시 생각에 잠겼던 유신이 한숨을 내쉬었다.

"남자들은 원래가 좋아하는 여자 옆에서 자리 지키면서 가장 약할 때 공략 들어오거든요."

"뭔가 복잡하네요."

"이미 지난주에 서울 올라가면서 지후 씨 좋아하는 감정을 알아차렸는데, 상황이 이렇게 맞물려 버렸습니다."

"찬영이는 큐피드 노릇한다고 일부러 담장에 붙어서 대사를 날린 것 같던데."

"효과 있었습니다."

"그런가요?"

"고백이란 걸 해 보지 않아서 어떻게 해야 할지 고민이 많았거든요."

"좋았어요. 낭만적이었고."

유신이 환하게 웃자, 지후가 어느새 수북이 쌓인 새우를 입에 물고 손가락을 흔들었다.

"얼굴 납작하게 구겨서 뽀뽀하기 전까진, 좋았다는 말이에요."

"사과합니다."

"사과 받고 하나 더."

"……?"

"청첩장 주세요."

집요한 요구에 유신이 한숨을 내쉬었다.

'주기 싫은데…….'

그의 표정을 정확하게 읽어 낸 지후가 손을 내밀었다.

"내 비밀이 너무 많이 담겨 있잖아요. 줘요."

"그럼, 지후 씨는 제게 뭘 줄 겁니까?"

"뭐가 갖고 싶은데요?"

"결혼식장 같이 갑시다. 어차피 저도 초대를 받았으니 그리 무리한 요구는 아니지 않습니까."

순간, 지후의 눈동자가 놀이동산 피에로처럼 이리저리 구른다.

'결혼식장 같이 가면 친구들 다 만날 텐데.'

어쩌지? 생각할 여유가 많지 않았다. 빨리 부끄러움의 원인을 제거해야 했다.

"좋아요!"

청첩장을 낚아챈 지후가 잽싸게 몸을 일으켜 불 속에 던져 넣고는 휘적휘적 숯불을 얹었다.

"엄청 신속하네."

"제 장점이에요. 지금 할 일을 나중으로 미루지 않는."

"주소랑 날짜는 알아요?"

"다른 친구한테 전화해서 물어보면 돼요. 그리고 갈지 안 갈지도 모르고."

"저랑 가기로 약속한 것 아니었습니까?"

"아, 그러네요."

잘 타지도 않는 소재의 청첩장은 그렇게 제 임무를 완수하고 장렬하게 산화했다.

"그만하고 와서 새우 먹읍시다."

"많이 먹었어요."

먹는 이야기가 나오자 또다시 한숨이 터져 나온다.

물끄러미 그녀를 바라보던 유신이 조용히 물었다.

"같이 가는 게 영 부담스러워요?"

"아니요."

"근데, 왜 그렇게 한숨을 쉽니까?"

"그게……. 아니에요."

맞는 옷이 없다고 어떻게 이야기를 한단 말인가.

저도 모르게 배를 쓰다듬는 그녀의 심정을 눈치챈 유신이 속으로 웃음을 삼켰다.

'살이…… 좀 찐 것 같기도 하고.'

조용히 쳐다보고 있자니 지후가 도끼눈을 떴다.

"왜 그러고 쳐다봐요?"

"예뻐서 봅니다."

"살쪄서 속상해요."

"지금이 딱 좋아요."

위로가 되지 않으니 저도 모르게 목소리에 날이 섰다.

"혹시 취향이 뚱뚱한 여자예요?"

"누가 뚱뚱하다던가요?"

"찬영이가요."

"제가 나중에 때려 줄게요."

"그럴래요? 죽지 않을 만큼만 부탁해요."

말도 안 되는 소리에 왜 이렇게 기분이 좋은지.

지후와 유신은 동시에 웃음이 터져 버렸다.

'이렇게 함께 있는 것만으로 즐거운 사람이 있을까.'

식사를 하면서도 간간이 화장을 고치고, 삶에 지친 상대의 말에 무슨 말을 해야 하나 고민하던 지금까지의 연애와는 달랐다. 마치 오랜 시간 함께한 연인처럼 여유롭고 편안했다.

그녀의 행동 하나, 표정 하나에 웃음을 터트리는 남자.

그리고 웃는 모습이 더없이 예쁜 남자.

이벤트 풍선의 헬륨가스를 들이마신 것처럼, 끝도 없이 터지던 웃음의 파도가 지나가고 잔잔한 여유가 찾아들었다.

"저와 교제해 보는 것에 대해 생각해 봤습니까?"

"저는 유신 씨가 좋아요. 하지만 걱정이 되네요."

"경제력 때문이라면 지후 씨가 걱정할 만큼 궁핍하지 않습니다."

일상적으로 상대가 궁금해하는 주제인지라 말을 꺼냈는데 지후가 고개를 젓는다.

"그런 문제가 아니라……."

"제가 지후 씨와 교제를 하는 데에 가장 큰 걸림돌이 무얼까요?"

"혹시 사내 연애해 보셨어요?"

"계통으로는 만나 봤지만, 한 사무실 안에서의 교제 경험은 없습니다."

"지금 이렇게 좋아도 혹시 나중에 문제가 생기면 서로 불편해서 어쩌나 해서요."

헤어짐을 먼저 생각하는 부정적인 여자가 되어 버린 것 같아 지후가 유신의 눈치를 살폈다.

"제가 원래 부정적인 스타일은 아닌데."

"충분히 생각해 봐야 할 문제 맞습니다."

"이해해 주셔서 감사해요."

"그런데, 이미 고백을 한 마당에 전과 같이 지내는 것도 무리가 있지 않겠습니까?"

유신이 그녀의 손을 살며시 감싸 안았다.

"영원한 사랑을 믿을 만큼 우리, 순진하지 않잖아요."

"웃으며 헤어질 수 있을 거라 믿을 정도로 멍청하지도 않죠."

"어차피 영원한 사랑이라는 것 자체가 모순이라고 생각합니다."

"그렇죠? 태어나는 순간 언제 죽느냐의 차이지, 모두가 시한부 삶을 살고 있는 거잖아요. 누구는 고아라고 차별받기도 하지만, 어차피 언젠가는 돌아가실 부모님이니 우리 모두가 예비 고아인 셈이죠."

야무진 대답에 유신이 웃었다.

"만나다가 헤어질 수도 있지만 그 끝을 생각하기 전에, 함께하는 동안 얼마나 서로가 행복하고 즐거울 수 있을지를 먼저 생각해 주면 안 되겠습니까?"

"……."

"지후 씨는 마음이나 사랑이 데려오면서 무지개다리 건널 것 먼저 생각하며 입양했습니까?"

"강아지 기르는 사람들이 쓰는 말인데, 무지개다리는 어디서 들으셨어요?"

"지후 씨가 동물들을 좋아하니까 폭풍검색을 해 봤습니다. 요점은 그게 아니고."

힘주어 말하는 유신과 눈을 맞추며 지후가 고개를 끄덕였다.

"제가 지후 씨에게 조금 더 가까이 다가서는 데에 장애가 되는 문제 말입니다."

"네."

"헤어지게 되면 서로 집이 붙어 있으니 불편하게 될 거란 이야기 맞습니까?"

"죄송해요."

"아직 결론 안 났습니다."

어차피 언젠가는 헤어지게 되는 것이 만남의 결말인데, 결론이 안 나다니 무슨 말일까?

물끄러미 유신을 쳐다보고 있자니 그가 웃었다.

"그렇게 된다면 제가 집을 팔고 이사 가겠습니다."
"네에?"
"지후 씨가 허락한다면 이 행복한 시간들 떳떳하게 누리고 싶습니다."
"무슨 말씀이신지. 이사도 안 왔는데, 어디로 이사를 간다는 말인가요?"
"목동에 오피스텔 곧 나갈 것 같습니다. 지후 씨만 괜찮다면 거처를 이쪽으로 옮길까 합니다."

금요일의 남자가 월, 화, 수, 목, 금, 토, 일의 남자가 된다니! 방금 전까지만 해도 헤어짐을 이야기하던 지후의 얼굴에 환한 미소가 피어올랐다.

흔들리는 그녀의 마음에 유신이 말뚝을 박았다.

"만약에 헤어지게 된다면, 지후 씨 마음 불편하지 않도록 제가 이곳을 떠나겠습니다."

헤어지면 집을 팔고 이사 가겠다는 남자를 어떻게 거부할 수 있을까.

"그렇게까지 말해 주시니 너무 고맙네요."

배시시 웃는 그녀의 모습에 유신의 가슴으로 말랑말랑한 솜사탕이 들어찼다.

"언제 이사 와요?"
"대답을 해 줘야 이사를 하죠."
"고맙다고 했잖아요."

"그건 감사의 인사이지 답이 아니죠."

역시나 공짜는 없는 거구나.

살며시 그에게로 어깨를 기울인 지후가 손을 들어 입을 가리며 그의 귓가에 속삭였다.

"우리 사이좋게 사귀어 봐요."

그녀의 목덜미를 감싼 유신이 지후의 이마에 쪽 소리가 나게 입맞춤을 했다.

"아잇! 정말."

딱밤이라도 맞은 듯 이마를 문지르는 손이.

빨갛게 달아오른 그녀의 양 볼이.

삐죽빼죽 튀어나온 입술이.

환장하게 좋아 웃음이 터진다.

잠시 나갔다 오겠다던 유신은 손에 들기도 무거울 만큼 커다란 꽃다발과 작은 종이가방을 들고 돌아왔다.

"뭐하고 있었어요?"

"마음이 목욕시켰어요. 그런데 이게 다 뭐예요?"

물통이란 물통은 죄다 꺼내 꽃들을 담가 놓고 돌아선 지후가 작은 종이가방을 받아들었다. 작은 벨벳 상자 속에는 달빛처럼 눈부신 링이 들어 있었다.

사귀기로 한 지 다섯 시간 만이다.

"금보다 예뻐 보여 샀는데 마음에 들지 모르겠습니다."

화려함이라곤 찾아볼 수 없는 담백한 반지는 수줍어하는 그를 닮아 있었다.

"좀 부담스러운데요?"

"반지라서? 결혼하자고 조르지 않을 테니 받아요."

어쩌다가 이렇게 됐는지 알 수가 없었다. 한 번 열린 마음은 봇물처럼 그녀에게로 쏟아지기 시작했다. 그저 무언가 주고 싶어 꽃이나 사다 줄까 했던 것이 귀금속점까지 들어갔다.

얼마나 설렜던지. 마음에 들까 얼마나 고민했던지.

내내 잡고 있던 그녀의 손가락을 떠올리며 제일 반짝거리는 반지를 포장했다.

"손에 꼭 맞아요. 대박!"

"전시 상품밖에 살 수 없었는데, 우선 이거 끼고 내년 기념일에 더 좋은 거 해 줄게요."

"이것도 충분히 좋아요."

손에 꼭 맞는 예쁜 반지가 마음에 들어 헤벌쭉 웃었다.

"그림 그린다더니 눈썰미가 좋네요. 마음에 꼭 들어요. 정말 고마워요."

"액세서리는 처음이라 잘 샀는지 모르겠네요."

"어디 볼까요?"

고급스러운 종이상자에 든 편지를 꺼내자 무슨 무역회사 서류 같은 인증서가 나왔다. 그저 14k 정도 되는 도금 반지이려니 생각했는데.

'뭔가 대단히 고급져 보이는데?'

대기업에서 근무했던지라 서류에 익숙한 지후는 한글과 영문으로 동시 표기된 종이를 읽어내려 갔다.

-본 제품은 플래티나에서 제작/판매되었으며 표기 사항은 실제와 다름이 없음을 보증합니다.-

체계적인 인증서를 보니 플래티넘?

-W01263 PT950 2PRO043 4.5mm 10.93g-

"뭘 그렇게 한참 읽어요?"

멍한 지후의 표정에 유신이 인증서를 받아 읽었다.

"뭐가 문제가 있나?"

"이거 어디서 샀어요?"

"춘천에 백화점이 하나밖에 없던데."

"얼마 주고 샀어요?"

"이백이요."

"흐아. 카드 긁었어요?"

마치 그의 한 달 생활비를 통째로 삼킨 듯 죄책감이 쓰나미처럼 덮쳐 왔다.

"체크카드로 샀는데?"

유신은 알 수 없다는 듯 지후를 쳐다봤다.

'왜 저러지? 마음에 안 드나?'

"이렇게 비싼 걸 덜컥 사 주면 어떡해요."

부담이 턱까지 차올라 반지를 빼려 했지만 손쉽게 들어간 반지는 제자리를 떠나기 싫은지 영 빠지질 않는다.

"받을 때 몰랐습니까?"

"그냥 도금인 줄 알았죠. 이거 왜 이렇게 안 빠져."

싱크대로 간 지후가 설거지용 세제를 뿌리려 하자 유신이 그녀의 손목을 낚아챘다.

"왜 빼려고 해요? 한 번 꼈으면 그만이지."

"부담스러워요. 한두 푼도 아니고."

"말했잖아요. 궁핍하지 않다고. 그냥 받아 둬요."

아……. 부담스러워. 부담스러워. 완전 부담스러워.

소파에 앉은 지후가 한쪽 팔을 쭉 늘어트리며 고개를 숙였다.

"왜 그래요. 사람 민망하게."

"백금 반지 처음 끼어 본 손이 무거워서 그래요."

싸구려를 사 주고 싶지 않았을 뿐인데, 집 한 채를 받은 듯 부담스러워하는 모습조차 너무나 예뻐서 작은 머리통을 깨물어 버리고 싶었다.

"나중에 팔 때는 큰 돈 안 될 겁니다."

"정말, 세심한 배려네요."

몸을 일으킨 지후가 유신을 향해 고개를 돌렸다.

"근데, 그냥 가게 가니까 이런 반지가 딱 있던가요?"

"전시 상품이라고 했잖아요. 운이 좋았죠. 혹시 전시 상품이라 마음 상해요?"

"아니요. 사귀는 첫날 이런 선물 받은 저는 대박이네요."

"좋아하니 저도 기쁩니다."

"좋아요. 삼 년 치 선물 이걸로 퉁쳐요."

"또, 또 시작이다."

"저는 집 사느라고 비싼 선물 못 해 준단 말이에요."

"지후 씨 국문과 나왔다고 하지 않았습니까?"

"네, 그게 왜요?"

"국문과 나온 아가씨가 왜 이렇게 감성이 메말랐어요. 선물은 그냥 선물이지, 치고받고 무슨 장기 둡니까?"

아. 아아아아. 말도 잘하는 이 남자.

지후는 앞으로 그녀에게 쏟아질 이 담백한 남자의 사랑이 심하게 기대되었다.

무슨 할 말이 그렇게나 많았을까?

왜 이제야 나타났냐며 웃어 대는 그녀와 밤새 이야기를 나누느라 유신은 새벽 2시가 되어서야 집으로 들어왔다. 언제 출발하냐는 물음에 새벽에 갈 거라 대답은 했는데, 유신은 여전히 방동리 집에 머물고 있었다.

'일어났으려나?'

눈을 뜨자마자 시계를 보니 8시.

커피를 내리고 거실을 서성이던 유신이 싱크대 창문으로 허리를 숙였지만, 아직 자고 있는지 조용하다.

니야옹~

상큼한 아침 인사에 유신이 양양이를 살며시 밀어냈다.

"이봐요, 아가씨. 나는 이제 임자가 있으니까 기습적인 스킨십은 삼가 줘요. 응?"

니야아아앙.

"참 대답 잘해. 전생에 EBS 강사였니?"

자꾸만 엉겨드는 양양이에게 사료를 부어 주고 돌아선 유신이 휴대폰을 만지작거렸다.

'보채지 말고 기다리자.'

"그래, 기다리자."

기다리라며 스스로에게 한 백 번쯤 말한 것 같다. 꽃다발과 반지만으로도 충분히 성급했다 싶어 소파에 앉아 커피를 마셨다.

"아……. 맛있다."

세상에서 가장 맛있는 커피는 프러포즈 다음 날 마시는 커피다. 물론 거절당했다면 사약만큼이나 쓴맛이겠지만.

8시 15분.

"시간 되게 안 가네."

냉장고 문을 열었다 닫았다.

"먹을 건 많고."

이리저리 집 안을 돌아다니다 멈춰선 곳은 ㄱ자 형 주택 코너에 있는 중간 방이었다.

'흐음, 안방하고 가장 가까운 창문이렷다?'

살며시 창문을 열고 그녀의 안방이 보일까 고개를 쭉 늘이던 찰나.

"스물다섯, 스물여섯. 스물일곱."

어디선가 들려오는 소리를 따라 유신의 시선이 텃밭으로 향했다.

"서른, 서른하나……."

팡파짐한 뒤태가 낯익었다.

'뭘 하는 거지?'

소리쳐 부르려던 유신이 창문에 상반신을 걸친 채로 지후를 주시했다. 그녀는 유신이 쳐다보는 것도 모른 채 배추밭에 쪼그리고 앉아 무언가 분주했다.

"서른다섯. 후후훗."

나무젓가락으로 배춧잎에 붙은 벌레를 잡는 것 같은데, 숫자를 세는 목소리 뒤로 중간 중간 뜬금없이 웃는다.

'벌레 잡는 게 저렇게 웃을 만큼 재미있나?'

잡은 벌레를 위쪽이 잘린 페트병 안에 털어 넣던 지후가 왼손을 쳐다보며 키득거린다.

손가락에 끼워진 백금 반지가 유난히 반짝였다.

'아하~'

씩 웃던 유신이 헛기침을 하자, 놀란 그녀가 철퍼덕 주저앉았다.

"아오! 놀래라. 유신 씨이이이!"

"아침부터 뭐해요?"

바닥에 주저앉아 짜증이 날 만도 하건만, 지후는 환하게 웃으며 플라스틱 페트병을 흔들어 보였다.

"나 배추벌레 잡아요. 서울 안 갔어요?"

"지후 씨 보고 가려고 기다렸습니다. 언제 다 잡으려고 손으로 일일이 그러고 있어요?"

"쉬엄쉬엄하잖아요."

창문 밖으로 슬리퍼를 던진 유신이 창문 아래 담벼락으로 긴 다리를 뻗어 뛰어넘었다.

"어맛! 문 놔두고 왜 창문으로 나와요."

"이게 아무래도 지름길이죠. 우아, 많이 잡았네."

"마흔두 마리요."

"잡는 대로 밟아 버리지, 왜 모으고 있어요?"

"멀리 풀어 주려고요. 내 배추 먹지만 않으면 되는 거니까."

해충 하나 죽이지 못하는 여자가 이 시골에서 어떻게 살려고 저러나.

유신은 말없이 그녀의 머리를 쓰다듬었다.

웬일로 가만히 머리를 대고 있는 지후를 보고 있자니 또다시 장난기가 솟는다. 정전기가 일어날 정도로 머리를 문질러 대자 지후가 미간을 찌푸렸다.

"그만 좀 하죠?"

"좋아서 가만있었던 것 아닙니까?"

"머리 감고 나와서 가만있었던 거예요."

"그만하고 일어나요. 내가 서울 가기 전에 약 사다 치고 갈 게요."

"약 치면 벌레 다 죽잖아요."

"어차피 배추가 아니면 벌레가 죽어야 할 운명입니다."

"슬프네."

지후가 자리를 털고 일어서려는 순간, 어디선가 요상한 소리가 들려왔다.

"이게 무슨 소리죠?"

"글쎄요. 개구리 비명 소리 같은데?"

"개구리가 비명도 질러요?"

그러고 보니 정말 개구리 소리 같기도 했다.

우에에에엑!

소리가 나는 쪽으로 걸음을 옮기자 비명의 주인공이 보였다. 창고 옆 인삼밭과 지후의 집을 나누는 원목 담장 밑으로 뱀 한 마리가 있었다.

"저거 독사인가요?"

"꽃뱀이라 불리는 유혈목입니다. 시골에서는 흔해요."

"근데, 왜 저러고 있는 걸까요? 죽었나?"

웨에에에에엑!

입이 찢어질 정도로 큰 개구리가 40cm 정도 되는 뱀에게 하반신이 삼켜진 채로 비명을 질러 대고 있었다.

"식사 중이군요."

"보통 머리부터 삼키지 않나?"

생각보다 침착한 지후의 말에 유신이 고개를 끄덕였다.

"잠깐만요. 집게 가져올게요."

돌아온 그녀는 그에게 집게를 내미는 대신 곧장 뱀의 몸통을 집어 올렸다.

"으아아앗! 지후 씨!"

"비켜요!"

개구리를 토해 낸 뱀이 머리를 치켜들자 유신은 저도 모르게 뒷걸음질 쳤다.

시골에서 보고 자란 뱀이지만 이십여 년 만에 다시 본 뱀은 그의 솜털을 모조리 세워 버릴 만큼 위협적이었다.

"이리 가져와요. 내가 삽으로."

먹이를 뺏기고 잔뜩 성난 뱀이 집게의 손잡이 쪽으로 머리를 치켜들었다.

"놓아주려고요? 다시 오면 어쩌려고."

유신은 대문으로 향하는 지후의 뒤를 따라 뛰다시피 걸었다.

"멀리 버리면 돼요."

"뱀은 영물인데 집도 못 찾아올까?"

유신의 말에 지후가 집게를 휘휘 젓는다.

"이렇게 흔들면 정신없어서 돌아가는 길을 못 찾을 거예요."

쥐불놀이하듯 뱀을 흔들어 가며 집에서 500m 가량 떨어진 농수로에 도착했다.

"다시는 오지 마! 응? 또 오면 정말 가만두지 않을 거야! 알았지?"

얼마나 흔들어 댔는지 축 처진 뱀에게 단단히 이른 지후가 물가 옆으로 수북이 자란 잡초 속에 던져 버렸다. 그러곤 두 손을 탈탈 턴다.

"지후 씨. 집게."

"어머!"

휙 돌아보던 지후가 한숨을 폭 쉬더니만.

"그냥 가요. 얼른 가요."

나름 겁이 났었던지 유신의 팔을 움켜쥔 지후가 냅다 뛰기 시작했다.

"하아. 하아. 하하하하하."

상기된 그녀의 얼굴을 보니 유신은 웃음이 나왔다.

"집게까지 던질 정도로 무서웠으면 나한테 잡으라 하지 그랬어요."

"비명을 지른 게 누군데!"

"그렇게 흔들면 집 못 찾아온다고 누가 그래요?"

"뻔히 길을 보여 주면서 가는 것보단 낫지 않겠어요?"

"크크크. 집게 없어서 사랑이 똥은 뭐로 치웁니까?"

"일단 꽃삽으로 쓰고 다시 하나 사야죠. 이번엔 좀 긴 걸로 사야겠어요."

뾰로통하게 유신을 올려다보던 지후가 다시 한 번 온 길을 확인하곤 대문을 열었다. 뱀이 있던 자리로 돌아온 지후가 유신에게 손짓했다.

"아까 배 뒤집고 뻗어 있었는데, 개구리가 없어졌어요."

"살아났으니 도망갔겠죠?"

"아, 그런 건가?"

심폐소생술이라도 할 것처럼 지후가 담장 너머 주변까지 둘러보자 유신이 피식 웃었다.

"그만 찾아요. 살아서 갔을 거예요. 내년 봄엔 박씨 물고 오겠네. 살려 줘서 고맙다고."

"그건 제비 이야기잖아요."

"아무튼 다사다난하다니까."

지후의 어깨에 팔을 두른 유신이 그녀를 당겨 볼에 입맞춤했다.

"커피 향 나요? 또 커피 마셨어요?"

"네."

"불면증이라면서 커피 너무 많이 마시는 거 아녜요?"

"지후 씨 만나고 나서는 아주 잘 자요."

"그건 또 무슨 소리래요?"

"빨리 자고 일어나야 지후 씨 또 보니까."
"으아아. 아아. 이거 보여요?"
그녀의 팔을 보니 정말로 닭살이 오스스 올라와 있었다.
"예민하기는. 가요, 맛있는 아침 먹읍시다."
팔을 문질러 주던 유신이 그녀의 손을 잡아당겼다.

지후와 작별을 하고 차에 오른 유신은 서울로 향하는 대신 인터넷으로 검색해 둔 칠전 영농자재로 향했다. 농기구부터 모종까지 생각보다 큰 규모에 이리저리 둘러보던 유신이 뱀 집게를 집어 들었다.
"이건 얼맙니까?"
"긴 건 만 오천 원, 짧은 건 만 원이요."
배추에 뿌릴 비료와 농약을 사니 주인이 나와 희석하는 법까지 자세히 설명해 주었다.
"뱀 쫓는 약도 있다고 하던데요."
"후라단이라고 토양 살충젠데 효과가 좋습니다."
"동물이 있어도 괜찮을까요?"
"소, 돼지가 먹으면 위험하죠."
'사랑이 때문에 안 되겠구나.'
유신은 또다시 한 짐을 싣고 집으로 향했다.
조용히 차를 주차하고 살금살금 눈치를 보니 낮잠을 자는지 그녀의 집이 조용하다.

짐을 내린 유신이 장화에 마스크에 모자를 뒤집어쓰고 장갑까지 완전무장을 했다. 그러곤 농약을 희석하여 약분무기에 넣었다.

'그녀의 즐거움을 방해하고 싶진 않지만, 하루 종일 벌레를 잡고 있을 생각을 하면 어쩔 수 없다.'

군데군데 구멍이 뚫린 배추에 사정없이 약을 뿌려 대곤, 옆에 있는 무에도 흠뻑 뿌렸다.

한참을 정신없이 펌프질을 하고 있는데 안방 베란다 문에서 지후의 목소리가 들려왔다.

"서울 안 갔어요?"

베란다에는 잠에서 깬 지후가 아이처럼 눈을 비비며 서 있었다.

"좀 더 있다 가려고요."

"근데, 뭐해요?"

"배추 약 칩니다."

"괜찮은데……."

돌아갔으리라 생각했던 유신이 다시 돌아온 것이 지후는 기뻤다.

"다 했어요?"

안방 베란다 문을 연 지후가 방충망을 열고 잔디 위로 내려서려 하자 유신이 손사래를 쳤다.

"나오지 말아요. 약 뿌린 지 얼마 안 됐어요."

"알았어요."

"나 얼른 가서 씻고 올게요."

휙 돌아서는 그의 어깨가 어찌나 듬직한지.

"사랑아. 삼촌 멋있지?"

어? 그런데 웬일로 사랑이가 짖지를 않았을까?

개미 지나가는 소리에도 미친 듯이 짖어 대던 사랑이가 언젠가부터 유신을 봐도 짖지 않는다.

"철들었나 보네."

삼 주 전에 드라이기를 빌리러 온 뒤, 처음 유신의 집에 들어선 지후는 조심스레 발을 디뎠다.

"집에 사람 들이는 것 싫어하는 거 아니었어요?"

"싫어합니다."

"그럼, 우리 집에서 먹어요."

"그냥 사람이 아니라 여자 친구니까 괜찮습니다."

수줍어하며 뒤따르는 그녀의 모습에 웃음이 나왔다.

그도 잠시, 살림살이가 없어 쩌렁쩌렁 울리는 복도를 지후가 뛰어다니며 야호를 외친다.

"산에서 나는 소리 같죠? 우리 사랑이 와서 한번 짖으면 끝장나겠다."

그가 내미는 시원한 주스를 받아든 지후가 신이 난 듯 가죽소파를 두드렸다.

"냉장고 속에 있는 음식 가져가라니까 왜 안 가져갔어요? 비밀번호 가르쳐 줬잖아요."

"아……. 선뜻 들어오기가 좀 그렇더라고요."

"왜 그럴까요?"

"기억 안 나요? 혼자 사는 남자 집이라 들어오시라 못 해 미안합니다."

주방에서 호박을 썰던 유신이 키득거리며 웃었다.

"기억납니다. 아주 재수 없었겠어요."

"좀 까칠하구나 했어요."

"나이 서른 넘어 까칠하다는 소리, 성격장애 있다는 말이죠?"

"에이, 뭐 그렇게까지야. 헤헤헤."

손에서 칼을 놀리던 유신이 주방과 거실을 나누는 바에 기대어 섰다.

"보기보다 뒤끝 있네. 그 말을 아직도 기억하고 있었습니까? 좋은 말도 많이 했는데."

"뒤끝이 아니라 기억력이 좋은 거죠. 그러니까 조심해요."

"네."

"점심 뭐 하려고요?"

"된장찌개랑 제육볶음입니다."

"요리 잘해요?"

"잘하진 않고, 어릴 때 어머니가 일찍 돌아가셔서 아버지

식사를 제가 챙겨 드렸거든요."

'아....... 그러고 보니 그에 대해 아는 것이 아무것도 없구나.'

아무런 경계 없이 이런저런 이야기를 했던 지후와 달리, 그는 유독 자신에 대한 이야기가 없었다.

'이제는 좀 달라졌을까?'

조용히 생각하던 지후가 유신의 곁으로 다가섰다.

"목동 오피스텔에서 살면 아버지는 어디 계세요?"

조심스런 물음에 유신의 시선이 그녀에게로 향했다. 두 손으로 주스 컵을 꼭 쥐고 발가락을 꼬물거리고 선 모양새가 긴장한 것 같았다.

"시골에서 농사짓고 계십니다."

"혼자서요?"

"아마도 그렇겠죠?"

"아마도?"

누군가 그의 개인사를 물어본 적이 없기에 유신은 저도 모르게 신경이 날카로워졌다. 그리 자랑할 것도, 내세울 것도 없는 가정사였다.

"괜한 걸 물었나 봐요."

슬금슬금 소파로 가는 그녀를 바라보던 유신이 한숨을 내쉬었다.

'괜찮지 않을까?'

어두운 과거를 누군가와 나누는 것이 익숙지 않았지만, 특별한 그녀에게 조금은 열어 보이고 싶었다.
"어머니는 제가 열다섯에 경운기 사고로 돌아가셨습니다. 위로 누나가 하나 있었다는데, 어려서 결핵으로 죽었다고 들었습니다."
"결핵이면 그렇게 죽을 정도는 아닌데."
"그만큼 가난했다는 말이겠죠. 어머니가 돌아가시고 고등학교 졸업할 때까지 아버지와 살았습니다. 졸업하고 서울에 상경한 뒤로 돌아가지 않았어요."
"군대는 안 갔어요?"
"네. 어릴 때 어깨를 크게 다쳐서 면젭니다."
마치 판도라의 상자를 연 것처럼 지후는 주스 잔을 꼭 붙잡았다. 괜히 물어봤다는 후회와 그에 대해 알고 싶은 욕망이 뒤섞여 혼란스러웠다.
"그 뒤로 아버지는 못 본 거예요?"
"한 십 년 됐어요."
돈 한 푼 없이 상경한 유신은 친척집을 전전하며 지내다 아르바이트를 하며 돈을 모았다.
"그 돈으로 애니메이션 학원을 다니고, 취업을 하고. 한 십여 년을 그림만 그렸습니다."
"자수성가하셨네요. 기술 하나로 집도 사고 이렇게 번듯하게 살고 있으니."

"글쎄요. 한국이 싫어서 일본에서 일하다 작년 겨울에 귀국했습니다."

"일본? 외국 살다 왔어요?"

"크게 외국이란 생각은 안 하고 살았습니다."

"애니메이션은 일본이 더 조건이 좋지 않아요?"

"어차피 먹고 자고 그림만 그리는데, 어디든 상관있겠습니까?"

상관없다는 그의 말이 왜 이렇게 쓸쓸하게 들릴까?

"제 삶은 그리 무지갯빛은 아니었습니다."

"지금부터 무지개로 만들면 되죠."

씩씩한 대답에 된장찌개 간을 보던 유신이 그녀에게 손짓했다.

"음! 딱 좋아요."

"짜지 않아요?"

"딱이에요. 당신이 해 주는 건 독약도 먹을 수 있을 것 같아요."

이렇게 표현이 풍부한 여자를 보았던가.

과격한 표현에 유신이 눈을 치켜뜨자 지후가 웃는다.

"무지개 만드는 법, 내가 가르쳐 줄게요."

"그럴래요?"

동정일까? 아니면 연민일까?

물끄러미 바라보는 유신에게로 까치발을 디딘 지후가 그의 입술에 쪽 소리가 나게 베이비키스를 했다.

"행복하게 사는 거라면 나 아주 잘해요."

신이 난 지후가 거실 테이블에 상을 차리기 시작했다. 된장찌개와 제육을 빼고는 모두 마트에서 사 온 반찬이었지만, 이곳에 온 이후로 가장 맛있는 점심이었다.

"우리 조금만 있다가 치워요."

배가 부른 지후가 소파에 올라앉으니 유신이 듣는 둥 마는 둥 그릇들을 치우기 시작했다.

"조금 있다가 같이해요. 숨 좀 돌리고."

"많이 먹은 것 압니다. 아주 고맙게 생각하고 있어요."

"별 게 다 고맙네요."

엄마처럼 그녀의 손에 TV리모컨을 쥐여 준 유신이 설거지를 시작했다. 익숙한 듯 설거지를 마친 유신은 볕 잘 드는 창문 밖에 도마까지 세워 놓곤 그녀의 곁에 앉았다.

"영화 볼래요?"

"여기 인터넷 안 되는데, 영화를 어떻게 봐요?"

"외장하드에 다운받아 놓은 것 있습니다."

두 눈을 반짝이던 지후가 발을 구른다.

"볼래요. 볼래요. 달달한 거 보고 싶어요."

"어쩌나. 로맨스는 없는데."

"그럼 여자가 주인공인 영화 볼래요."

"찾아볼게요."

작업실로 쓰는 중간 방에서 노트북을 켜고 그녀가 볼 만한 영화 목록을 확인했다. 다행히 리카가 받아 놓은 여성 취향의 로맨스가 하나 있었다. 하지만 말이 로맨스이지 시작부터 여자 주인공이 내리 울기만 했다.

"여자가 하루 종일 우네?"

"흠……. 글쎄요. 남자를 사랑하니까."

"사랑하면 나가서 돈이라도 벌든가."

소녀가 소년을 만나 사랑하는 내용의 일본 영화였다. 가출을 하고 살림을 차리고 나름 시작은 나쁘지 않았지만, 생활고에 시달리기 시작하면서 어린 연인은 서로에게 상처가 된다.

"우린 다 커서 만났으니 참 다행이네요."

"성장의 문제보단 책임감의 차이 아닐까요."

소녀는 아이를 낳고 여인이 되었지만, 여전히 그녀는 자라지 않은 소녀일 뿐이다.

"감당할 수 없는 사랑이라면 잡지 말았어야 했습니다."

"어디 그게 마음대로 되나요."

처음에는 잔잔하니 애절하더니만, 끝부분이 호러로 치닫고 있었다. 유신의 어깨에 기대어 있던 지후는 남녀 주인공이 다투는 장면이 계속 이어지자 지루해지기 시작했다. 배도 부르겠다, 시골 생활에 일상이 되어 버린 식후 낮잠이 밀려왔다.

'안 돼……. 졸면 안 돼.'

꾸벅. 꾸벅.

유신은 자꾸만 까닥이는 그녀의 머리를 살며시 받쳐 무릎으로 내려 주었다.

'잠들어서 다행이네.'

영화를 골라도 하필이면 이따위 영화를 골랐을까.

소년은 결국 소녀를 죽이고, 소녀가 낳은 딸을 그녀의 집 앞에 버리고 가는 장면으로 끝이 나 버렸다.

무릎에서 잠든 지후를 보고 있자니 더러워진 기분이 비눗방울처럼 하늘로 날아오른다.

'으으으으으으.'

요가를 하듯 한껏 몸을 구부린 유신의 입술이 지후의 머리에 닿았다.

"애기 잘 자네."

그의 다리에 얼굴을 파묻은 지후 아기는 영화가 끝나고도 일어날 기미를 보이지 않았다. 그렇게 사십여 분이 더 지나자 유신은 다리가 저려오기 시작했다.

말없이 리모컨을 든 그는 스포츠 채널로 돌렸다. 그러곤 코에 침을 발랐다.

흠냐, 흠냐, 흠냐, 스으읍.

무언가 죽 흐르는 느낌에 눈을 뜬 지후는 기분 좋게 베개를 감싸 안으며 눈을 감았다.

'응?'

단단한 다리를 쓰다듬던 지후가 번뜩 일어났다.

'왜! 유신 씨 다리를 베고 있지? 분명 어깨에 기대고 있었는데!'

하얀 바지에 흥건한 얼룩을 발견한 지후의 얼굴이 사색이 되었다. 양팔을 소파에 걸친 유신은 잠들어 있었고, 언제 끝났는지 TV에서는 영화가 아닌 뉴스가 나오고 있었다.

'으아! 어떡해!'

얼마나 침을 흘리고 잤는지 그의 바지는 주요 부분까지 뚜렷한 흔적이 번져 있었다. 돌처럼 굳어 버린 지후의 손이 그의 주요 부위로 향하려는 순간.

"일어났어요?"

그의 손이 턱하니 지후의 머리에 내려앉았다.

울상이 되어 올려다보는 그녀를 물끄러미 바라보던 그의 시선이 사타구니로 향했다.

"아……."

"미안해요."

씩 웃으며 유신이 몸을 일으켰다.

"신경 쓰지 말아요."

"신경 쓰여요."

"괜찮아요."

피식 웃으며 그녀의 머리를 쓰다듬곤 화장실로 향했다.

잠시 뒤, 옷을 갈아입고 나온 유신이 그녀의 곁에 앉았다.

두 손에 얼굴을 파묻고 있던 지후가 고개를 들었다.

"바지 줘요. 빨아다 줄게요."

"우리 집에도 세탁기 있습니다."

"하아아아."

"한숨 쉬지 말아요. 괜찮다니까."

위로를 하려는 건지 그녀에게로 몸을 기울인 유신이 지후의 목덜미에 입맞춤했다.

"괜찮아요. 키스하면서 먹기도 하는데, 좀 묻은 것 가지고 뭐 그리 신경을 써요."

"그거랑 다르죠. 창피해 죽겠네."

"알았습니다. 다음에는 내가 지후 씨 다리 베고 누워 침 흘려 줄게요."

"아아아아."

자꾸만 한숨을 쉬어 대니 결국 유신이 그녀의 입을 막아 버렸다. 달달한 혀를 감아올리자 나른한 숨결이 그의 코끝을 간질인다.

"하아. 지후 씨."

뿌리까지 빨아들이는 그의 기운에 지후의 허리가 뒤틀렸다. 기회를 놓치지 않고 그의 손이 얇은 티셔츠 안으로 척추를 쓸어 올린다.

"아으음."

"그거 압니까? 자고 일어났을 때가 제일 예뻐요."

"밥 먹을 때가 제일 예쁘다면서요."

어느새 브래지어를 풀어 버린 유신이 봉긋하게 솟아오른 가슴에 얼굴을 묻었다.

"뭘 해도 예뻐요."

복숭아처럼 탐스러운 가슴을 입안 가득 베어 무니 폭죽처럼 열꽃이 피어올랐다.

티셔츠는 머리 위로 벗겨지고 한껏 달아오른 그녀의 살내음이 은근하게 후각을 자극했다. 파르르 떨리는 손으로 옷깃을 만지작거리는 지후의 움직임에 유신은 참을 수 없다는 듯 티셔츠를 벗어 버렸다.

그녀의 손을 잡아 가슴에 얹자 수줍은 손이 단단하게 일어선 그의 근육을 쓸어내린다.

"아……. 유신 씨."

그의 목에 팔을 두른 지후에게로 유신이 몸을 밀착시키자, 그녀의 속삭임이 들려온다.

"나 너무 오랫동안 안 해서."

귀여운 고백에 유신의 중심부가 터질 듯 곤두섰다.

"걱정하지 말아요. 이제부터 시작이니까."

풍만하여 농익은 육체는 서두르지 않으려는 그의 손길을 자극하며 민감하게 반응했다. 손안에 가득 찬 두부를 터트려 버릴 듯 움켜쥐자 그녀의 몸이 파도처럼 들썩였다.

핥고 깨물고 또다시 잔잔하게 입맞춤하며 가슴에서 배 위로 선을 그리는 유신의 애무에 지후는 몸살을 앓았다.

"하아아응."

숨 돌릴 새도 없이 종아리를 쓰다듬던 유신이 그녀의 발꿈치를 깨물었다. 순간, 파지직 온몸으로 전기가 퍼져 나갔다.

'흐응. 흐응. 성감대가 발에 있었나?'

정신이 혼미해진 지후가 어느새 그녀의 허벅지를 핥고 있는 유신의 머리를 붙잡았다. 벌건 대낮에 치부가 드러나는 것이 너무나 부끄러웠다.

"괜찮아요. 예뻐. 정말 예뻐요."

탁해진 음성에 지후는 마지막 이성의 끈을 놓아 버렸다. 허락의 신호를 느꼈는지 유신의 입술이 민감한 곳에 닿았다.

"하웃. 아. 아아. 유신 씨."

부드러운 꽃잎을 헤치며 그녀의 작은 진주를 혀로 밀어 올렸다. 촉촉하게 젖어드는 이슬을 모조리 삼키며 깊이, 더욱 깊이 파고들었다. 그의 숨결이 그녀를 미치게 했다.

지후는 온몸이 뒤틀리고 발끝으로 가시가 돋는 것 같았다. 생전 처음 느껴보는 다정한 애무에 그의 입술이 닿는 곳마다 그녀의 몸이 무지개처럼 물들었다.

"아, 아아아아, 아응."

무언가 부족해. 더, 더 깊게, 가득 채워 줘요.

투정 부리듯 엉덩이를 들썩이자 그의 손이 허벅지 사이로 파고들었다.

처럭. 처럭. 차릇. 차릇.

흥건하게 젖어든 꽃잎은 야릇한 소리를 만들어 냈다. 부드럽게 파고들어 내벽을 밀어 올리는 손길에 지후는 진저리를 치며 그의 어깨를 잡아당겼다.

'더, 깊게 넣어 줘요. 아웃.'

차오르는 기대와 흥분으로 지후는 신음을 토해 냈다.

"괜찮다고 말해 줘."

그녀의 목덜미에 얼굴을 묻은 유신이 허락을 구했다.

지후가 그녀의 복부를 찌르는 남성을 살며시 감아쥐자 유신이 뜨거운 숨을 토해 냈다.

"네 안에 들어가고 싶어."

"가득. 하웃. 가득 채워 줘요."

단단한 팔이 그녀의 무릎 안쪽을 걸어 올리며 그의 몸이 파고들었다.

"하웃."

부드럽게 밀려든 그는 단번에 그녀의 정점을 찔러 댔다. 뜨거우면서도 다정한 자극이 삽시간에 불꽃으로 혈관을 타고 전신으로 퍼져 나갔다.

유신은 지후의 머리를 감싸 안았다.

자욱한 안개처럼 품어 준 풍만한 육체는 시작에 불과했다. 깊은 곳에 뿌리내리는 순간, 사정없이 조여드는 그녀는 천국의 땅이었다.

'아. 아아아. 지후야. 지후야.'

숨결마저 빨아들인다. 영혼이 흡수되는 듯 온전하게 하나가 되었다는 짜릿한 쾌감에 유신은 정신을 차릴 수가 없었다.

'이대로 네 안에 녹아 버리고 싶다.'

파도처럼 들이치는 욕심을 거침없이 삼켜 버렸다. 쾌락보다 아름다운 충만함, 끝도 없이 산발적으로 터져 나가는 절정의 끝에서 무지개를 보았다.

그 무지개 끝에 그녀가 있다.

"나, 당신이 너무 좋아요."

08 꿀단지

"서울 안 가요?"

"왜 자꾸 서울에 가라고 할까? 나 보내 놓고 뭐하려고요?"

"뭐하기는, 마음이 목욕시켜야죠."

목욕이라는 단어에 옆에 앉아 있던 마음이가 후다닥 부리나케 도망간다.

"목욕 너무 자주 씻기는 거 아닙니까? 저렇게 싫어하는데."

"어르신 피부병 때문에 어쩔 수 없어요. 서울 안 가시냐고요."

"꿀단지 훔쳐 갈까 봐 갈 수가 없습니다."

나흘째 유신은 서울로 돌아가지 않았다.

"설마 그 꿀단지, 서씨 성을 가졌나요?"

"네."

"흐아아아. 진짜!"

"하하하하하하."

흔하디흔한 그런 이야기가 펼쳐졌다.

껍질이 단단한 열매일수록 그 안의 과실은 더없이 달콤하다고 하였던가.

'까칠한 줄 알았는데, 아니었나 보네.'

밥 먹다 사랑을 나누고, 사랑이 똥을 치우고 있는 그녀를 답삭 안아 침실로 데려가는 유신 때문에 지후는 요즘 수면 부족이었다.

"똥 치우는 모습이 그렇게 매력적이었어요?"

"치명적이죠."

이 남자, 도대체 왜 이러는 걸까?

사랑도 이별도 해 볼 만큼 해 봤을 나이, 유신은 사춘기 소년처럼 끝도 없이 타오르기만 했다.

"유신 씨, 시력이 어떻게 돼요?"

"좌우 2.0입니다."

콩깍지가 심하게 덮인 것 같아 쳐다보던 지후는 찬영의 말이 사실임을 깨달았다.

'정말 레이저 나오네.'

잠시 떨어져 있는 시간에도 문득 돌아보면 사랑이 아니면 유신이 그녀를 바라보고 있었다. 기다렸다는 듯 눈이 마주치면 손을 흔드는데, 이 장면 어디서 많이 본 것 같다.

'이거 로맨스가 호러로 풀리는 거 아닌가?'

너무 굶은 것은 아닌가 의심을 해 봐도 밥숟가락에 반찬을 올려 주는 모습에 의심은 눈 녹듯 녹아 버린다. 꼭 섹스가 아니어도 두 사람은 공유할 것이 많았다.

"어맛! 비 온다, 비! 오늘 비 소식 없었는데?"

"기상청은 야유회 가는 날에도 비가 온다네요."

지후의 거실에서 TV를 보던 유신이 현관으로 향했다.

"어디 가요?"

"쓰레기통 덮으러 갑니다."

"내가 할게요."

"그냥 둬요. 지후 씨 발 젖는 거 싫어하잖아요."

미안한 마음이 쌓여 갈수록, 반대로 유신의 자리는 그녀의 가슴속에 영역을 넓혀 갔다.

"제가 해도 되는데."

"괜찮습니다. 어른들의 사랑이 더하기 빼기라면, 저는 마이너스 통장 대신 적금 통장 하겠습니다."

"뭐라고요?"

"차곡차곡 쌓아 가는 적금 통장을 하겠다고요."

대부분의 생활을 지후의 집에서 했지만, 사랑만큼은 늘 그의 집에서 이루어졌다.

"왜 자꾸 쳐다봐."

호기심 가득한 눈으로 침대에 턱을 얹고 쳐다보는 사랑이의 시선이 부담스러웠던 탓이다.

매일 그의 품 안에서 눈뜨는 아침은 늘 새로웠고, 함께인 오늘 하루는 여전히 장밋빛이다.

"벌써 목요일인데, 정말 서울 안 가요?"

"어제부터 작업 들어갔습니다. 이제 여기서 일할 겁니다."

어제 하루 종일 안 보인다 했더니, 책상에 앉아 그림을 그렸나 보다.

"이사는 언제 하기로 했어요?"

"다음 주 월요일이요."

"그럼 서울에 한번 가긴 가야겠네."

"당일 새벽에 올라갈까 합니다."

"전날에라도 가야 이삿짐 싸지 않아요?"

"짐이 별로 없어서 괜찮습니다."

함께하는 시간이 길어지다 보니 역시나 몰랐던 것들이 눈에 들어오고 귀에 들려온다.

"유신 씨. 전부터 생각한 건데요, 그 말투요. 좀 딱딱하지 않아요? 직군도 아니고."

"그럼, 내가 두 살 많으니까 오빠라고 불러요."

"싫어요."

"그럼 계속 불편해하든가."

"누가 불편하다고 했나?"

"큭큭큭큭."

그가 머물기 시작한 뒤로 여러 가지 변화가 생겼다.

텅 빈 그의 집에는 양양이가 뿌려 놓은 털 때문에 로봇 청소기가 들어왔다. 물론 유신이 오면 사은품처럼 양양이가 따라오기 때문에, 청소기가 지후의 집으로 건너오는 데는 그리 오래 걸리지 않았다.

킬리만자로의 표범이 사냥하듯, 매일 마트를 털어 오는 유신 때문에 지후의 냉장고는 이미 포화상태였다. 그뿐이 아니었다. 손에 물 닿을 일이 없을 정도로 유신은 주부의 면모를 보여 주었다.

[처음에는 뭐 다 그렇지.]

찬영의 폭탄 사건 이후 처음 통화하는 은주는 어머, 어머를 연발했다.

[어머머. 애 좀 봐. 벌써 홀딱 넘어간 것 같네. 처음에야 다 잘 한다니까.]

"그런 건가? 민우는 여전히 잘하잖아."

[애는, 민우야 원래가 그런 남자니까 그런 거고. 만난 지도 얼마 안 된 옆집 남자를 왜 우리 민우랑 비교를 해?]

"옆집 남자가 아니라 유신 씨야. 김유신."

[뒤늦게 배운 도둑질이 날 새는 줄 모른다고. 조심해라.]

"뭘?"

[덜컥 애라도 생기면 안 되니까 조심하라고.]

생각해 보니 틀린 말은 아니지만, 첫날 이후 피임에 충실한

지라 그리 걱정은 되지 않았다. 매일 마트에 갈 때마다 사오니 수요보다 공급이 넘치는 상태였다.

"충고는 고맙다만, 네가 할 말은 아니지 싶다. 친구야."

[왜 내가 할 말이 아니야?]

"너 민우 군대 갔을 때 지은이 생겼잖아. 계산해 보니 첫 면회 날이라며. 외박도 안 했는데, 애는 어디서 만들었니?"

[황새가 물어다 줬다! 왜!]

"크크크. 난 배추밭에서 하나 얻으려고."

[아무튼 사람은 길게 봐야 안다. 이제 겨우 한 달 되어 간다며.]

"응. 그래서 너무 좋아."

[다음 주에 찬영이 결혼식에 데려올 거지?]

"응."

[그때 민우한테 잘 보라고 해야겠다. 남자는 남자가 봐야 알아.]

"안 그래도 주말에 건주 오빠 오기로 했으니까, 민우가 안 봐줘도 돼."

[아, 그래? 잘생긴 우리 오빠, 잘 지내시지? 얼굴 본 지 너무 오래됐다.]

"잘 지내신다. 아주 새언니한테 빠져서 정신 없으셔."

[아무튼 멋있어. 연애 15년을 했는데, 아직도 그렇게 좋으시다니?]

"집안 내력이지 뭐. 우리 아빠도 아직 엄마 좋아해."
[어머니가 아버지 싫어하시잖아.]
"그렇지."
담백하게 인정을 하고 나니 은주는 말이 없다.
"원래가 오빠 친구한테 시집가면 안 되는 거야. 오빠인지 신랑인지 구분이 안 가거든."
[여전하시니?]
"가끔 술 드시면 그래. 다섯 살이나 어린 게 맞먹는다고."
[깔깔깔깔. 너희 아버지 귀여우셔.]
오랜만에 은주와 통화를 하던 지후는 밖에서 유신이 부르는 소리에 창문을 열었다.
"왜요?"
"누구랑 그렇게 통화를 합니까?"
"친구요."
"이찬영 씨?"
"제가 친구가 찬영이밖에 없는 줄 아세요? 은주랑 통화해요. 김은주."
여자 이름에 유신이 씩 웃으며 손을 저었다.
"알았습니다."
"근데, 왜 불렀어요?"
"양양이 병원 갈까 하는데, 같이 갈까 했습니다."
병원이란 말에 서둘러 통화를 끝낸 지후가 현관으로 나왔다.

"병원에 왜요? 양양이 아파요?"

"중성화할까 합니다."

"알았어요. 준비하고 나올게요."

준비를 마치고 유신의 차에 오르자 그의 무릎에 얌전히 앉아 있는 양양이가 보였다.

"이렇게 가려고요?"

"네."

"얘는 개가 아니잖아요. 가만히 안 있을 걸요?"

"가만히 있을 것 같은데……."

"기다려 봐요."

아무리 인터넷을 검색하며 공부를 해도 초보 집사 티를 한순간에 벗을 수는 없는 법.

"양양이가 얌전하긴 해도 그건 좀 무리이지 싶어요."

지후는 다시 집으로 돌아가 마음이가 쓰던 이동장을 들고 와 양양이를 집어넣었다. 아니나 다를까, 차가 출발하자 양양이가 이동장을 긁기 시작했다.

"거봐요. 고양이는 소음이나 진동에 예민하다니까요."

"설마 수술을 눈치챈 건 아닐까요?"

"뭐, 그럴 수도 있고."

이십여 분을 달려 홈플러스 맞은편 고려 동물병원에 도착하자 수술이 바로 진행됐다. 양양이가 사라진 수술실을 멍하니 바라보는 유신의 모습에 지후가 웃으며 말했다.

"수고양이란 사실에 충격 받았어요?"

그랬다. 여자라고 생각했던 양양이는 남자였다.

"배에…… 그게 없던데."

"고양이는 아래쪽에 있습니다. 수컷 맞습니다."

수의사의 말에 동공 지진을 일으키던 유신의 모습을 떠올리자 지후는 또다시 웃음이 터졌다.

"유신 씨."

"예."

수술실 앞을 서성이는 유신에게 지후가 손짓했다.

"이십 분이면 끝난다니까, 좀 앉아 있어요."

"서 있는 게 편합니다."

"수컷 중성화는 간단하다고 하잖아요. 빨리 앉아요."

대기실 의자에 앉아 있던 지후가 옆자리를 두드리니 유신이 마지못해 앉는다. 그러곤 휴대폰으로 무언가를 열심히 검색하는 그에게 어깨를 기울여 보았다.

-중성화 수술의 위험성-

-중성화 도중 죽을 확률-

'아……. 이렇게 마음 여린 남자가 험한 세상에서 어떻게 혼자 살았을까.'

죽어도 자기 고양이 아니라고 하더니만.

문득, 이십여 년 간 끊었던 담배를 다시 태우던 셋째 삼촌이 떠올랐다. 셋째 숙모가 위암 수술을 받으러 들어가던 날이었다. 지후는 말없이 유신의 어깨에 손을 얹고 토닥토닥해 주었다.

"괜찮겠죠?"

"네."

수술이 끝나고 마취가 풀릴 때까지 유신은 양양이를 품에 안고 있었다.

"미안하다. 양 군!"

그의 말 한마디가 왜 이렇게 짠하게 들리는지, 지후는 코끝이 시큰해졌다.

'아, 진짜. 이 남자 내 감성을 자꾸 찌르네.'

암컷이 아니라는 사실이 밝혀진 어제, 양양이는 양 군으로 개명되었다.

"오늘은 양 군과 있어 줘야 할 것 같아요."

남성을 잃은 양 군보다 더 애처로운 유신의 뒷모습을 본 것이 마지막이었다. 그런데, 단잠의 끝에 눈을 떠 보니 그녀의 셔츠 속으로 무언가 꾸물거리고 들어왔다.

'아, 유신 씨.'

언제 왔는지 그녀의 곁에 잠든 유신이 습관처럼 지후의 가슴을 조몰락거리고 있었다.

그의 머리를 쓰다듬으려 손을 뻗는 찰나, 휴대폰이 울렸다.

유신이 깰까 싶어 확인도 안 한 채 얼른 받아들자 낯익은 목소리가 들려왔다.

"아빠!"

외마디 비명에 유신이 번개 맞은 고양이처럼 튀어 올랐다.

"쉿! 쉿!"

손가락을 입에 붙이던 지후가 손을 쫙 펴니 유신이 파리처럼 벽에 붙어 버렸다.

"아빠! 이 시간에 어쩐 일이세요? 일 안 나가셨어요?"

은퇴하고 한 일 년 쉬는가 싶던 아버지는 작은 승합차를 사서 개인 택배를 시작했다.

[아빠, 지금 방동리 갈림길에 서 있어.]

"방동리? 대박! 아부지!"

[춘천에 배달 왔다가 잠깐 얼굴 보고 가려고.]

"알았어요. 아부지. 오른쪽 길이야. 보건소 쪽, 방동1리. 쭉 오다가 오른쪽에 축복 교회 보이면 우회전해서 교회 쪽 길로 쭉 올라오시면 돼요."

통화를 마친 지후가 유신을 쳐다봤다.

"뭡니까? 무슨 일이에요?"

"아빠 오신대요. 다 왔어요."

놀란 유신이 현관 대신 안방 베란다 문을 열고 물 찬 제비처럼 담을 넘었다.

"빠르네."

멍하니 베란다 문을 바라보던 지후가 서둘러 화장실로 향했다. 단정하게 머리를 빗자마자 사랑이가 미친 듯이 짖어 대기 시작했다.

"아빠, 오셨어요?"

"와, 얘 왜 이렇게 컸어?"

새끼 때 본 후로 세 배는 자라 버린 사랑이에게 놀란 듯 아빠는 대문을 들어서지 못했다.

'니네 아빠 개 무서워하잖아. 귀신 잡는 해병대는 무슨.'

엄마의 말이 떠올라 지후는 웃음을 터트렸다.

중학교 때였나? 아파트에 작은 새가 들어온 적이 있었다. 아빠와 단둘이 있던 날인지라 당연히 아빠가 잡아서 날려 보낼 줄 알았다. 창이란 창은 다 열어 놓고 새가 나갈 때까지 불도 안 켜고 어둠속에서 아빠와 마주 앉아 있었던 기억이 떠오른다.

"아빠, 사랑이 안 물어. 좋아서 그런 거야."

"개 기르는 사람들 다 안 문다 그러지."

어물쩍 대문으로 들어서는 아빠의 왼손에는 보호대가 채워져 있고, 오른손에는 커다란 가방이 들려 있었다.

"아빠, 손 다쳤어요?"

"응. 조금."

"이건 뭐야?"

"너 심심할까 봐 연 가져왔어."

은퇴하신 아버지가 연 만들기에 취미를 붙인 사실은 알고 있었지만, 직접 보는 것은 처음이었다.
 "오늘 건주네 온다며."
 "저녁에. 아빠도 같이 저녁 드시고 가세요."
 "아니야. 가 봐야지."
 손수 만든 방패연과 직접 나무를 깎아 만든 얼레를 살펴보니 감탄이 새어 나왔다.
 "아부지 실력 좋으시네."
 "여기 온 거 엄마한테는 비밀이다."
 저녁 드시지 않고 가는 이유가 있었구나. 무슨 일이지?
 "아빠, 점심은?"
 "오는 길에 먹었어. 뭐 마실 거나 한 잔 줘 봐."
 눈치를 보며 현관으로 들어선 지후는 토마토에 꿀을 듬뿍 짜 넣고 믹서기를 돌렸다.
 '아빠, 미안해요. 나중에 엄마 알면 뒷감당을 어떻게 하겠어. 미리 불어야지.'
 창밖으로 사랑이에게 공을 던지는 아빠를 확인한 지후가 휴대폰 단축 키를 눌렀다.
 [왜?]
 "엄마, 뭐 별일 없으신가 해서요."
 [아빠 거기 갔니?]
 "어떻게 알았어?"

[연 가방하고 얼레 두 개가 없어졌어.]

손오공은 부처님 손바닥, 아버지는 어머니 손바닥.

[내가 불 질러 버린다니까 들고 거기로 갔나 보네.]

그럴 것이다. 불을 지르고도 남을 것이다.

지후가 초등학교 3학년일 때 숙제를 안 해 간 일로 담임에게서 연락이 오자, 엄마는 아파트 복도에 그녀의 책과 공책을 쌓아 놓고 라이터용 휘발유를 뿌려 댔었다.

"좀 참지 그랬어요. 뭐 대단한 취미라고."

[참으려고 했지. 근데 지난 주말에 연 날린다고 한강 나가서 손목 다쳐서 왔잖아. 인대가 늘어났다는데, 뼈도 아니고 인대가 아무려면 더 오래 걸려!]

작년에도 자전거를 타다 넘어진 탓에 아빠의 자전거는 그날로 고물상에 팔리고 말았다.

[아주 내가 살 수가 없어, 살 수가! 도대체 왜 그런다니!]

"알았어요, 엄마. 일단 끊어요."

사태를 파악한 지후가 토마토 주스를 들고 나오니 아빠가 현관에 서 있었다.

'이크, 들었나?'

그러나 아빠의 시선은 지후가 아닌 바닥에 놓인 슬리퍼에 꽂혀 있었다. 현관으로 들어온 유신 씨가 안방 베란다로 나가는 바람에 신발을 미처 챙기지 못한 것이다.

"아빠……."

조용히 운동화를 벗은 아빠가 살며시 슬리퍼에 발을 끼워 넣었다.

"딱 맞네."

심장이 콩닥콩닥.

"오빠가 놓고 간 건데, 아빠 신어."

"그럴까? 안 그래도 운전할 때 발이 답답했는데."

웃는 것도, 우는 것도 아닌 얼굴로 지후는 고개를 끄덕였다.

"연 날리는 거 가르쳐 줄까?"

"그럴까?"

억지춘향으로 아빠를 따라 연을 들고 길가로 나왔다.

신이 난 아빠가 바람을 읽으며 방패연 줄을 당기고 또 당기고.

아빠는 손목 스냅으로 얼레를 쉽게 다루고 있었으나, 얼레를 처음 잡는 지후는 원목을 깎아 만든 얼레 때문에 손목이 시큰거렸다.

"이렇게 해 봐. 지후야. 이렇게."

등줄기로 땀방울이 흘러내릴 즈음, 옆집 대문이 열리며 유신이 나타났다.

"안녕하십니까?"

"예."

"옆집에 이사 온 김유신입니다."

낯가리는 지후의 아빠가 싹싹하게 인사를 하는 유신에게 고개를 끄덕였다.

"방패연 날리시나 봅니다."

유신이 한걸음 다가서자 아빠의 뒤에 선 지후가 사정없이 손을 흔들었다.

'들어가! 들어가!'

수신호에도 아랑곳없이 바닥에 떨어져 있는 지후의 방패연을 집어 들며 유신이 활짝 웃었다.

"솜씨가 좋으신데요. 어르신이 직접 만드신 겁니까?"

"예. 그래 보인다니 고마워요."

무뚝뚝한 아빠는 대화를 이어 갈 줄 모르는 사람이다. 그럼에도 유신은 애쓰며 그들에게 다가섰다.

"한번 날려 봐도 되겠습니까? 옛날 생각이 나서요."

"쉽지 않은데……."

아빠가 지후를 돌아보자 파리처럼 들어가라 파닥거리던 지후가 양손을 옆구리에 얹었다.

"지후야, 니 꺼 줘 봐."

지후가 바닥에 내려놓았던 얼레를 넘기자 유신이 그녀에게 윙크를 날렸다.

화르르르륵.

조마조마한 탓에 그녀의 얼굴이 더욱 붉게 물들었다.

뜻밖에도 유신은 방패연을 한 방에 띄우는 데 성공했다.

"잘하네."

질세라 아빠의 방패연도 날아올랐다. 그렇게 조금씩 위치와 높이를 조절하던 두 남자는 논이 있는 쪽으로 점점 멀어져 갔다.

'이제 그만 좀 하지.'

땡볕 아래 두 남자는 아무런 대화 없이 서로 경쟁하듯 얼레를 잡아당겼다.

'아빠 손목 괜찮으려나?'

두 개의 연이 파란 하늘 위로 날아올라 조그맣게 보였다.

"어딘가…… 닮았어."

한 시간 뒤.

차에 오른 아빠는 그 어느 때보다 행복해 보였다.

"다음에 얼레 하나 더 가져올게."

"두 개면 되지. 아빠랑 나랑."

"하나는 옆집 총각 줬어."

뜨악한 표정으로 유신을 바라보니 그가 공손하게 허리를 숙인다.

"감사히 쓰겠습니다. 어르신."

"잘 있어요."

나란히 서서 배웅하는 유신과 지후를 보며 아빠는 무슨 생각을 했을까?

아빠가 떠나고 나자 유신이 물끄러미 지후를 쳐다봤다.
"왜요?"
"내 신발, 아버지가 신고 계시던데."
"미안해요. 하나 사 줄게요."
"아니, 그냥 그렇다는 거죠."
"방패연은 언제 날려 본 거예요?"
"오늘 처음입니다."
마당을 가로지르던 지후가 걸음을 멈춰 섰다.
"정말이에요?"
"네."
"아니, 도대체 왜 나온 거예요?"
"처음엔 나올 생각이 없었어요. 어른들, 아무래도 불편하니까."
"근데요?"
"한참이나 보고 있었거든요. 지후 씨 손목 나갈까 봐 나왔어요."
"나는 잘 안 되던데? 진짜 처음이에요?"
"저는 연 만들어 주는 자상한 아버지가 없었거든요."
아, 이 남자 정말.
한마디, 한마디가 지후의 가슴에 씨앗을 뿌린다.
"저녁에 우리 오빠 올 건데, 건너올래요?"
"아니요, 어제 이후로 양 군이 삐쳐서 나한테 말도 안 해요. 옆에 있어 줘야 할 것 같아요."

대답이 조금은 쌀쌀맞았던가.

유신이 돌아서는 그녀의 손을 잡았다.

"레이아웃 해야 할 것도 있고, 그래서 그래요."

"알았어요. 너무 시끄러우면 전화해요. 응?"

새언니의 생리통으로 주말 나들이를 취소한 오빠 덕분에 지후의 나른한 일상은 꿈처럼 이어졌다. 문제는.

"글 쓴다더니 안 써요?"

"써야죠."

"언제요?"

"유신 씨, 글은 창작이에요. 생각을 하고, 또 생각하고, 또 하고. 어느 날 번개처럼 이야기가 떠오르면 쓸 거예요."

"그러니까 언제요. 일단 시작이라도 해 보는 게 낫지 않을까요?"

"하고 있어요."

말은 그리하면서도 사실 지후는 고민이 깊었다.

운 좋게 대학 시절 첫 출간을 했지만, 그 이후 너무 긴 공백에 손과 머리가 바보가 되어 버린 것이다.

유신은 언제나 그녀의 이야기를 귀 기울여 들어 주었지만, 글의 소재는 날씨처럼 변덕스럽고, 주인공도 널뛰듯 성격이 변화무쌍했다.

처음부터 다시 시작하자는 일념으로 지후는 블로그에 이곳에서의 생활을 일기 형식으로 써내려가기 시작했다.

마음이와 사랑이, 그리고 양 군까지 등장하는 그녀의 일기는 하루하루 낙엽 쌓이듯 페이지를 넘기며 다채로워졌다.

시간은 물처럼 구름처럼 흘렀다.

서울에서는 정말 하루가 어찌 가는지 정신없이 지나갔는데, 이곳의 시간은 느릿하면서도 소리 없이 사라졌다.

그래서 더 무섭다. 빨리 늙는 것 같다.

"혹시 마을 회비 냈어요?"

"동아리도 아니고, 회비가 있습니까?"

"네. 음력 시월 보름에 마을회관에서 회의가 있대요. 그때 내면 된다는데?"

"그런 정보는 어디서 듣는 겁니까?"

"바둑이 할머니요. 할머니 귀도 어두우신데, 저도 잘 안 들리는 이장님 방송은 기가 막히게 들으세요. 갈 거죠?"

"꼭 가야 할까요? 불편한데."

"전 가고 싶어요."

"알았어요."

"간다는 말이죠?"

"네."

"내가 강요하는 거 아니죠?"

"아닙니다."

그렇게 화요일이 되고 유신이 이사 오는 날까지 책상에 붙어 있던 지후는 글을 쓰기 시작했다. 딱 네 줄 썼다. 원래 열 줄인데, 여섯 줄은 지워 버렸다.

글 쓰는 것보다 블로그 활동에 취미가 붙어, 여기저기 사진을 찍고 식물도감을 읽는 시간이 많아졌다. 블로그를 공개로 개방하고 나니 하나둘씩 손님들이 댓글을 남기기 시작했다.

노트북에 매달려 있느라 뒤늦게 유신의 집으로 건너온 지후가 고개를 갸웃거렸다.

"왜 이렇게 짐이 없어요?"

"떠돌이 생활에 짐이 많을 이유가 없지요."

서른세 해를 살아온 그의 짐은 차 트렁크와 뒷좌석만으로 충분할 만큼 쓸쓸했다.

여행용 가방 두 개와 라면박스 네 개로 끝나 버린 그의 짐들을 바라보며 지후는 가슴이 미어졌다.

몇 개 안 되는 짐들이 고단하고 쓸쓸했던 그의 삶을 보여 주는 듯하여 마음이 짠했다.

"왜 그렇게 쳐다봐요?"

말없이 그의 허리를 끌어안자 유신이 그녀를 다독였다.

"마음 아파할 이유 없어요. 버리고 온 게 더 많아서 그래요."

"없는 살림에 아빠한테 신발까지 줘서 미안해요."

"괜찮아요. 똑같은 걸로 검은색 있어요."

말해 놓고 나니 유신은 그녀의 아버지와 연을 날리던 날이 떠올랐다.

'이런, 이런이런.'

물끄러미 그의 발을 쳐다보던 그녀의 아버지.

'무슨 생각을 하셨을까?'

그날 유신이 신은 것은 그녀의 집에 두고 온 것과 같은 모델로 색만 다른 슬리퍼였다. 아버지는 흰색에 검은 줄무늬, 유신은 검은색에 흰 줄무늬다. 커플처럼 같은 슬리퍼를 신은 두 남자는 침묵 속에 한 시간이나 넘게 연을 날렸다.

'눈치채시지 않았을까?'

유신은 저도 모르게 얼굴을 쓸어내렸다.

그녀의 아버지는 아무 말 없이 떠나갔지만, 유신의 가슴에는 뒤늦은 여운이 묵직하게 내려앉았다.

일주일이 넘게 쌩하니 찬바람이 불던 양 군의 마음이 풀릴 무렵, 찬영이의 결혼식이 있었다. 오랜만의 서울 나들이인지라 지후는 들뜬 기분을 가라앉힐 수가 없었다.

"아직도 멀었어요?"

대문 밖에서 기다리고 선 유신은 멋진 가을 슈트를 입고 있었다.

"다 했어요."

어제 유신과 함께 하루 종일 시내를 돌아다니며 장만한 하늘색 원피스가 답답하게 가슴을 조여 왔다.

'하루 만에 살이 찐 건가?'

퇴사 이후 처음 신는 구두조차 꽉 끼는 것이 영 그녀의 것 같지 않았다.

'뭐야, 발도 찐 거야?'

이래저래 마음에 드는 것이 하나도 없어 불편한 얼굴로 대문을 나섰다. 바지에 한쪽 손을 넣은 채 서 있는 유신의 모습은 마치 잡지에서 튀어나온 것처럼 멋있어 보였다. 상대적으로 지후는 더욱 우울해졌다.

"예뻐요."

유신은 지후에게서 눈을 떼지 못했다. 꽃무늬 냉장고 원피스에 이 대 팔로 넘겨 꽂은 핀도 충분히 예쁘다 생각했는데, 차려입은 모습을 보니 더더욱 어여뻤다.

핑크빛 입술을 보니 괜스레 침이 넘어간다.

"너무 예뻐요. 옷도 잘 어울리고."

"진짜예요? 가슴이 너무 조여요."

"풍만해서 그래요. 아주 예뻐요."

풍만과 예쁘다는 말은 조합 불가의 단어인데, 어쩜 저리도 아무렇지 않게 뱉어 내는지.

차 문을 열어 주는 유신을 지나 의자에 앉자 보조석 밑으로 종이가방이 발에 걸렸다.

"뭐예요?"

"가방이요. 열어 봐요."

종이가방을 여니 어제 백화점에서 그녀의 원피스와 함께 진열되어 있던 가방이었다.

"흐아, 유신 씨."

"마음에 들어 했잖아요."

그녀의 옷값을 계산하려는 그와 실랑이하며 칼을 뽑듯 카드를 긁었는데, 가방까지 살 여유는 없었다.

"고마우면 키스나 한 번 해 줘요."

"립스틱 발랐으니까 뽀뽀 세 번으로 퉁쳐요."

"싫어요. 그럼 이따 집에 와서 키스해 줘요."

"콜~~~~"

주말임에도 서울로 향하는 경춘선은 뻥뻥 뚫려 있었다.

"반대편 차선 막히는 것 좀 봐요. 크크크."

"잘 봐요."

눈을 찡긋하며 씩 웃는 유신의 모습에 지후가 고개를 갸웃거렸다.

"뭘요?"

"이따가 우리 집에 갈 때 저 사이에 끼게 될 거예요."

"아······."

"아니면, 분위기 좋은 호텔에서 하루 자고 올까요?"

"안 돼요. 애들 때문에."

휴게소에 들러 지후의 품에 호두과자를 안겨 준 유신은 쉬지 않고 액셀을 밟았다. 늘 그렇듯 꽉 막힌 올림픽 대로에 들어서자 유신이 그녀의 무릎에 손을 얹었다.
"신발 벗고 있어요. 발 아파."
"괜찮아요."
안 괜찮았지만, 굳이 그런 모습까지 보이고 싶지 않아 지후는 등을 꼿꼿하게 세웠다.
복잡하기 짝이 없는 목동 사거리에 도착하여 식장에 들어서니 예식홀은 발 디딜 틈도 없이 미어 터졌다.
찬영의 부모님 두 분 다 오랜 시간 공직에 있었던 탓에 식장은 러시아워의 지하철역을 연상케 했다.
"사람이 정말 많네요."
"화환도 어마어마해요. 부모님 두 분 다 공무원이시거든요."
갑작스레 엘리베이터에서 사람들이 파도처럼 밀려오자 유신이 팔을 쭉 뻗었다.
넓게 공간을 만드는 유신의 품 안에서 왜 이렇게 가슴이 뿌듯해지는 걸까?
살이 쪄서 떨어져 내리던 자존감이 급상승하는 순간이었다. 그뿐만이 아니었다. 고만고만하게 바글거리는 머리들 사이로 우뚝 솟은 유신이 지후는 은근히 자랑스러웠다.
"지후야~"

그녀를 부르는 소리를 따라 고개를 돌리자 무리 지어 서 있는 친구들이 보였다.

"아! 안녕하세요. 저 지후 친구 은주예요."

"안녕하십니까."

친구들이 여기저기 탄성을 내지르며 팬카페 소녀들처럼 유신을 둘러쌓다.

"어머, 어머. 안녕하세요."

'이것들이.'

지후는 본 척도 않고 예쁘게 웃으며 유신에게 인사를 건네는 친구들을 눈에 힘을 주고 쳐다보려니 은주가 그녀의 옆구리를 쿡 찌른다.

"잘생겼다."

"사람 잘 보고 사귀라며."

"그냥 시집가."

"오래 사귀어 봐야 안다며."

"최소한 2세들은 키 크고 잘생기게 나올 거 아냐."

뭐라 반박할 새도 없이 친구들은 썰물처럼 신부 대기실로 몰려가기 시작했다.

"유신 씨. 이것 좀 대신 내줘요. 찬영이 말고 여자 쪽에 내줘요. 알았죠?"

"신부 측에요?"

"네. 부탁해요."

유신은 지후가 내민 봉투를 받아 들며 손을 흔들어 주었다. 엄청나게 많은 사람들 속에 그녀가 있다. 가장 밝고 반짝이는 별이 그에게 손을 흔든다.

언젠가 인터넷에서 읽은 기사가 떠올랐다. 똑같은 교복에 단발머리, 똑같은 가방과 신발을 신고 있는 여고생의 졸업식에서 엄마는 단박에 딸을 찾아내더라는 기사였다.

'뭐, 꼭 엄마가 아니라도 눈에 콕 박히네.'

지후가 건넨 봉투로 손바닥을 두드리던 유신이 축의금을 받는 테이블로 향했다. 긴 줄에 서 있던 유신은 꽤나 두툼한 질감이 느껴지는 봉투를 보다가 살며시 열었다.

오만 원 권 네 장과 또 다른 봉투가 들어 있었다.

'신부님께? 편지인가?'

신부 대기실 쪽으로 시선을 던진 유신이 축의금 대열에서 한 걸음 옆으로 빠져나왔다. 그러곤 축의금 봉투보다 조금 작은 봉투를 열고 곱게 접혀진 종이를 펼쳤다.

아름다운 예진 씨!
당신을 보는 순간 저는 깨달았습니다.
우리 찬영이가 임자를 만났구나.
정말 아끼는 친구의 행복을 부탁합니다.
찬영이가 밥도 많이 먹고, 고집도 황소를 이기지만.
산에 가면 호랑이를 잡아먹고, 바다에 가면 고래를 잡아먹을 만큼 자생력이 좋은, 강단 있고 단단한 친구입니다.

대한민국 어떤 남자에 비할 수 없을 만큼 착합니다.

멍청한 착함이 아니라 강한 사람에게는 더없이 약하고, 약한 이에게는 더욱 기세등등한 그런 영악함이지요. 그러니 여자라고 순종적으로 나가지 마시고, 여장군처럼 가차 없는 기선제압을 하심이 좋을 듯합니다.

자유분방한 영혼이 어른으로 진화할 수 있도록, 예진 씨의 은혜로운 가르침을 부탁드려요.

-예진 씨의 유일한 아군, 서지후.-

"아놔~ 이 여자가 진짜."

작가 하시겠다는 아가씨가 이렇게 표절을 해도 되나 싶을 정도로 단어 몇 군데만 고친 편지는 찬영의 편지 그대로였다.

'아가씨야. 뒷감당을 어쩌려고 이런 편지를 써.'

받은 대로 꼭 갚아 줘야 하는 그녀의 성격을 모르는 바 아니었으나, 이대로 신부 측에 전달할 수는 없는 노릇이었다.

유신은 편지를 접어 주머니에 넣고 지갑을 꺼내 오만 원권 여섯 장을 채워 신부 측 축의금 접수자에게 건넸다.

조용히 한쪽 벽에 기대어 서 있으려니 헐레벌떡 그에게로 달려오는 지후의 모습이 보였다.

"하아, 하아. 유신 씨. 봉투, 봉투 벌써 냈어요?"

"네. 신부 측에 전달했습니다."

울상이 되어 신부 측 축의금 테이블로 달려가려는 그녀의 손목을 붙잡았다.

"뭐 잘못됐어요?"

"아니, 그게 아니라."

안절부절못하는 지후의 모습에 유신이 주머니에서 그녀의 편지를 꺼내들었다. 금세 편지를 알아본 지후가 그의 가슴에 이마를 댔다.

"다행이다."

"후회할 거면서 이런 편지는 왜 넣었어요."

"읽었어요?"

고개를 끄덕이자 지후가 늘어지게 한숨을 내쉬었다.

"대기실에 갔는데, 신부가 내 손을 덥석 잡더라고요."

"그랬어요?"

늘 그렇듯 유신은 그녀의 말에 귀를 기울였다.

"원래부터 찬영이가 우리 모임에 나오는 걸 싫어해서 나도 신부를 별로 안 좋아했었는데."

또다시 한숨.

"오늘 갑자기 그러더라고요. 고맙다고. 제가 돈 때문에 버릴 거면 혼자 살라 그랬거든요."

"명언이네."

"그 말을 찬영이가 신부에게 했나 봐요. 그날, 많이 울었다고 하더라고요. 갑자기 집안 형편이 어려워져서 많이 속상했었다며. 찬영이가 내게 했던 말이 전부 거짓말은 아니었나 봐요. 난 그것도 모르고."

"이제 남사친의 부활만 남은 건가?"

"이제 모임에 나가는 거 반대하지 않을 거라고 하는데. 그 편지 보고 혹시나 오해할까 봐, 얼마나 마음을 졸였는지."

유신이 그녀를 와락 끌어안았다.

이렇게 착하고 여린데, 왜 그렇게 단단하게만 봤을까.

[곧 예식이 시작될 예정이오니, 하객들은 착석하여 주시기 바랍니다.]

한참이나 말없이 그녀를 끌어안고 있던 유신은 마치 자신의 결혼식이나 되는 듯 지후의 손을 잡고 예식홀로 향했다.

예식은 이벤트처럼 재미있고 유쾌하게 진행되었다. 찬영이 신부의 부모님께 절을 하는 모습은 꽤나 감동적이었고, 얌전한 신부가 선글라스를 쓰고 춤을 추는 모습에선 배꼽이 떨어져 나갔다.

잊을 수 없는 이벤트는 신부의 부케 던지기였다. 신부의 친구들이 신부가 아닌 객석을 바라보는 게 이상하다 싶었는데.

와아아아아아아!

예쁜 꽃다발이 정말 객석을 향해 포물선을 그렸다.

'어. 어어. 어어어.'

곧장 그녀를 향해 날아오는 부케에 얻어맞지 않을까 싶어 두 눈을 질끈 감은 지후의 귓가에 사회자의 멘트가 들려왔다.

"네! 행운의 부케가 주인을 찾아 날아갑니다!"

머리 위로 꽃잎이 떨어져 내리는가 싶더니만, 감은 눈을 뜨는 지후에게 유신이 꽃다발을 내밀었다.

"뭐예요, 유신 씨가 잡은 거예요?"

엉겁결에 부케를 받은 지후가 신부를 쳐다보자 예진 씨가 환하게 웃으며 손을 흔들었다.

"일부러 이쪽으로 던진 것 같은데요?"

"스매싱을 날렸어야죠. 이걸 받으면 어떡해요."

유신에게 복화술을 시전하며 신랑에게 눈을 흘기니 찬영이 엄지손가락을 치켜세웠다.

"자! 부케의 주인공에게도 박수!"

우레 같은 박수 소리와 더불어 하객들의 시선이 그녀에게 쏟아졌다.

"아, 진짜 끝까지."

"대박, 너 올해 시집가겠다."

까르르 웃음을 터트린 은주가 시뻘겋게 얼굴이 달아오른 지후에게 속삭였다.

"예진 씨, 취미가 클라이밍이래. 팔 힘 죽인다. 여기까지 정확하게 던지네."

"그러게. 찬영이 한 대 맞으면 죽겠다."

"걔는 좀 맞아야 해. 어머니가 너무 곱게 키웠어."

친구들과 사진 촬영까지 마치고 나오니 찬영과 악수를 하고 있는 유신의 모습이 보였다.

 돌아오는 차 안.
 예진에게서 받은 부케에 코를 박고 있던 지후가 꼬물꼬물 구두를 벗었다.
 "아까 찬영이랑 무슨 이야기했어요?"
 "지후 씨 잘 부탁한다고 하길래 너나 잘하라고 했습니다."
 "정말이에요?"
 창문으로 상체를 기울인 유신은 왼손으로 턱을 문지르고 있었다. 늘 그녀의 말에 귀 기울이던 그는 무언가 다른 생각에 빠져 있었다.
 침묵이 찾아들자 지후는 자꾸만 유신의 얼굴을 살폈다.
 표정이 없으니 무슨 일이 있었나? 찬영이 그의 기분을 상하게 했나? 괜스레 걱정이 되었다.
 "혹시 기분 상한 일 있었어요?"
 "아니요."
 "너무 조용해서요."
 "원래가 말이 별로 없어요. 지후 씨가 날 수다스럽게 만드는 유일한 여잡니다."
 "그런가요?"
 어두워져 가는 도로를 달리는 차 안으로 침묵이 찾아들었다. 괜스레 눈치를 보던 지후와 시선이 마주치자 유신이 그녀의 손을 잡았다.

"신경 쓰지 말아요."

"신경 쓰여요. 내 일기예보는 당신을 따라가는 걸요. 당신이 맑아야 나도 해가 쨍쨍이라고요."

"참, 말도 잘해."

"말해 주면 안 돼요?"

"음……."

손가락으로 턱을 쓸던 유신이 한숨을 내쉬었다.

"내 결혼식에는 손님이 많지 않을 것 같다는 생각을 했습니다. 상대에게 어떻게 보일까. 뭐, 그런 생각."

"걱정하지 말아요. 우리 외갓집 식구들만 해도 사촌 형제들까지 80명이 넘는 데다, 제 친구들 중에 남자애들은 전부 유신 씨 쪽으로 쭈르륵 박아 줄게요."

환하게 웃는 그녀가 어찌나 예쁜지, 씁쓸했던 기분이 지후의 미소 한 방에 나가떨어졌다.

"왜 웃어요?"

"지금 프러포즈하는 겁니까?"

"누가! 언제요?"

"내 결혼식 하객들을 지후 씨 친인척들로 쭈르륵 박아 준다면서요."

"아, 내 말은."

신호에 걸린 유신이 그녀에게로 상체를 숙이며 잽싸게 입맞춤을 했다.

"고마워요."

"됐어요."

"가족이 생길 것 같은 장밋빛 미래가 보이네요."

"시끄러워요."

"크크크크."

모든 사랑의 종착역이 결혼이 아님을 알고 있다.

지후는 뜻하지 않게 굴러들어 온 부케처럼, 자신도 모르는 사이 또 다른 미래를 꿈꾼다.

09 그해 겨울

"잔디가 언제 이렇게 누렇게 변했지?"

"단풍놀이 끝난 지가 언젠데, 이제 봤어요?"

테이블에 앉아 커피를 마시던 유신이 쪼그리고 앉아 잔디를 쓰다듬는 지후를 보며 웃었다.

"아닌데……. 지난주까지 파랬던 것 같은데?"

"섭섭해 하지 말아요. 겨울이 가면 봄이 오니까. 겨우내 잠들었다가 내년이면 금세 초록빛으로 올라올 겁니다."

"시간 참 빠르네요. 날이 점점 더 추워지는 것 같아요."

"지후 씨, 오늘 서울 올라가야죠?"

유신의 물음에 그녀가 고개를 끄덕였다.

시월 첫째 주는 달력에 온통 붉은 숫자투성이다. 윤달이 끼인데다가 개천절에 추석 연휴, 대체 공휴일까지 꼬박 열흘간의 긴 연휴가 시작되었다.

"무슨 일 있으면 전화해요."

마음이와 사랑이를 싣고 본가로 향하는 지후를 내려다보는 유신의 모습이 어찌나 처량한지.

"유신 씨는 계속 집에 있을 거예요?"

"양 군하고 잘 지낼 테니 걱정 말고 다녀와요."

빨리 오라는 말이 목구멍까지 치솟았으나 유신은 끝내 그 말을 뱉어 내지 못했다.

서울 집에 도착해서도 지후의 마음은 매시간 경춘선을 달리고 있었다.

"사랑이가 많이 컸네. 똥오줌도 잘 가리고."

사랑이와 산책을 다녀온 아빠의 말도 듣는 둥 마는 둥.

오빠네 내외가 도착하고, 상다리가 부러지게 추석상이 차려졌지만 지후는 입맛이 없었다.

"언니, 왜 이렇게 안 먹어요?"

"새언니나 많이 드세요. 전 입맛이 없네요."

"그래, 넌 살 좀 빼야 돼."

말은 그리하면서도 엄마는 그녀의 앞에 지후가 좋아하는 버섯전을 밀어 주었다.

"그런데, 너 그거 못 보던 반지다? 어디서 났어? 샀어?"

"응? 아, 친구가 줬어."

"나이가 몇 살인데 은반지니? 촌스럽게."

'은 아니고 백금이거든? 비싼 거라고!'

바락 소리를 지르자니 엄마의 추궁이 두려워 지후는 꾸역꾸역 화기를 삼켰다.

그녀의 눈치를 보던 영미가 재빨리 치고 들어섰다.

"어머니, 요즘 저런 반지 유행이에요."

"그래?"

"네, 호호호. 제사가 없으니 정말 추석이 즐겁네요."

"너희 집은 제사 많지?"

영미의 화제 돌리기 기술에 걸려든 엄마가 추석 음식 이야기를 하며 사돈을 걱정한다.

"사부인께서는 음식 하시느라 고생이 많으시겠다."

"평생을 해 오신 걸요."

"그래, 너라도 빨리 가서 도와야지."

"오늘 자고 내일 아침 먹은 뒤에 가 보려고요."

"자고 가려고? 안 그래도 되는데."

"당연히 그래야죠. 저도 며느리인데."

누가 딸이고, 누가 며느리인지 모를 정도로 영미는 한칼 하는 시어머니를 아주 섬세하게 대응하고 있었다.

'오빠 마누라 대단하다. 나는 십 분만 이야기해도 위경련이 일어나는데.'

'영미가 너보다 한 수 위라니까.'

시선을 교환하는 남매 사이로 뜬금없이 아빠가 고개를 끄덕였다.

'아빠는 왜 고개를 끄덕이신 걸까?'

식사하고 영화 보고 고스톱도 치고.

여느 추석과 다름없음에도 지후의 시선은 휴대폰에서 떨어지질 않았다.

'전화 한 통이 없네.'

아버지와 사이가 안 좋으니 시골에 갔을 리도 없고.

어젯밤에 밤새도록 통화를 했는데도 오늘 전화가 없는 것이 섭섭하다.

"집에 꿀단지라도 숨겨 놓은 거야?"

능글맞게 웃는 건주의 말에 지후가 발끈했다.

"조용히 좀 해."

"반지, 그 사람이 준 거야?"

"응."

"빠르네."

영미와 이야기 중인 엄마의 눈치를 보며 곁에 앉은 건주의 옆구리를 찌르자 오빠가 웃는다.

"어제 왔다며. 하루를 못 참냐."

"조용히 하라고."

"아버지도 봤다며. 별말 없으셔?"

"연만 날리다 가셨어."

그러고 보니 유신의 존재를 아는 건주도, 영미도, 아버지조차도 신기하게 말 한마디 꺼내지 않는다.

"하긴, 아버지가 말씀이 좀 없으시지."

"엄마 말은 다르던데. 아빠 요즘 방언 터지셨대."

"그래?"

남매의 시선이 아빠에게로 향했지만 늘 보아왔듯 근엄한 표정으로 뉴스를 보고 계신다.

"엄마가 앵무새 하나 산대. 한 말 또 하고, 한 말 또 하고, 하루 종일 쫓아다니면서 떠드신다고. 본인 생각은 안 하시고."

"안 맞는 궁합도 나이 들면 맞춰지나 보지."

그의 존재를 눈치채면 어떤 상황이 벌어질지 뻔했다.

지후는 엄마를 제외한 가족들의 암묵적인 동맹이 그녀의 사랑을 응원하고 있음을 깨달을 수 있었다.

"엄마 온다. 쉿!"

풍성한 한가위답게 먹고, 먹고, 또 먹고. 하루 종일 먹방의 연속이었다. 설거지가 끝난 지 얼마 되지도 않았는데 엄마가 과일을 한 접시 깎아 내왔다.

"근데, 너 정말 연애 안 하니?"

"할 거예요."

"언제?"

가족들의 시선이 불안한 듯 일제히 지후에게로 쏟아졌다.

"때 되면 하겠죠."

"그러지 말고 엄마 친구 아들이랑 선볼래?"

"됐어요."

"그냥 두시구려. 알아서 하게."

부드러운 아빠의 음성은 서릿발 같은 엄마의 시선에 조용히 촛불처럼 꺼져 버렸다.

"왜 보지도 않고 싫데? 대기업 다니고, 나이도 동갑이라 좋은데."

"서울 살 거 아냐."

"그렇지."

"다시 서울 오라고? 내가 왜, 그 천국을 버리고 지옥으로 돌아와야 하는데."

"누가 돌아오래? 주말 부부해도 되고, 그 집은 별장처럼 쓰면 되잖아."

"됐네요."

목에 깁스를 한 양 TV에 시선을 꽂고 있는 오빠를 향해 구원의 시선을 날리자 건주가 마지못해 지원사격을 날린다.

"엄마. 선자 아줌마 아들 이야기하는 거지? 그 순둥이가 지후 성격을 어떻게 감당해."

"넌 조용히 해. 지후가 성격이 어때서?"

"엄마 닮아서 좀 피곤하지."

"뭐라고? 엄마가 피곤한 성격이야?"

잠시 지후와 시선을 교환하던 건주 또한 역시나 은근슬쩍 자리를 뜬다.

"영미야. 내가 피곤한 성격이니?"

"에이, 누가 그래요? 아니에요. 어머니."

새언니 역시 지후를 외면하며 화장실로 사라져 버렸다.

"일단 만나 봐."

"싫어요."

"엄마랑 점 보러 갈래? 작년에 점쟁이가 너 올해 인연 생긴다고 했어. 가까운 데 있다는데. 네 친구들 중에 누구 없어?"

"아……. 쫌!"

가까운 데 있다는 소리에 뜨끔하여 지후는 저도 모르게 언성이 높아졌다.

"너! 엄마가 이야기하는데 어디서 소리를 지르고!"

"아직 안 질렀어요. 엄마, 제발."

"아니, 누가 시집가래? 연애라도 하라고. 연애!"

"네. 할게요."

"언제?"

끊어지지 않는 뫼비우스의 띠, 결국 지후가 자리를 박차고 일어섰다.

"사랑아! 마음아! 집에 가자!"

누구 하나 붙잡을 만도 하건만, 건주가 냅다 사랑이를 끌어안고 신발을 신는다. 마음이를 품에 안은 아빠도 덩달아 자리에서 일어섰다.
"그래! 가라! 가! 아무튼 말도 지지리도 안 들어요. 평생 그러고 살 거야? 그 시골에 처박혀서?"
성난 엄마의 저주가 등으로 화살처럼 박혀들었지만, 지후는 꿋꿋하게 주차장으로 향했다.
"아빠, 죄송해요."
"얼굴 봤으면 됐지. 차 막히겠다. 얼른 가."

황금연휴, 주차장을 방불케 하는 경춘선 중간에 멈춰 선 유신이 긴 숨을 들이켰다. 짧아진 해가 벌써 뉘엿뉘엿 저물고 있었다.
'괜히 나왔나?'
사무실에 혼자 출근해 있다는 김 과장의 말에 생각 없이 차에 오른 것이 문제였다.
우편으로 일을 받아서 작업하는 유신은 혼자 지낼 긴 연휴에 일감이나 받으러 가자는 마음이었지만, 이렇게 도로에 갇혀 버릴 거라곤 미처 생각지 못했다.
벌써 3시간, 이제 겨우 대성리를 지나고 있었다.
시속 30km도 달리지 못하는 차는 움직이는 시간보다 멈춰서 있는 시간이 더 많았다. 또다시 차가 멈추자 창밖으로 호두과자 가게가 보였다.

'하나 사 갈까?'

아니지, 언제 돌아올 줄 알고······.

'지후 씨 호두과자 좋아하는데. 그냥 사다가 냉동실에 얼려 놓을까?'

마치 텔레파시라도 통한 듯 휴대폰이 울어 댔다.

"네, 지후 씨."

[어디예요?]

"잠깐 밖에 나왔어요. 지후 씨는요? 재미있게 보내고 있습니까?"

[재미 하나도 없어요. 그래서 집에 왔는데, 유신 씨가 없네요?]

"집이라고요? 춘천?"

[네. 언제 들어와요?]

유신은 깜빡이를 켜며 호두과자 가게 앞에 멈춰 섰다.

"언제 왔어요?"

[지금 도착했어요. 서울에서 오는데 4시간 걸렸어요.]

"아······."

언제 오냐는 지후의 물음에 신음이 절로 터져 나왔다.

"저는 시간이 좀 걸릴 것 같습니다."

반대쪽 차선 역시 꽉 막혀 있었다.

"저녁 먹고 기다려요."

[알았어요. 이따가 봐요.]

사나흘은 있을 것 같다더니, 왜 이렇게 빨리 왔지?

'무슨 일이 있었나?'

차에서 내린 유신은 잽싸게 호두과자를 사들고 U턴을 했다. 하염없이 기어가는 차 안이었지만, 서울로 향할 때와는 기분이 사뭇 달랐다.

"빨리 가자. 빨리."

집에 도착하자 저녁 8시.

사랑이와 그의 집 마당에 앉아 있던 지후가 그에게로 달려왔다.

"왔어요?"

유신은 아무런 말없이 그녀를 와락 끌어안았다.

"보고 싶었습니다."

"그런데 왜 이렇게 늦게 와요? 아까 6시에 통화했는데."

차마 서울로 가다 차를 돌려왔다는 말을 할 수 없어 유신은 그녀의 머리에 입술을 눌렀다. 그녀에게서 맛있는 부침개 냄새가 났다.

"미안해요."

"밥은 먹었어요?"

"지후 씨는요?"

"난 집에서 많이 먹어서 배 안 고파요."

"저도 배 안 고파요."

오전에 먹은 라면 하나가 전부였지만 그녀를 안고 있으니 배가 부르다.

"왜 이렇게 일찍 내려왔어요?"

"아, 엄마가 자꾸 구박해서요."

"왜 구박을 하셨을까?"

"그런 게 있어요."

아빠도 오빠도 당해 내지 못하는 이 여사의 마수에서 아직은 유신을 보호하고픈 지후였다.

"들어가요. 호두과자 사왔어요."

"호두과자? 아니 어딜 갔다 왔길래. 그리고 뭘 이렇게 많이 사왔어요? 하나, 둘. 네 박스네."

유신이 봉투를 열어 보는 지후의 엉덩이를 두들겼다.

"호두과자 먹고 싶었으면 말을 하지 그랬어요. 내가 오는 길에 사오면 되는데."

"들어갑시다."

유난히 아름다운 가을밤이었다.

호두과자를 두 박스나 해치운 지후는 그의 다리를 베고 누웠다.

"배 안 고프다더니."

그녀의 손에서 호두과자를 빼낸 유신이 입에 넣었다.

'달다.'

사랑하는 여자는 평온하게 잠들어 있고, 서로를 밀어내던 사랑과 마음은 어느새 서로의 등을 대고 있었다.

　추석이 지나자 가을을 즐길 새도 없이 발 빠른 겨울이 성큼 다가왔다.
　11월 7일, 입동이라 부르는 겨울의 시작은 곧 김장철의 시작이었다. 매일같이 배추와 무를 바라보며 결전을 다지던 지후는 아침부터 유신을 흔들어 깨웠다.
　"에계! 무가 왜 이렇게 작아? 내가 총각무를 심었나? 이것도 그렇고, 저것도 그렇고."
　잎사귀가 무성하게 자랐기에 풍년이라고 생각했다. 땅속에는 다리통만 한 무가 있을 줄 알았는데 실망도, 실망도 이런 실망이 없다.
　"첫 농사인데, 이만하면 나쁘지 않습니다. 그래도 맛은 좋을 거예요."
　지후를 달래며 유신은 배추와 무를 수돗가로 날랐다.
　"왜 이렇게 많이 심었을까."
　"나눠 먹으면 된다고 누가 말했던 것 같은데."
　두 사람은 오붓하게 수돗가에 마주 앉아 배추와 무를 깨끗하게 씻어 소금물에 절였다.
　"이 정도면 되겠죠?"
　50포기를 양쪽 집 욕조에 절여 놓고 보니 하루가 다 갔다.
　밤새 배추가 잘 절여지지 않을까 걱정스러워 지후는 잠을 자지 못했다. 뒤집고 또 뒤집고, 하나씩 뜯어 맛을 본 배추 때문에 아침부터 신물이 올라온다.

"유신 씨! 배추가 숨이 하나도 안 죽었어요. 유신 씨네 건 어때요?"

지후의 부산한 움직임에 유신이 책상에서 몸을 일으켰다.

"날 꼬박 샌 거예요?"

"네."

"배추는요? 좀 어때요? 밤에 뒤집었죠?"

어떻긴 뭐가 어때? 똑같지.

유신은 배춧잎을 뜯어 맛을 보는 지후를 지켜보며 기지개를 켰다.

"어때요?"

"이상하네. 얘네 왜 자꾸 일어나지? 숨이 죽어야 하는데."

"소금 양이 적은 거 아닙니까?"

청춘 남녀는 욕조 가득히 담긴 배추를 보며 고민에 쌓였다.

"이상하네. 엄청 뿌려 댔는데?"

"흠, 맛은 짭짤한데."

"인삼 기르던 땅이라 그런가. 애들이 전부 좀비 같아."

휴대폰을 꺼내 든 지후가 폭풍검색을 하기 시작했다.

"일단 그냥 해요. 우리."

배추를 씻어 채반에 올리는 데만 한 시간이 넘게 걸렸다.

'유신 씨 말 들을 걸……'

오십 포기는 보면 볼수록 너무 많은 양이었다. 채반이 부족해서 유신이 시내에 나가 다시 세 개를 더 사왔다.

"새우젓 모자라요."

시내에 다녀온 지 한 시간 만에 무채를 썰던 유신은 다시 시내로 나갔다.

더운 날씨도 아닌데, 땀이 폭포처럼 쏟아졌다.

"사랑아! 저리 가."

바닥에 흘린 양념장을 핥아 먹는 사랑이를 밀어내며 지후는 또다시 땀을 쏟았다.

"이제 된 것 같은데, 어때요?"

"맛있습니다."

무언가 중요한 것이 빠진 맛이었지만, 유신은 고개를 끄덕였다.

어마어마한 양의 김칫소를 절인 배추에 바르며 인터넷에서 본 대로 그럴 듯하게 모양을 잡았다.

"김치통 모자라겠죠?"

유신은 군말 없이 일어나 차로 향했다.

그렇게 하루의 전부를 김치와 씨름하고 나니 온 바닥에 고춧가루가 폭죽처럼 터져 있었다.

"씻고 좀 누워요. 김장하느라 고생했는데, 정리는 내가 할게요."

"같이해요."

"내가 할 테니까, 사랑이랑 마음이 데리고 우리 집에 가 있어요."

유신의 말에도 지후는 고개를 저으며 고무장갑을 손에서 뺐다.

"자꾸 그러면 나 버릇 나빠져요. 같이 해요."

"버릇 나빠져도 됩니다. 어차피 내 책임인데."

"책임? 어머! 지금 프러포즈하는 거예요?"

"지후 씨 결혼 생각 없다면서요."

"네. 뭐, 지금 이대로도 좋잖아요?"

가끔 결혼에 대한 생각을 하긴 하지만, 지금은 이대로도 마냥 행복한 두 사람이었다. 함께 청소를 하고, 늦은 저녁상에 마주 앉은 지후가 절인 배추에 수육과 김칫소를 얹어 유신에게 내밀었다.

"맛있어요?"

입안으로 가득 들어찬 보쌈을 씹기도 전에 묻는 그녀에게 유신이 고개를 끄덕였다.

고기는 질기고 절인 배추는 짰으며, 김칫소는 맵기만 했다. 모든 것이 부족하고 서툴렀지만 서로가 있기에 그 부족함마저 여백의 미로 채워진다.

"자. 그럼 마음이도 하나."

옹기종기 모여 앉은 마음이와 사랑이 그리고 양 군.

마음이와 사랑이는 두 눈을 반짝이며 수육을 얻어먹기 바쁜데, 양 군은 고기를 주니 앞발로 이리저리 후려친다. 아이스하키 퍽처럼 양 군의 손에 이리저리 굴러다니던 고기는 영락없이 사랑이의 입속으로 들어갔다.

"양 군아! 먹는 것 가지고 장난치는 거 아니야."

도도하게 손바닥을 핥고 있는 양 군을 쳐다보던 지후가 고개를 갸웃거린다.

"고양이는 원래가 고기 안 먹나? 다음에는 생선을 줘 볼까?"

"생선 안 먹습니다."

"줘 봤어요?"

"풍물시장에서 장어 사다 줘 봤는데, 안 먹네요."

"특이하네."

"뭐, 이런 고양이도 있고 저런 고양이도 있는 거죠. 그래도 길고양이치곤 아주 친화적입니다."

해외 직구로 사상충과 진드기 약을 시킬 정도로 유신은 완벽한 집사의 모습으로 변해 있었다.

'참, 가정적이야.'

여전히 속내를 비치진 않지만, 한 겹씩 한 겹씩 지난 시간들을 이야기하는 그를 보고 있자면 어느새 지후는 한없이 그에게 기울어 가는 자신의 마음을 마주한다.

"참, 어제 아빠랑 무슨 얘기를 그렇게 했어요?"

"아무 이야기 안 했습니다."

"정말 연만 날린 거예요?"

"네, 아버님이 워낙 말씀이 없으시던데."

택배 일을 하는 지후의 아빠는 휴대폰 앱으로 배송을 잡는다. 콜택시처럼 여기저기 일거리가 뜨면 춘천이 보이자마자 낚아챈다. 빈 차로 돌아가야 함에도 아빠는 춘천으로 향하는 주문을 마다하지 않았다.

"지나는 길에 들렀다."

항상 같은 말을 하며 대문으로 들어서는 아빠는 곧 유신을 불러 연을 날리러 가신다.

"아니 정말 연 날리러 오시는 건가?"

"설마 그렇기야 하겠습니까. 딸 얼굴 보러 오는 거죠."

"와서 연만 날리잖아요."

"딸 보러 온 김에 날리는 거죠."

"나랑 딱 세 마디 하셨어요. 밥 먹었냐? 지낼 만하냐? 아빠 간다. 이렇게."

"저한테도 그러셨어요. 잘 지냈는가. 날이 꽤 추워졌네. 감기 조심하게."

"나한테는 감기 조심하라는 말 안 했는데?"

피식 웃는 유신을 올려다보던 지후가 눈을 치켜뜬다.

"왜 웃어요?"

"지후 씨, 어머님을 많이 닮지 않았을까 생각하니 웃음이 나오네요."

"하나도 안 닮았어요. 진짜예요."

"네."

"엄마는 도대체 아빠가 뭐가 수다스럽다고."

"어머님한테는 아무래도 한마디라도 더 하시겠죠."

"그럴까요?"

"아버지와 남편의 자리는 많이 다른 거니까."

아이들 이야기, 부모님 이야기, 나누는 것이 많을수록 웃음도 늘어만 갔다.

"참, 보일러 기름 넣어야 하는데?"

"안 그래도 내일 오라고 했습니다."

"등유값 올랐죠?"

"2드럼 들어가는데 삼십만 원 줬습니다."

"벌써 계산했어요?"

"김치통 사러 갔다 오는 길에 주문하면서 미리 했습니다."

"나중에 드릴게요."

"됐습니다."

"드릴 거예요."

끝끝내 고집을 부리는 지후를 보고 있자니 문득 연을 날리던 그녀의 아버지가 떠올랐다.

'지후 씨는 누굴 닮았습니까?'

'엄마 닮았지.'

'어떤 점이 닮았습니까?'
'똥고집.'
'아…….'
'둘이 만나면 불똥 튀니까, 조심하게.'

매일 반복되는 일상은 지루할 것도 같지만, 이러한 평온함을 꿈꿔 온 두 사람에겐 하루하루가 새롭다.

침대로 기어 올라오는 사랑이를 밀어내며 눈을 뜨면 유신이 그녀를 바라보고 있다.

"잘 잤어요?"
"으으으응. 언제 왔어요?"
"새벽 세 시쯤?"
"작업 너무 늦게까지 하는 거 아니에요? 사람이 잠을 잘 자야 건강하죠."
"지후 씨 만난 뒤로 아주 충분하게 잘 자고 있어요."

지후가 양치질을 하는 사이 유신은 커피를 내린다. 커피메이커가 언제 그녀의 집 주방으로 이사 왔는지 기억은 나지 않지만, 그윽한 커피 향기가 싫지 않았다.

아이들에게 사료를 주고 아침 식사를 마치면 유신은 어제 그린 그림을 발송하기 위해 우체국으로 향했다. 차로 7분 거리에 있는 우체국이지만 유신의 외출은 한 시간이 넘게 걸렸다.

"뭘 또 사오려고 이렇게 안 오나?"

역시나 우체국 옆 농협에 들른 유신이 양손 가득 무언가를 들고 현관을 들어선다.

"뭐 샀어요?"

"과일하고 고기요."

"매일같이 뭘 그렇게 사와요. 고기 있는데."

"오늘은 목살 샀어요. 점심에 김치찌개 할까 하고."

"냉장고 터지겠어요."

"큰 걸로 바꿀까요?"

"그게 아니라, 그만 좀 사오라는 말이죠."

냉장고를 정리하고 나니 유신은 어제 새로 영화를 다운받았다며 지후를 잡아당겼다.

영화를 보거나 산책을 하거나. 가끔은 서재에 틀어박혀 글을 쓴다. 노트북을 노려보며 복식호흡을 하고 있으면 때때로 안방 베란다 문 열리는 소리가 들려온다.

"아니, 현관 놔두고 왜 자꾸 베란다로 다녀요?"

"가까우니까."

지후의 타박에 유신이 그가 넘어온 베란다 문을 쳐다보며 턱을 문지른다.

"그냥 터 버릴까?"

"뭘 터요?"

"현관으로 빙빙 돌아서 다니기 불편하니까, 내 작업실하고 안방 쪽 베란다 터서 크게 방으로 만들면."

"유신 씨 작업실은요?"

"우리 집 안방을 작업실로 쓰면 되죠. 집을 트면 방이 다섯 개나 되는데."

"안 돼요. 그럼 집이 바보가 되잖아요."

"그런가?"

"그래요. 꿈도 꾸지 말아요."

집이란 건물 자체에 큰 의미를 두지 않는 유신과 달리, 지후는 집 또한 사랑이나 마음이처럼 끔찍이 아꼈다.

"애 옆구리를 터서 무슨 공사를 하겠다고. 안 돼요! 절대 안 돼."

"애가 아니라, 집이요."

"아무튼 안 돼요."

설레설레 고개를 젓는 지후의 모습에 유신은 아쉬움으로 입맛을 다셨다.

"그냥 합쳐서 크게 안방으로 쓰면 될 것 같은데."

"결혼도 안 했는데, 무슨 집을 합쳐요."

"결혼하면 지후 씨 안방하고 내 작업실 합쳐도 됩니까?"

진지함이 뚝뚝 묻어나는 물음에 지후가 주먹을 불끈 쥐었다.

"그래도 안 돼요."

"그럼 결혼하고도 계속 이렇게 안방 베란다 넘어 다녀요?"

"현관 있잖아요. 현관."

"비밀번호도 눌러야 하고, 빙 돌아오기 싫은데……."

"나중에 생각해 봐요, 우리."

결혼을 한다 해도 그의 작업실과 안방 벽을 허물어 합치고 싶진 않다. 아무리 생각해도 그 이상한 구조를 상상할 수 없다. 지후의 거실에서 주방을 지나 손님방, 작은방 그리고 안방이 다른 방으로 통한다니!

'무슨 고속도로 휴게소도 아니고, 방에 문짝이 두 개라니 말이 되는 소리를 해야지!'

점심을 먹으면서도 두 사람은 여전히 집 문제로 옥신각신했다.

"안 돼요. 한 번 안 된다면 안 되는 거예요."

"고집도 참."

김치찌개에 든 고기를 건져 지후의 숟가락에 얹어 주며 유신이 그녀를 달랬다.

"잘 생각해 봐요. 안방 크게 넓히고 패밀리 침대로 바꾸면 좋지 않습니까?"

제자리를 두고 지후 곁에 누워 있는 사랑이 때문에 유신은 눈치가 이만저만이 아니었다.

"안 그래도 애들 전부 다 기어 올라와 자서 내 자리가 없잖아요."

"내가 사랑이 잘 교육시킬게요. 자기 자리에서 자게."

"껌 딱지 떼기가 가능하다고 봅니까?"

집이 두 채라 해도 유신의 집은 작업실 외엔 크게 소용이 없다. 그렇다고 팔자니 아깝고, 또 누군가 그들만의 낙원에 이사를 온다는 것도 내키지 않는다.

"내가 긍정적으로 생각해 볼게요. 이제 그만. 응?"

똥고집쟁이.

결국 유신은 머리를 들이밀며 애교를 부리는 지후에게 지고 말았다.

하얗게 눈이 내렸다. 기다리던 첫눈은 눈인지 비인지 구분이 안 가 지후를 섭섭하게 했지만, 두 번째 내린 눈은 그야말로 진정한 눈이 무엇인지 확실하게 보여 줬다.

"으아아아아! 사랑아~"

신이 난 사랑이의 뒤를 쫓으며 지후는 금세 눈이 쌓이기 시작한 마당을 뛰어다녔다.

"개는 주인 닮는다더니."

지후와 사랑이를 바라보던 유신은 테이블 위에 앉아 손을 털고 있는 양 군에게로 시선을 돌렸다.

"양 군아. 너도 태어나서 눈 처음 보는 거 아니야? 나가서 좀 뛰어 봐."

유신의 말에도 양 군은 시큰둥하니 지후의 서재 창문으로 뛰어 들어가 버렸다.

"유신 씨! 우리 눈사람 만들어요."

"지후 씨. 그만하고 들어갑시다. 감기 걸려요."

"추우면 유신 씨 먼저 들어가요. 난 사랑이랑 눈사람 만들래요."

플라스틱 대야를 들고 눈을 퍼 담는 모습이 영락없이 어린아이 같다. 어쩔 수 없이 유신도 그녀를 도와 눈사람을 만들기 시작했다.

"사랑이는 그렇다 쳐도, 지후 씨도 눈 처음 보는 사람 같습니다."

"안 예뻐요?"

'내일 이 눈을 어떻게 치울지가 걱정입니다.'

너무나 신 나 하는 지후 때문에 유신은 열심히 눈을 모아 그녀의 앞에 밀어 주었다.

"집에 넉가래 사 놓은 건 있습니까?"

"그럼요. 오늘 눈사람 만들고 남은 건 내일 깨끗이 치워야죠."

낙엽 떨어지는 것이 그렇게 예쁘다더니 이제는 눈을 보고 좋아하는 그녀. 하루하루 늘 스치듯 지나가는 모든 것에 이렇게 좋아하는 여자가 또 있을까?

미친 듯이 내달리던 사랑이가 발에 포도송이 같은 눈뭉치를 들고 집 안으로 뛰어 들어간다.

"사랑아~ 안 돼! 발 닦아야지!"

깔깔거리며 사랑이를 쫓아다니는 지후의 모습에 유신의 눈가로 웃음이 흐른다.

'눈이 올 때마다 저렇게 좋아하려나?'

지후의 마음을 기쁘게 하려는 듯 눈은 하루걸러 한 번씩 거나하게 쏟아져 주었다.

서울에서 겨우 한 시간 반 떨어진 거리이지만 역시나 강원도는 강원도였다. 끝도 없이 쌓이는 눈은 어제 치운 것이 표가 나지 않을 정도로 쌓여만 갔고, 지후의 눈사람은 어느새 다섯으로 늘었다.

김유신 눈사람, 서지후 눈사람, 서마음 눈개, 서사랑 눈개, 그리고 김양 군 눈고양이까지.

니야옹. 야오옹.

책상에 앉아 콘티를 살피던 유신이 양 군의 울음소리에 창문으로 시선을 돌렸다.

"왜 그래, 뭐가 있어?"

창문으로 다가서는 순간, 심장에 전봇대가 박힌 듯 유신은 가슴을 움켜쥐었다. 온몸으로 소름이 돋아 올랐다.

'어우, 놀래라.'

해도 뜨지 않은 새벽 6시 40분.

12월 접어들어 다섯 번째 내리는 눈 속에 지후가 귀신처럼 서 있었다.

"심장 깨지는 줄 알았네. 도대체 왜 저러고 서 있어. 무섭게."

창가에 선 채로 놀란 가슴을 쓸어내리던 유신이 그리던 그림들을 정리했다.

"일찍도 일어났네."

현관 신발장에서 장갑을 찾아 끼곤, 익숙한 듯 현관에 세워 놓은 넉가래를 손에 들었다.

"자, 그럼 오늘도 시작해 볼까?"

그녀의 집으로 건너올 때까지도 지후는 광화문 광장의 이순신 장군처럼 빗자루를 든 채 근엄하게 서 있었다. 토끼털 귀마개를 낀 머리 위로 소복하게 눈이 쌓인 줄도 모르고 발간 얼굴로 서 있는 그녀의 모습이 1월 달 달력에 나오는 어린 소녀 같다.

"왜 그러고 서 있어요?"

"눈이…… 너무 많아서요."

애써 웃음을 참으며 그녀를 품에 안았다.

'지치기도 하겠지.'

"눈이 많이 오면 겨울 가뭄도 해소되고, 다음 해엔 풍년이 든다는 말이 있습니다."

어깨를 토닥이는 그의 마음을 이해 못 하는 것은 아니었지만, 지후는 위로가 되지 않았다. 해도 해도 너무했다. 이제는 사랑이마저 시큰둥하니 밖에 나오지 않는다.

'하늘에서 똥 덩어리가 떨어지고 있어요!'

소리치고 싶었지만, 투정부리기 싫어 지후는 분노의 빗자루질을 시작했다.

"천천히 해요. 계속 내리고 있는데."

사방으로 눈발을 뿌려 대며 빗자루질을 하는 모습을 보고 있자니, 어느 여름날 쏟아지는 빗줄기 아래 미친 듯이 곡괭이질을 하던 그녀가 떠올랐다.

'참 변함이 없구나. 우리 서지후.'

어느 것 하나, 열심이지 않은 적이 없다.

피부병으로 고생하는 마음이를 일주일에 두 번씩 정성들여 씻기는 지후를 보면서도 그렇게 생각했었다. 물을 받아 온도를 맞추고 마음이가 불안해하지 않도록 그녀는 끊임없이 대화를 나눈다. 그 정성을 바라보고 있노라면 문득 이미 오래전에 돌아가신 어머니가 떠올랐다.

웃음이 많은 지후와 달리 늘 우울했던 어머니.

'너 때문에 내가 이러고 사는 거야. 너만 아니었어도 벌써 떠나 버렸을 텐데.'

죽을 때까지 불만을 토로하며 그를 원망하던 어머니와는 아주 다른 모습이다.

'너만 아니었어도, 너만 아니었어도……'

누군가에게 피해를 주지 않기 위해 철저하게 스스로를 고립시키며 살아왔다.

'왜……. 어머니는 한 번도 따뜻한 눈으로 날 바라봐 주지 않았을까.'

쌓여 가는 눈을 묵묵히 밀어내는 유신에겐 더 이상의 원망도, 미련도 남아 있지 않았다.

"하아. 하아. 하아."

금세 숨이 차오른 지후가 벽에 기대어 섰다. 자연스레 시선이 유신에게로 향한다.

잔디가 다치지 않도록 부드럽게 넉가래를 미는 그의 모습에 끓어올랐던 화가 차분하게 내려앉았다.

'어쩌면 저렇게 한결같을까?'

시골에서는 월동 준비를 철저히 해야 한다며 모든 창문에 뽁뽁이를 붙여 준 유신에게 지후는 또다시 반하고 말았다. 수도가 터지지 않도록 방한 작업을 하고 존재조차 몰랐던 지하수 펌프도 뚜껑을 열어 이불로 꼼꼼하게 쌌다.

"왜 그렇게 쳐다봅니까?"

"그냥요. 유신 씨 없으면 나 혼자 어떻게 살까 해서."

"나 없이도 잘 살았으면서."

씩 웃는 그의 등 뒤로 해가 떠오른다. 마치 그로부터 빛이 뿜어져 나오는 듯하다.

여름날에는 몰랐다. 늘 재미있고 즐겁기만 했는데, 추운 겨울이 오니 그가 없는 삶을 상상할 수조차 없다.

몇 번 왔다 갔다 하지도 않았는데 담장 쪽으로 눈이 산더

미처럼 쌓였다.

"정리하고 갈 테니까 들어가서 뜨거운 물에 씻어요. 감기 걸리겠어."

양손으로 그녀의 얼굴을 감싼 유신이 입술이 튀어나오도록 양 볼을 쭉 눌렀다.

지후가 싫어하는 짓이었지만, 왠지 오늘은 봐줄 것 같은 느낌이 들었다. 톡 튀어나온 입술을 쪽 빨고 나니 아니나 다를까 미간으로 주름이 잔뜩 잡혔다.

"눈 치워 줘서 고마워 참는 거예요."

병아리 부리 같은 입술이 삐악삐악 움직인다.

"라면 끓여 줄까요?"

"좋지요."

고마운 마음에 싫어도 꾹 참는 그녀를 보고 있자니 짜릿한 쾌감이 유신의 몸을 관통한다.

12월의 마지막 날.

오빠네 부부가 연락도 없이 지후의 집으로 들이닥쳤다.

왜 그녀의 주변 사람들은 연락도 없이 급습을 하는지.

케이크에 촛불을 켜 놓고 오붓하게 와인을 마시던 유신은 미처 대피하지도 못한 채 어색하게 그들을 맞이했다.

"안녕하세요. 서건주입니다. 지후 오빠."

친근하게 악수를 건네는 건주의 손을 잡았다.

"말씀 많이 들었습니다. 김유신입니다."

"정말 반갑습니다. 올해 가기 전에 꼭 한번 뵙고 싶었습니다. 야밤에 실례가 많습니다."

"저도 놀러 온 거라, 제게 하실 말씀은 아닌 것 같습니다."

"연락하면 오지 말라 그럴 게 뻔해서 그냥 왔습니다."

"설마요."

"지후가 원래 성격이 그래요. 엄마 닮아서."

"오빠! 추운데 밖에서 뭐해. 들어와."

도끼눈을 뜬 지후가 오빠를 불러 대자 건주가 피식 웃으며 엄지손가락을 치켜든다.

"불 피워야죠?"

"불이요?"

"전원주택은 아무래도 그릴이죠."

"지금 말입니까?"

씩 웃는 얼굴이 그녀를 꼭 닮았다.

결국 유신은 두툼한 겨울 점퍼를 껴입고 밖에 나와 숯에 불을 붙였다.

"아오, 진짜 내가 못 살아. 유신 씨, 미안해요."

발을 동동 구르며 곁을 지키는 지후의 말에 유신이 웃으며 그녀의 옷깃을 여미어 준다.

"유신 씨 칫솔이랑 면도기 거실 서랍장에 넣어 놨어요."

"잘했어요."

지후의 속삭임에 유신이 고개를 끄덕인다.

"언니~ 이것 좀 받아요."

이것저것 냉장고를 털어 창문으로 내미는 영미의 닦달에 지후가 접시를 들어 날랐다.

"무슨 반찬이 이렇게 많아요? 우리보다 잘 해 먹고 사네."

"그만 좀 꺼내요."

접시를 나르던 지후가 건주를 노려본다.

한겨울에 이게 무슨 시트콤도 아니고.

"이건 좀 아니지 않아?"

"뭐가? 좋잖아. 안 그렇습니까?"

지후의 말에 건주가 유신에게 술을 따라 주며 웃었다.

"오빠, 유신 씨 술 잘 못해."

"어머, 언니. 우리 오빠도 요즘 술 많이 못해요."

지후와 유신이 입고 있는 곰돌이 밍크 바지를 힐끗거리며 영미가 지후의 귓가에 속삭였다.

"둘이 커플 잠옷 산 거예요?"

"아니요, 그냥 수면바지 같은 걸로 산 거예요."

"호호호, 아주 러브러브하네."

너무나 편안한 차림이었던 지후는 마치 도둑질하다 들킨 양 불편하기 짝이 없다. 물론 엄마에게 이르진 않겠지만, 늦은 시간에 함께인 것을 들킨 사실만으로도 불편한 기색을 감출 수 없었다.

"생각했던 것보다 키도 크고 잘생겼네요."
"그래요?"

담배를 피우러 간 건주의 곁에 선 유신의 모습이 보인다. 둘이 무슨 이야기를 그렇게 하는지, 목소리는 들리지 않고 간간이 웃는 소리가 들려왔다. 온통 신경이 유신에게 쏠려 있는 지후를 영미가 불러 댄다.

"언니, 이거 김치 이번에 농사지은 걸로 담근 거예요?"
"네. 먹을 만하죠?"

절여 지지 않아 완전히 망했다고 생각했던 좀비 김치는 뜻밖에도 독특한 맛을 내고 있었다. 말이 김장김치지 겉절이를 방불케 할 만큼 파릇파릇했다.

"완전 맛난데요? 한 번에 이렇게 담가지나?"
"담근 지 두 달이나 됐는데 배추가 점점 살아나요. 그래서 우린 좀비 김치라고 불러요."
"음……. 신기하네, 양념하고 배추하고 따로 노는데 어쩜 이렇게 맛이 잘 뱄지?"
"생긴 게 이래서 아무도 못 줬어요. 엄청 많은데."
"그래도 아삭아삭하니 완전 신선하고, 달고 좋은데요?"
"좀비 파김치도 있어요. 파가 머리 들고 있는 거."
"깔깔깔. 언니도 참."
"입에 맞으면 갈 때 싸 줄게요."
"네! 많이 줘요."

11시가 넘어가자 날씨는 더욱 추워졌지만, 폭죽을 잔뜩 사 온 오빠 부부에게 잡혀 지후와 유신은 술을 마셨다. 고기는 익는 족족 차갑게 식어 버렸고, 소주는 적정 온도를 유지하며 두꺼운 겨울 점퍼를 입고 있는 그들의 몸을 얼리고 있었다.

"우리 동갑인데, 말 편하게 하죠?"

"나중에 편해지면 그렇게 하겠습니다."

아무래도 지후의 오빠다 보니 유신은 말 한마디가 조심스러웠다.

"딱 부러지시네."

"나한테도 존대하시는데 어련하겠어?"

술기운이 오르는지 지후가 해맑게 웃으며 유신의 팔짱을 끼었다.

"오빠 소리는 죽어도 싫다 하니까 어쩔 수 없지요."

"아마 끝까지 안 할 겁니다. 원래가 그 단어 자체를 안 좋아해요."

"내가 뭘~"

"언니이이이!"

행여나 쓸데없는 소리를 할까 건주의 옆에 바짝 붙어 있던 지후는 영미가 부르는 소리에 휙 고개를 돌렸다.

"왜요?"

"시간 다 돼 가요. 이리 와 봐요."

"오빠. 언니가 부른다. 가 봐."

"내가 아니라 너 부르잖아. 너."

"오빠가 가 봐."

"거참, 내가 유신 씨 잡아먹냐? 얼른 가."

불안한 듯 유신을 올려다보자 그가 웃으며 그녀의 등을 밀었다.

"원래 저런 애가 아니었는데."

얼마 되지도 않는 거리를 자꾸 돌아보는 동생을 보고 있자니 건주는 가슴이 뭉클했다.

"저렇다는 게 어떤 건지."

"어릴 때부터 지는 것 싫어하고, 겁도 없고, 빚지면 꼭 갚아 줘야 하는 애였거든요."

"그랬을 것 같습니다."

"어머니는 리본 달고, 예쁜 치마 입고 피아노 치는 그런 공주를 원했는데, 어느 날 보니 장군으로 자라 있더라고요."

"나쁘지 않죠."

"넘어져서 피가 철철 나도 깔깔거리며 웃던 선머슴 같은 애였는데, 유신 씨 옆에 있으니 천생 여자네요."

영미의 지시에 따라 마당에 폭죽들을 꽂고 있는 지후를 보며 유신의 입가에 미소가 피어오른다.

"처음부터 여자였습니다. 제게는."

사이좋은 시누지간을 바라보던 건주가 담배를 꺼내 입에 물었다.

"지난주에도 아버지 다녀가셨다면서요."

"연 날리고 가셨습니다."

"아버지가 워낙에 말씀이 없으십니다."

입술 사이로 담배 연기가 하얗게 흩어졌다.

"둘러보니 창문도 그렇고, 수돗가도 그렇고. 신경 많이 써 주셨더군요. 감사합니다."

"저희 집 하는 김에 같이했습니다. 아무래도 여자 혼자 사는 집이라 손이 필요할 듯해서요."

멋쩍어진 유신이 괜스레 머리를 긁는다.

"저희 아버지도 손재주가 좋으시죠. 저는 아버지가 참 존경스럽습니다."

"좋은 분이시더군요. 자상하시고. 제게 아이가 생긴다면 연 날리는 법을 가르쳐 주는 그런 아버지가 되고 싶습니다."

"유신 씨한테 아이가 생긴다면 그 아이는 흙 주워 먹고 바닥을 기어 다닐 겁니다."

무슨 말인가 싶어 돌아보니 건주가 웃는다.

"지후가 어릴 때 그랬습니다."

"아……."

"사랑이랑 거의 비슷했다고 보시면 됩니다."

심각해지는 유신의 표정에 웃음을 참느라 건주의 어깨가 들썩였다.

"드디어 만났구나 하는 생각이 드는군요."

"예?"

"저희 어머니도 외가에선 고삐 풀린 망아지라고 삼촌과 이모들이 그러십니다. 그래서 고삐 채워 줄 남자를 기다렸는데, 뜻밖에 저희 아버지가 나타나신 거죠."

"아버님이요? 전혀 그렇게 보이시지 않던데요."

"아버지는 고삐를 채우는 대신 울타리를 만들었죠. 아무리 뛰어도 갇혀 있다는 생각이 들지 않을 정도로 넓은 울타리 말입니다."

고집쟁이니까 마냥 져 주라는 말인 줄 알았다. 하지만 핵심은 그것이 아니었다.

"울타리 안에서 자유롭게 살다 언젠가는 울타리에 닿겠죠. 하지만 똑똑하니까 자신을 보호하는 그 울타리에게 고마워할 겁니다."

"울타리를 넘어 도망치려 하지 않을까요?"

"그렇지 않을 겁니다. 스스로 들어간 울타리니까."

"아……."

"살아오면서 단 한 번도 자신의 선택에 후회하는 것을 보지 못했습니다. 대신 반성하고 또 다른 기회로 삼는 쪽이지요."

"되고 싶네요. 그런 울타리가."

"오빠! 오 분 남았어!"

"유신 씨, 얼른 와요!"

제짝을 찾는 여자들의 부름에 건주가 웃었다.

"갑시다! 우리 망아지들이 울타리를 찾네."

발갛게 상기된 얼굴로 발을 동동 구르는 영미와 지후를 보며 두 남자의 얼굴에도 웃음꽃이 피었다.

"십, 구. 팔~ 칠, 육, 오, 사, 삼, 이, 이이이일!"

새까만 밤하늘을 가르며 솟아오른 폭죽이 터졌다.

팡! 파파팡! 팡! 팡! 팡!

연이어 터지는 폭죽 소리에 동네 개들이 짖기 시작했다. 불꽃은 끝도 없이 치솟아 아름다운 선홍색 꽃으로 밤하늘을 수놓았다.

"하아……. 정말, 예쁘죠?"

"아니요."

"정말 안 예뻐요?"

"당신만큼 예쁜 걸 아직 보질 못해서."

두 손 잡고 밤하늘을 올려다보던 유신은 지후를 끌어안고 휙 돌아섰다.

"뭐예요. 오빠 있어요."

"허락받았습니다."

"뭐라고요?"

"오늘부터 지후 씨 울타리 하려고요."

무슨 소린가 싶어 입이 벌어진 지후의 입술이 유신의 숨결 속으로 빨려 들어갔다.

'제 울타리 안에는 망아지가 아니라 예쁜 집이 있습니다. 떠돌이로 살아온 제게 안식처가 되어 줄 예쁜 집 말입니다.'

내일 또다시 태양이 뜨겠지만, 그것은 오늘과는 다른 태양이다.

'예쁜 집이 세월을 넉넉히 머금을 수 있도록 어떤 풍파에도 흔들리지 않는 울타리가 되리라.'

내년이 되어도 유신은 한결같이 지후의 곁을 지킬 것이다. 그리고 더욱 노력할 것이다.

그녀가 선택한 아름다운 울타리가 되기 위해.

바닥을 기어 다니며 흙을 주워 먹을 아이들을 위해.

울타리의 사랑은 오늘 새롭게 시작되었다.

10 광년의 일기

 파아란 하늘을 가르며 연이 날아오른다.
 초록빛 벼들이 싱그러운 논두렁에 장인과 나란히 선 사위가 하늘을 쳐다보며 연날리기 삼매경이다. 그 옆으로 며느리까지 연이 세 개다.
 "참……. 사람이 일관성 있어."
 "새언니도 일관성 있어."
 푸른 하늘 위로 연 하나가 줄에서 끊어진 듯 멀리 사라진다. 까르륵 웃음소리와 함께 유신이 뛰어가는 모습이 보였다.
 "새언니가 유신 씨 연줄 끊었다."
 "원래 저러고 노는 거야. 연싸움."
 "정말 재미있어서 저러는 걸까?"
 "영미는 원래 저런 거 좋아해."

사위와 며느리를 데리고 연을 날리는 아버지의 모습은 그가 꿈꿔 왔던 단란한 가정의 한 장면을 연출하고 있었다.
"어떻게 저렇게 비슷한 성향들을 만났지?"
"그러게 말이다."
세월의 기억을 고스란히 간직한 야외 테이블을 쓰다듬는 건주의 눈이 웃고 있었다.
"애 조립하던 게 엊그제 같은데, 세월 참 빠르다."
"십 년이 정말 순간처럼 지나가네."
주방에서 부산하게 움직이던 어머니의 부름에 지후가 머리를 긁으며 일어섰다.
"지후야, 맛술 어디 있니?"
"집에서 다 재워 온 거 아니었어?"
"다 해온 건데 조금 더 넣으려고. 맛술 어디 있어?"
오랜만에 방문한 어머니는 사위와 며느리가 좋아하는 갈비찜을 준비 중이다.
"나 어디 있는지 모르는데. 김 서방이 아는데."
"아이고, 정말! 아무리 살림을 안 해도 뭐가 어디 있는지는 알고 있어야지."
"찾으면 되지."
슬리퍼를 벗으며 지후가 집 안으로 들어섰다. 여기저기 있음직한 싱크대 서랍장들을 뒤져보지만 보이지 않는다.
"어디 있지?"

"내가 정말 못 산다. 딸네 집에 한번 올래도 네가 살림을 안 하니 사위가 지은 밥 얻어먹기 눈치 보여 못 오겠어!"

"뭐가 그렇게 심각해. 그리고 나도 해. 가끔."

깔끔하게 정리된 양념들이 있는 찬장을 열어 이리저리 뒤적이던 지후가 까치발을 드니 간장 뒤에 숨어 있는 맛술이 보였다.

"여기 있네."

"거기 있었어? 아까는 없더니."

"해영이 아빠가 키가 커서 자기 눈에 맞춰 놓으니까 나도 잘 안 보여."

배시시 웃는 모습에 엄마는 늘어지게 한숨을 쉰다.

"해영이는 자니?"

"응, 나 닮아서 잠이 많아."

"이궁, 손에 물 안 묻히게 하겠다는 말 안 믿었는데. 어지간하다."

"김 서방 이쁘지?"

유신의 학력을 핑계로 결혼을 반대하던 이 여사는 결혼과 동시에 유신에게 최고의 아군으로 돌아섰다.

"네 사주가 그렇다잖니. 까치가 밥 물어다 주고 까마귀가 옷 구해다 입힌다고. 아무튼 팔자 좋네. 우리 딸."

"죽어서도 관에서 돈이 나온다니 좋은 팔자긴 하지."

그사이 지후는 책 두 권을 출간했다. 인세야 죽어서도 직계에게 지급이 되니 틀린 말은 아닌 듯하지만, 십 년에 두 권이면 전업 작가로서는 터무니없는 수입이다. 든든한 유신이 있는 탓에 욕심 없는 다섯 식구는 늘 풍족하기만 하다.

사랑이는 여전히 커다란 개껌이 떨어질 날 없고, 편식쟁이 양 군은 지금도 캔 따는 소리를 즐긴다. 아무거나 주워 먹는 해영이야 입으로 들어가는 것은 다 잘 먹으니 더욱더 문제될 것이 없다.

"그러니까 엄마한테 고마워해. 좋은 날 좋은 시에 낳아 줬으니까."

"좋은 날 좋은 시에 낳아서 해영이 아빠랑 궁합이 그렇게나 안 좋았어?"

"얘는! 다 지나간 이야기를."

"엄마, 학력이 아니라 궁합 때문에 반대한 거였잖아."

"안 좋다는 건 안 하는 게 낫지, 뭘. 김 서방 사주가 평생 외롭다는데 누가 딸을 주고 싶겠어."

외롭긴 하지. 해영을 낳기 전에는 사랑이와 양 군이 그들 사이에 끼어 자고, 해영이 태어난 뒤론 유신과 손을 잡고 자기에도 멀어져 버렸다. 갈수록 침대만 커져 가니 외로울 수도 있겠다.

"궁합 더럽게 안 좋다며 잘만 사네."

"잘 사니 됐지."

그럼에도 지후는 큰 소리로 외치고 싶다.

'궁합 따위 개나 줘 버리라지~'

듬직하고 잘생긴 울타리를 만난 지 꼭 십 년이 되었다. 찰나의 순간이건만 그동안에 많은 일들이 일어났다.

삼 년 가까이 동거 아닌 동거를 하며 지내던 유신과 지후는 천일 기념으로 혼인신고를 하고, 이듬해 식을 올렸다.

유신이 살던 집에는 인천에 거주하는 금슬 좋은 부부가 이사를 왔다.

진정한 이웃이 생겨 기뻐하던 것도 잠시, 아이가 크면 내려오겠다는 부부의 아이는 이제 고등학생이 되었다.

집을 판 돈으로 유신은 지후의 집 옆에 인삼밭을 샀다. 울타리는 더욱 넓어졌고 손님들이 쉬어 갈 수 있는 이동식 주택이 자리했다.

너른 울타리 안에는 양인지 개인지 구분이 안 가는 사랑이가 뛰어다녔다. 그 뒤로 아들인지 딸인지 구분이 안 가는 해영이가 쫓아가면, 테이블 위에는 사람인지 고양이인지 구분이 안 가는 양 군이 그들을 쳐다본다.

결혼한 그해에 방동리에는 새로운 사이렌이 태어났다.

"으아아아아아아앙."

사랑이의 엉덩이에 밀려 주저앉은 해영이는 지후를 꼭 닮아 고집쟁이로 커 가고 있었다.

"해영아!"

울 때는 언제고 금세 사랑이와 같이 사이좋게 땅을 파고 있는 딸아이의 모습에 유신이 기겁을 하며 달려간다.

"지지. 안 돼. 흙은 먹는 거 아냐."

흙이 입으로 들어가기 바로 직전 아이를 들어 올린 유신이 테이블에 앉자 건주가 웃었다.

"거봐, 내가 흙 먹을 거랬잖아. 십 년 전에."

"진짜 먹을 줄은 몰랐지. 이거 몇 살까지 먹는 거야?"

함께한 시간만큼 더욱 가까워진 유신이 한숨을 내쉬자 건주가 설레설레 고개를 젓는다.

"코딱지 파먹을 나이 될 때까지?"

"지후, 코딱지도 먹었어?"

"응. 크고 촉촉한 것만."

"아……."

농담이라곤 모르는 유신을 놀려 먹는 재미에 건주가 아버지를 쳐다보며 웃었다.

"맞죠?"

"맞긴 뭐가 맞아. 쓸데없는 소리를 그렇게 해."

"진짜예요? 아버님?"

"먹는 건 못 봤는데. 건주 엄마가 알겠지."

야외 테이블에 가득 찰 정도로 음식들이 차려지자 모두가 둘러앉았다.

"고모~"

해영이를 낳고서야 언니 소리를 그만둔 영미가 지후를 부른다.

"왜요, 언니."

"진우가 사랑이 사료 먹었어요. 어떡하지?"

일곱 살 아들 진우와 다섯 살 딸 연우를 데리고 친정에 가 있던 영미는 오늘 갑작스런 모임에 굳이 원주에서부터 차를 타고 와 합류했다.

"괜찮아요. 해영이도 가끔 먹어."

"탈나는 거 아니겠죠? 어떡하지?"

생각보다 늦게 생겨난 아이들인지라 영미는 꽤나 걱정이 많았다.

"설사 안 하던데. 많이 먹었어요?"

"다섯 알 정도?"

전국을 돌며 공사를 하던 건주도 이제 사무실을 차려 안정적으로 출퇴근하면서 김포의 전원주택으로 이사를 했다.

"이번에 심은 나무는 좀 어때?"

"잘 자라고 있어. 내년이면 코딱지만 한 복숭아는 열릴 것 같은데? 매제는?"

"우리 집 나무들이야 십 년 넘어가니 아주 풍년이지."

유신과 건주는 서로 가꾸어 가는 집 이야기로, 지후와 영미는 아이들 이야기로 테이블이 시끌시끌하다.

"건주 엄마, 우리도 시골에 집 하나 살까?"

"애들 다 시골 사는데 뭐 하러. 시골 살고 싶음 당신 혼자 내려가시구랴."

바늘 들어갈 틈조차 없는 대답에 아빠는 한숨을 쉰다.

요즘 들어 주말만 되면 춘천으로 오는 지후의 아빠는 이동식 주택에 머물며 텃밭 가꾸기에 푹 빠져 있다.

"아버님, 아주 내려오시게요?"

"아니. 그냥."

"내려오세요. 옆에 주택 치우고 집 지어 드릴게요."

"말도 안 되는 소리! 시골 내려갈 거면 다른 데로 가지, 왜 딸네 집 옆으로 와."

엄마의 핀잔에 아빠는 술잔을 든다.

그사이 술이 많이 늘었던지라 유신이 장인의 잔에 살며시 소주잔을 부딪쳤다.

"옹기종기 같이 모여 살면 좋죠."

"다 옛말이지. 자식들 컸으면 다 자기 둥지 찾아가고 그런 거지. 이렇게 가끔 보는 게 좋은 거야."

장모의 말에 유신이 웃었다.

"어쩌면 그렇게 지후랑 똑같으세요. 어머님."

"누가! 하나도 안 닮았어."

모두가 인정하건만 모녀는 여전히 서로를 경계한다.

"누가! 누가! 누가! 누가아~"

여섯 살배기 해영이까지 가세하여 꼭 닮은 세 여자를 바라보는 세 남자의 얼굴에 웃음꽃이 피어났다.

"해영이 동생은 안 보니?"

"쟤 하나도 힘들어."

지후의 말에 엄마는 유신을 쳐다본다.

"하나 더 안 낳아? 자네 닮은 아들 하나 있어야지."

"매제 닮아 나올 거란 보장이 어디 있어. 지후 닮은 아들로 나오면 어쩌려고. 어? 해영이 또 땅 판다."

건주의 말이 떨어지기가 무섭게 유신은 이미 담장 아래로 순간 이동했다.

"사랑아! 동생이 그러면 말려야지, 같이 땅을 파고 있어?"

옆구리에 딸아이를 끼고 돌아오는 그의 모습은 지쳐 있었다. 뭐가 그리 좋은지 흙투성이 해영은 까르륵 까르륵 신이 나서 버둥거린다.

"하아, 언니는 좋겠어요. 진우랑 연우랑 얌전해서."

얌전하게 앉아 밥을 먹는 오누이를 보고 있자니 지후의 두 눈에서 부러움이 뚝뚝 떨어져 내린다.

"영미 닮아서 그렇지, 뭐."

"우리 해영이는 언제 얌전해지나 몰라."

"너 대학 가고 나서 얌전해졌어."

불난 데 휘발유를 붓는 엄마의 센스에 지후는 타오른다.

"그런데 뭘 또 낳으래!"

"아니, 내 말은 김 서방 닮으면."

"아오! 됐어!"

늦은 시간까지 복작복작하던 가족들이 각자의 둥지를 찾아 떠나가자 조용한 밤이 찾아왔다. 하루 종일 뛰놀던 사랑이와 해영이는 고단했던지, 감사하게도 일찍 잠이 들어 주셨다.

산더미처럼 쌓인 설거지를 마친 유신은 안방으로 향하던 중 텃밭으로 열린 창가에 멈춰 섰다.

사랑하는 아내의 목소리가 들려온다.

"마음아. 잘 지내고 있어?"

해영이가 태어나던 해에 조용히 죽음을 맞이한 마음이.

"엄마는 아직도 마음이가 너무 보고 싶은데."

집 뒤에 묻어 묘지를 만들었다. 유신은 화장을 하고 싶어 했지만, 지후는 차마 마음이를 태울 수 없었다. 십사 년을 함께했던 그 마음이 한 줌의 재로 사라지는 것이 견딜 수 없었다.

"마음아, 내년에는 마음이 좋아하는 참외 많이 심을게. 밤에 먹으러 와. 응?"

그렇게 집 뒤에는 사람의 것과 꼭 같은 작은 묘지가 만들어졌다. 공기 밥을 엎어 놓은 것 같은 작은 봉분에 잔디를 심고 작은 대리석으로 비석도 세웠다.

-늘 함께할게.-

그 약속을 지후는 아직도 지키고 있다.

발자국 소리가 들리는가 싶어 고개를 드니 어느새 유신이 그녀의 뒤에 서 있었다.

"왜 나왔어요?"

"마음이 참외 가져다주려고."

씩 웃으며 예쁘게 깎은 참외 한 조각을 내미는 유신을 보니 왈칵 눈물이 쏟아졌다.

"왜 울어?"

"고마워서요."

이제는 어느 누구도 그녀에게 '유별나다' 혹은 '별나다' 말하지 않는다. 그녀의 모든 행동이 그럴 만한 이유가 있다고 굳게 믿는 유신은 한결같이 지후의 곁을 지켰다. 슬픔도, 기쁨도, 또 별난 짓들도 늘 그는 함께해 주었다. 그 마음이 고마워 지후는 눈물이 났다.

마음이 묘지 앞에 놓인 밥그릇에 참외를 넣어 준 유신이 조용히 지후를 품에 안았다.

"울지 마. 나, 우는 거 싫어하잖아."

"너무 좋아도 눈물이 난다고요."

"그래도 울지 마. 싫어."

깊어 가는 밤처럼 사랑은 멈추지 않는 세월을 품에 안으며 익어 간다.

외전

새해맞이 폭죽을 터트린 것이 엊그제 같은데, 시간은 벌써 유월의 끝자락에 매달려 있다. 영영 오지 않을 것 같은 봄을 오매불망 기다리며 매서운 칼바람이 부드러워졌나? 생각할 틈도 없이 파란 하늘이 열리고 햇볕이 따가워졌다.

통장을 스치고 지나가는 현금처럼 그렇게 봄은 소리 없이 실종되고 이른 여름이 찾아왔다.

"유신 씨, 뭐해요?"

욕실에서 샤워를 마치고 나온 지후가 두리번거리며 유신을 찾았다.

'분명 거실에서 커피 마시고 있었는데……. 어딜 간 거지?'

수건으로 머리를 말리며 복도를 걷던 지후의 시선이 텃밭을 향해 열린 창문으로 향했다. 하얀 티셔츠 차림으로 밭에 물을 주고 있는 유신의 모습이 보였다.
'아……. 망할 좀비들.'
4월 중순에 모종가게를 싹쓸이하다시피 사 온 모종들로 그녀의 텃밭은 아이돌 그룹의 공연장처럼 만원이다. 고추, 피망, 오이, 가지, 호박, 토마토, 옥수수, 수박, 참외 등 욕심을 내어 이것저것 엄청나게 심어 놓은 텃밭은 말 그대로 풍년이었다.
6월 초에 방울토마토가 열리기 시작하더니 끝도 없이 생겨나기 시작했다. 먹어도 먹어도 계속 나온다. 아, 위대한 이 땅의 생명력이란!
도시에서 태어나 자란 그녀에게 오이는 늘 같은 모양에 같은 크기였었다. 그러나 지후의 오이는 성형이 불가할 정도로 자유분방한 형태로, 크기 또한 하루아침에 호박보다 더 커졌다. 먹는 것이 반이요 버리는 것 또한 반이다.
그나마 다행인 것은 지난가을 심은 딸기는 잡초들의 공격을 버티지 못해 포기했다.
"심어 놓기만 하면 알아서 자라는 줄 알았더니 마음이보다 손이 더 가잖아."
터지는 한숨을 삼키며 지후는 옷을 갈아입었다. 빠른 걸음으로 신발장에서 모자를 꺼내 쓴 지후가 나란히 있던 유신의 모자를 집어 들었다. 집을 빙 돌아 텃밭으로 향하니 펜스 앞에 얌전히 앉아 있는 양 군과 사랑이가 보인다.

"어린이들, 비켜."

사랑이를 밀어내고 펜스를 열자 그녀를 발견한 유신이 손을 흔든다.

"유신 씨, 모자 쓰고 해요."

"배고파요?"

"왜 나만 보면 배고프냐고 물어봐요?"

초여름 햇살에 멋지게 그은 유신이 씩 웃는다.

"여자는 배고프게 하면 안 되니까."

"우리 아빠가 그랬죠?"

답은 안 하지만 표정을 보니 딱 답이 보인다. 가끔씩 들러 연만 날리는 줄 알았더니 나름 대화라는 것을 했는지, 유신은 가끔 아빠 같은 소리를 해 댄다.

"여자는 배가 고프면 예민해진다고……. 근데 왜 나왔어요? 나 금방 들어갈 건데."

"제가 마저 할게요."

"다 했습니다."

그림 그리는 사람에게 늘 밭일만 시키는 것 같아 지후는 할 말이 없다. 모종가게에서 이것저것 주워 담는 그녀를 말리던 유신의 말을 듣지 않은 것이 이렇게나 후회가 될 줄이야.

"욕심 부리지 말 걸 그랬어요."

"괜찮습니다. 나누는 것에 욕심이라 할 수 없지요."

"그렇게 말해 줘서 고마워요."

늘 그랬다. '내가 뭐라 했습니까? 왜 내 말을 듣지 않아요.' 대신 괜찮다고 말해 주는 사람.

그래서 더 미안하고 더더욱 고마운 남자였다.

"물 먹는 하마가 따로 없네요. 하루만 물을 안 줘도 죽을 것처럼 축 처지니."

"사랑인한테는 안 그러면서. 얘네들도 우리 울타리로 들어왔으니 잘 챙겨 줘야죠."

"잘 챙기고 있잖아요. 유신 씨가 퇴비도 듬뿍 줬는데."

모종은 같이 심었지만, 무섭도록 자라나는 채소들을 가꾸는 것은 유신의 몫이 되어 버렸다. 아무리 인터넷 검색을 하고 공부를 해 봐도 어린 시절부터 보고 자란 그를 따라갈 수 없었다. 채소들의 지주를 세우고 곁 싹을 자르고 웃거름을 주느라 유신은 늘 분주했다.

"일만 만들고 미안하네요."

"가뭄이라 채소 값도 비싸다는데, 덕분에 잘 먹고 있지 않습니까."

한껏 풀이 죽은 지후의 모습에 유신이 허리를 휘며 웃었다.

"아무리 봐도 배고픈 표정인데, 호박전 해 줄까요?"

"아뇨, 올해 먹을 호박은 이미 다 먹은 것 같아요. 이제 그만이요."

부침개를 좋아한다 하여 호박전을 해 줬더니 오면가면 냉장고 문을 쉴 새 없이 여닫으며 하루 만에 모조리 먹어 치웠다. 잘 먹으니 예뻐서 다음 날도 케이크처럼 부침개를 쌓아 줬다. 그날도 맛있게 먹었다. 잘 먹는 모습이 좋아 일주일을 먹였더니 질렸는지 이제는 호박만 봐도 고개를 설레설레 저었다.

"유신 씨한테는 뭐 좋아한다는 말도 못 하겠어."

"그럼 호박은 패스! 가지볶음 어떻습니까?"

농담인 줄 알면서도 웃음이 나오지 않았다. 생긴 것은 차도남처럼 생겨 가지고 유신은 고추와 쌈장만 가지고도 밥 한 그릇 뚝딱이다.

'어쩜 식성도 우리 아빠를 닮았나 몰라.'

그에 비해 지후는 초등학생 입맛인지라 소시지나 돈가스, 동그랑땡, 참치 캔 같은 류의 음식을 좋아했다. 대부분이 인스턴트인지라 가끔 유신이 숟가락에 나물을 얹어 주면 그야말로 울며 겨자 먹기로 삼키는 지후였다.

"할머니들 좀 가져다 드릴까 봐요. 작년에 신세 많이 졌으니까."

"좋은 생각입니다."

지후의 말에 유신이 고추를 따기 시작했다. 곁에 선 지후도 함께 고추 따기에 돌입했다. 모자를 쓰고 사이좋게 채소들을 따는 모습이 영락없는 시골 농부의 모습이다.

"왜 이렇게 안 따져!"

"이렇게 손끝으로 꼭지를 똑, 똑, 끊어 내야죠. 자! 이렇게."

"거름을 애네들만 준 거예요? 애네들은 왜 이렇게 고추가 뚱뚱해?"

고추를 줄기째 뽑고 있는 지후의 곁에서 유신은 참을성 좋게 설명을 한다.

"이건 청양 고추이고, 이건 아삭이입니다. 먹어 볼래요?"

유신에게서 뚱뚱하고 짧은 고추를 받아든 지후가 한입 베어 물었다.

"으아아. 매워!"

"매워요? 아삭이는 안 매울 텐데?"

지후가 한입 베어 문 작고 뚱뚱한 고추를 받아 든 유신이 우물우물 씹는다.

"맵죠? 뭐예요? 아삭이가 호박이랑 가지를 넘어 청양 고추랑 정분난 거예요?"

유신이 고개를 끄덕였다. 매운 청양 고추와 아삭이 고추 사이에 호박과 가지를 잔뜩 심었는데도 청양 고추 꽃과 아삭이 고추 꽃의 화분이 섞였나 보다.

"어휴! 아주 멀찍이 심었어야 했나?"

"다음에는 아주 멀찍이 심어야겠습니다."

"그래요. 내년엔 그냥 모종 두 개씩만 뚝 떨어뜨려 심어요."

고추 줄기를 통째로 뽑아들고 있는 지후의 모습에 그가 웃으며 고개를 끄덕인다. 이십여 분을 이것저것 따서 모으니 웬만한 식당에 납품을 해도 될 정도로 잔뜩 쌓였다.

"이건 옥수수 할머니네, 이건 복분자 할머니, 요건 바둑이 할머니."

"그 집도 밭농사 지을 텐데, 너무 많지 않습니까?"

"안 많아요. 받아먹은 게 얼만데요."

마당의 수돗가에서 깨끗하게 씻어 분류를 하고 바구니에 가득가득 담았다. 옥수수와 가지를 세우고, 못난이 호박과 오이를 가득가득 담고는 마지막으로 방울토마토를 우루루 쏟아부었다. 나름 꽃바구니처럼 멋진 채소 바구니가 되었다.

"양이 많으니 차로 한 바퀴 돌고 옵시다."

"에이, 무슨 차로 가요. 얼마 멀지도 않은데. 내가 아랫집 바둑이 할머니네 갈 테니까 유신 씨는 윗집 옥수수 할머니네 다녀와요. 그리고 복분자 할머니 집에는 같이 가요."

"지후 씨 무거울 텐데. 내가 들어 줄 테니 같이 가죠."

망설이던 지후는 고개를 저었다. 둘이 한꺼번에 움직이는 건 효율적이지 못한 것 같았다.

"할 수 있어요! 작년보다 7키로나 살이 붙었는데, 아무래도 힘도 더 생기지 않았겠어요?"

"그럼, 옥수수 할머니 댁이 더 가까우니까 지후 씨가."

"아녜요, 유신 씨는 옥수수 할머니, 나는 바둑이 할머니. 간 김에 바둑이도 보고 제가 아랫집으로 갈래요."

빨간색 고무대야에 개 껌 두 개를 더 얹은 지후는 대문 앞에서 유신과 반대 방향으로 헤어졌다. 몇 걸음 걷다 돌아보니 걱정스러운 듯 그녀를 바라보고 있는 그의 모습이 보였다.

"빨리 가요! 얼른!"

파리 쫓듯 손사래를 치니 그제야 유신이 걸음을 뗀다. 큰 키에 고무대야를 옆에 낀 그의 모습이 우스꽝스러워 지후는 웃음이 나왔다.

한 100m는 그리 무겁지 않았는데, 걷다 보니 팔이 떨어져 나갈 것만 같았다. 그러나 유신이 보고 있을까 싶어 지후는 땀을 뻘뻘 흘리며 열심히 걸었다.

길가에 심어진 옥수수를 따라 걷던 지후가 코너를 돌아 슬그머니 뒤돌아보니 유신은 벌써 할머니 집 대문 앞이다.

"에잇! 내가 더 빨리 갔다 와야지!"

지후는 땀을 비 오듯 쏟으며 바둑이 할머니의 집을 향해 달리기 시작했다.

"할머니이이이! 할머니!"

대문을 들어서기도 전에 할머니를 불러 대니 바둑이가 미친 듯이 짖어 댔다. 이내 할머니가 현관을 열고 계단을 내려섰다.

"새댁이 워쩐 일이여? 뭔 일 있어?"

"하아, 하아. 할머니. 채소 좀 가져왔어요."

말하고 보니, 할머니의 마당에 심어 놓은 채소들이 눈에 들어왔다. 고수의 손길이 닿은 채소들은 당장 내다 팔아도 손색이 없을 만큼 반짝이는 모습들이다. 그녀가 가져온 꼬부라진 오이와 너무 큰 호박, 자라다 만 가지들과는 비교할 수 없을 만큼 멀쩡한 채소들을 보자니 지후는 고무대야에 가득 든 채소들이 부끄러웠다. 그런 그녀의 마음을 알았는지 할머니가 고무대야에 든 고추 하나를 들어 베어 문다.

"맛나네. 첫 농사 잘 지었네."

"아……. 할머니네 집도 많네요."

"가져왔으니 맛나게 잘 먹을게. 이리 줘."

"무거워요. 제가 계단 위로 올려다 드릴게요."

당신 집에도 많으니 그냥 가져가랄 줄 알았는데, 할머니는 흔쾌히 그녀의 채소들을 받아주었다. 할머니를 따라 계단을 오르다 보니 요란스레 짖어 대는 소리만 들릴 뿐, 바둑이의 모습이 보이지 않았다.

"바둑이 간식도 가져왔는데……."

두리번거리던 지후는 마당 뒤쪽으로 새로 지어진 개집을 발견했다.

"어머! 저건 언제 만드셨어요? 바둑이 이제 가둬서 기르시게요?"

"자꾸 남의 밭에 가서 저지레해서."

"아, 그렇구나. 불쌍해라."

"뭐가 불쌍해. 닭은 닭장에, 개는 개장에."

환하게 웃는 할머니의 모습에 지후가 어색하게 웃음을 지었다.

'그래, 여긴 시골이니까. 그래도 뜬 장이 아니니 다행이네.'

자유롭게 돌아다니던 바둑이가 안쓰러웠지만, 서로의 방식이 다른 것이니 지후는 불쌍하단 생각을 애써 머릿속에서 밀어냈다. 적어도 시골에서는 기르던 개를 버리지는 않는다.

"부러워? 개장 하나 만들어 줘?"

"아니요. 저희 집 애들은 그냥 풀어 놓고 기르려고요."

"개들이 집이 있어야지. 마당에 개집 하나 놔. 개장을 하나 만들든가."

어르신들에게는 개를 집 안에 들인다는 것은 방안에서 닭을 기르는 것과 같은 이치일 터. 할머니는 사랑이가 밤에는 마당에서 그냥 자는 줄 아시니 굳이 설명하지 않는 것이 좋을 것 같다.

"참! 할머니가 주신 채송화 엄청 예쁘게 컸어요."

"그래? 아무데나 심어도 원래 잘 자라."

다섯 개의 계단에 올라 현관 앞에 선 지후가 문 옆에 놓인 작은 철장을 내려다봤다. 먹물을 머금은 듯 새까만 병아리들이 옹기종기 모여 삐악삐악 부산스레 날갯짓을 했다. 병아리들을 바라보는 지후의 눈이 밤하늘의 별처럼 반짝인다.

"어머, 어머머. 이거 뭐예요?"

철장 앞에 쪼그리고 앉으니 병아리들이 이리 뛰고 저리 뛰고 난리가 났다.

"오골계 병아리. 몇 마리 줄까?"

"오! 아니요, 괜찮아요. 고양이에 개가 두 마린걸요. 지금도 벅차요."

말은 그리하면서도 동물을 좋아하는 지후는 병아리에게서 눈을 뗄 수가 없다.

"왜? 알도 먹고 좋지. 서너 마리 가져가."

'닭을 기르면 알도 먹고, 마당에 풀어 놓으면 벌레란 벌레는 싹 다 잡아먹을 테지? 잘하면 뱀도 잡을 텐데……. 닭들도 예방접종 하나? 동물병원부터 데려가야 하나?'

예쁘다. 너무너무 예쁘다. 아……. 갖고 싶어. 아니야. 안 돼. 방에서 기를 수도 없고, 닭장을 어디에 만들어. 닭은 배변 훈련도 안 된다는데 닭똥은 어쩌고. 안 돼! 안 돼, 포기!

짧은 사이 수만 가지 생각을 하며 고민하던 지후가 두 눈을 질끈 감았다.

"아니에요."

"병아리 싫으면 토끼도 있는데. 토끼 새끼 줄까?"

"토끼……."

"볼래? 아주 이뻐."

'보고 싶다. 격렬하게 보고 싶다.'

토끼를 기르면 잡초도 잘 먹을 테고, 뛰어 노는 거 보는 것도 좋을 테고……. 아니지. 사랑이랑 양 군이 가만둘 리 없어. 분명 스트레스로 죽어 버리고 말 거야. 안 돼!

"지금도 식구가 많은 걸요."

"한두 마리 더 는다고 뭐 일이 많아지는 것도 아니고, 가져가."

바둑이 할머니는 헨젤과 그레텔에 나오는 과자집의 주인처럼 지후를 유혹했다. 생각만으로도 가슴이 두근거렸지만, 지후는 유혹을 뿌리치고 일어섰다.

"아니요, 책임감 없이 입양을 할 순 없어요."

"뭐라고?"

입양이란 말을 잘 이해하지 못한 할머니가 고개를 갸웃거렸다.

'할머니! 제가 닭이나 토끼를 가져가면 개네들을 잡아먹겠어요? 키워서 팔겠어요? 예방접종 하고 죽을 때까지 기를 텐데, 안 돼요. 지금도 책임져야 할 아이들이 둘이나 된다고요.'

이대로 있다가는 무언가 사고를 칠 것 같아 지후는 서둘러 자리에서 일어섰다.

"맛있게 드세요. 생긴 건 이래도 맛은 좋아요."

"그럼, 알지. 원래 요런 게 연하고 맛나다니."

인사를 하고 돌아서는데 할머니가 그녀의 손을 붙잡았다.

"어디 가?"

"집에 가야죠."

"그냥 가면 안 되지. 기다려 봐."

"네? 아니에요. 토끼 안 돼요."

행여나 토끼를 줄까 지후가 기겁을 하며 물러서자 할머니가 웃으며 고개를 저었다.

"아니, 토끼 말고 우리도 채소 따 놓은 거 있으니까 좀 가져가."

"저희 집도 많은 걸요?"

"그 집 건 내가 먹어 볼 테니까. 일단 있어 봐."

할머니의 심기가 불편할까, 더 이상 거절하기도 민망한 지후가 멀뚱히 서 있으려니 할머니가 무언가를 끝도 없이 꺼내 온다. 바리바리 고무대야에 가득 담는 할머니는 뭐가 빠졌는지 고민을 하면서도 가득가득 채소들을 담았다.

"아니요. 그만이요. 그만 주셔요. 정말 괜찮아요."

품목은 거의 비슷하다. 호박, 오이, 가지, 토마토, 그리고 저장해 놓은 양파에 감자까지. 마지막은 풍물시장에 다녀오셨는지 뻥튀기 한 봉지가 대야에 턱하니 얹어졌다.

"이걸 다 어떻게 들고 가요."

"그래? 그럼 기다려."

할머니가 접이식 핸드캐리어를 꺼내 착착 펴고는 채소가 가득 담긴 대야를 얹어 끈으로 묶어 주었다.

"이제 됐지?"

'아······. 할머니, 제가 가져온 것보다 더 많잖아요. 배보다 배꼽이 더 커요.'

시골 인심이 좋다는 건 알지만, 강원도 인심이 최고다. 사과 한 쪽 주면 배 한 상자가 온다.

"어여 가 봐. 맛있게 먹고."

"네. 감사합니다."

시골길을 캐리어를 끌고 집을 향해 걷다 보니 반대방향에서 걸어 내려오는 유신의 모습이 보였다. 그도 똑같은 캐리어를 끌고 오고 있었다.

"유신 씨, 그거 뭐예요?"

"할머니가 자꾸 뭘 주시네요. 지후 씨는요?"

유신의 캐리어에는 껍질도 안 벗긴 옥수수가 산더미같이 실려 있었다. 대문 앞에서 서로 마주친 유신과 지후는 동시에 웃음이 터져 버렸다.

"이 동네에 살면 평생 굶어죽을 일은 없겠습니다."

"그러니까 말이에요."

"지후 씨 쪽이 더 다양해 보이는데?"

"저는 뻥튀기 추가요."

"큭큭. 하하하하하. 하하하."

나란히 캐리어를 끌고 대문으로 들어선 지후와 유신은 키득거리며 채소들을 정리했다.

"이거 언제 다 먹지?"

"아무래도 냉장고를 한 대 더 사야 하지 싶은데."

"뭘 또 사요. 우리 집에 하나, 유신 씨 집에 하나 있는데."

"우리 집 냉장고도 꽉 찼습니다. 옥수수 할머니네 열무김치랑 복분자 할머니네 총각김치, 바둑이 할머니네 물김치까지."

오면가면 늘 무언가를 건네주는 할머니 삼총사의 사랑이 넘치게 감격스럽다. 왜 도시에서는 이런 정을 못 느끼고 살았을까. 옆집에 누가 사는지도 모르는 아파트에서의 생활이 이제는 먼 옛날의 일만 같다. 모든 시골이 다 그렇지는 않겠지만, 햇살 하나 나뭇잎 하나 정겹지 않은 것이 없다.

"바둑이 할머니가요, 오골계 병아리 가져가라지 뭐예요. 토끼도 주신다 하고."

"가져오지 그랬어요."

"아이 참, 마음이, 사랑이, 양 군까지 벌써 식구가 셋인걸요."

　말은 그리하면서도 내심 아쉬워하는 지후의 표정을 읽은 유신이 피식 웃었다.

"오골계랑 토끼 대신 날 길러요. 아무래도 내가 낫지."

"유신 씨도 참······. 그걸 말이라고."

"하하하하. 자, 이제 그럼 복분자 할머니네 가 봅시다."

"복분자 할머니도 뭔가 바리바리 주시는 거 아닌가 몰라."

"엊그제 매실 따 가라고 하셨는데. 매실을 주시지 않을까?"

"맞다, 어제 저한테 매실청 담그는 거 가르쳐 주신다고 했는데."

"매실로 장아찌 담가도 좋습니다."

"어머, 유신 씨. 그런 것도 할 줄 알아요?"

"한글 읽을 줄 아는데, 인터넷으로 보고 담그면 되죠."

유신이 그녀의 말투를 따라하자 지후가 웃음을 터트렸다.

"그럼 그거 담가서 할머니네 가져다주면 되겠다."

"어르신들 소화에도 좋고, 밥반찬으로도 좋으니 나쁘지 않습니다."

"매실청보다는 장아찌가 좋겠어요."

두런두런 이야기를 하며 길을 따라 걷자니 오른쪽 컨테이너에서 성민 씨가 인사를 건넨다.

"유신 씨! 장에 물건 팔러 가십니까?"

핸드캐리어를 끌고 가는 모습이 영락없이 채소 팔러 가는 것으로 보였나 보다.

유신과 인사를 나누는 성민은 춘천 시내에 사는 공무원으로 주말에는 이곳에 와서 작은 주말농장을 가꾸고 있었다.

"성민 씨. 주말도 아닌데 어쩐 일이세요?"

"옆에 아세로라 따신다 그래서 일손 도우러 왔습니다. 어디 가시는 길이에요?"

"앞집 할머니 댁에 채소 좀 가져다 드리려고요."

"앞집이요? 지후 씨네 앞집은 우리 집인데?"

장난스레 웃는 성민의 모습에 지후가 깔깔거리며 이리 오라 손짓한다.

"주말에만 오면서 무슨 앞집이에요?"

"그래도 앞에 있으니까 앞집이죠. 근데 뭐가 이렇게 많습니까?"

"밭농사가 처음이라 모양새가 우습지만, 성민 씨도 좀 가져가요."

지후가 주머니에서 검은 비닐봉지를 꺼내 캐리어에 담겨있는 호박과 가지를 집어넣기 시작했다.

"아니에요. 안 주셔도 됩니다. 먹을 사람도 없는 걸요?"

"가져가요. 우리 엄청 많아요. 얼른."

"오늘 딴 겁니다. 드셔 보세요. 맛이 괜찮습니다."

곁에 선 유신이 지후의 말을 거들며 검은 비닐봉지를 건네자 성민이 멋쩍은 듯 머리를 긁으며 웃는다.

"감사히 먹겠습니다. 아! 잠깐만요."

후다닥 봉지를 들고 달려간 성민이 컨테이너 옆의 창고 문을 여는가 싶더니, 역시나 빨간 고무대야를 들고 나온다.

"그게 뭐예요? 블루베린가?"

"아세로라요. 가져가서 먹어요. 그냥 먹으면 맛없으니까, 요구르트나 우유 넣고 갈아드세요."

"아녜요, 안 주셔도 돼요."

"가져가세요. 안 그러면 채소 다시 반납합니다."

지후가 손사래를 쳤지만, 성민은 우격다짐으로 유신에게 고무대야를 내밀었다.

"그럼 조금만 주세요. 너무 많아요."

"많지 않습니다. 창고에 더 있는 걸요? 참! 매실도 좀 따 놨는데, 가져가실래요?"

매실까지 준다는 말에 결국 아세로라를 받아 든 유신과 지후는 서둘러 복분자 할머니 집으로 걸음을 옮겼다.

"아……. 정말 시골 인심이란."

"가는 김에 할머니 댁에 아세로라까지 좀 드리면 되죠."

"할머니가 드실 줄 아실까요?"

"아세로라 심은 집들 많던데, 아시겠지요."

코너를 돌아 참외밭을 지나니 집 밖에 나와 있는 할머니의 모습이 보였다. 할머니는 집 앞 나무에서 노랗게 익은 열매를 따고 있었다. 노란색 사각 바구니에 열매를 담던 할머니가 지후와 유신을 발견하고는 손짓한다.

"어디 가?"

"할머니 댁에 가는 길이었어요."

"왜?"

"채소를 따서 좀 가져다 드리려고요."

"그래? 우리 집도 많은데."

"그런데 이건 뭐예요? 살구인가?"

지후의 물음에 전봇대처럼 곁에 서 있던 유신이 그녀의 귓가에 속삭였다.

"황매실."

"총각이 잘 아네. 이거 황매실이야. 청매실보다 향도 좋고 매실청 담그면 아주 쓰임새가 좋아."

"아……. 그렇구나."

"젠장, 지난주에 땄어야 했는데 바빠서 못 땄지 뭐야. 좀 도와줄 테야?"

말이 나오기도 전에 유신은 이미 매실을 따서 노란색 사각 바구니에 담고 있다.

"아이고, 키가 크니 좋으네. 고마워."

"별말씀을요. 따는 재미도 있고 좋죠."

일은 유신이 하고 생색은 지후가 낸다. 캐리어를 세워 둔 채, 세 사람은 매실을 따기 시작했다.

"우아, 매실이 진짜 크네요. 살구인 줄 알았어요. 몇 년이나 된 거예요?"

"이게…… 한 사 년 됐나?"

"사 년 정도 되면 우리 집 매실도 이렇게 많이 달리려나?"

"그럼! 우리 동네는 아무거나 잘 자라. 수박 먹고 씨 뱉어 놔도 싹이 난다니까."

"정말 좋은 동네예요. 그죠?"

"그럼, 그럼."

주거니 받거니 수다를 떨며 주렁주렁 매달린 매실을 따다 보니 손이 여섯이라 금세 바구니가 가득 들어찼다.

"이거 어디로 옮길까요?"

"응? 뭘 옮겨, 집에 가져가."

"예에?"

"이건 나 줄 거라고 했지?"

캐리어에서 고무대야를 꺼내 든 할머니가 아세로라를 하나 집어 입에 물었다.
"아세로라네. 난 이거 맛없더라."
"그래도 조금 가져가세요. 저기 컨테이너 총각이 준 거예요."
"아냐, 됐어. 채소만 주고 가. 이거 얼른 싣고."
"아니, 할머니. 매실 너무 많아요. 힘들게 따신 건데 저희 다 주시면 어떡해요."
"가져가. 작년에 담근 매실도 아직 다 못 먹었어."
너무 많다며 실랑이를 하고 있는 지후와 달리 유신은 말없이 노란 사각 바구니를 캐리어에 실었다.
"어머, 유신 씨."
"잘 먹겠습니다."
"그래. 얼른 가."
휙 돌아서는 할머니와 반대로 돌아선 유신을 번갈아 쳐다보던 지후가 그의 뒤를 쫓았다.
"이걸 다 받아 오면 어떡해요?"
"이 동네 할머니들 고집이 지후 씨보다 더합니다."
"어후, 꼴랑 채소 몇 개 드리고 너무 미안하네."
"앞으로 더 많이 드리면 됩니다. 갑시다."
유신이 지후의 손을 잡아당겼다.
"할머니네 없는 게 없는데, 뭘 드려요?"
"어르신들 단것 좋아하시니, 시내 나갈 때마다 베이커리를 털어야죠."

"아! 그러면 되겠다."

호박, 가지가 아세로라로 변하고, 또다시 매실로 변하니 참으로 오묘하고 신기할 뿐이다. 풀 한 포기, 나무 한 그루 기르는 것에 얼마나 많은 정성과 노력이 필요한지 알기에 더없이 값진 선물이었다.

"정말 좋은 사람들이죠?"

"그중에서 지후 씨가 가장 좋습니다."

"아이, 정말!"

매실 장아찌가 성공하면 할머니 삼총사 집을 다시 방문할 것이다. 나누면 두 배가 된다는 옛말을 실천하고 살아가는 사람들과 함께 어울리며 그들의 몸에 묻은 도시의 때가 벗겨지는 것 같다. 무언가를 나누어 줄 생각만으로 즐거운 이곳이 낙원이며, 순수한 웃음이 분수처럼 터지는 지금이 천국의 시간이었다.

오고 가는 정이 아름다운 이곳은 소양강을 품어 안은 넉넉한 인심의 고장 방동리.

밤나무가 줄지어 서 있는 시골길, 비릿한 냄새조차 달콤하게 느껴지니 바야흐로 사랑이 익어 가는 여름이 되었다.

<끝>